U0909481

GT
高谈文化

GT
高谈文化

希腊左巴

〔希腊〕卡赞扎基◎著　王振基　范仲亮◎译

北方联合出版传媒（集团）股份有限公司
万卷出版公司

图书在版编目（CIP）数据

希腊左巴/（希）卡赞扎基著；王振基，范仲亮译.
—沈阳：万卷出版公司，2010.10
ISBN 978-7-5470-1231-4

Ⅰ.①希… Ⅱ.①卡… ②王…③范… Ⅲ.①长篇小说
说—希腊—现代 Ⅳ.①I545.45

中国版本图书馆CIP数据核字（2010）第185848号

出版发行：北方联合出版传媒（集团）股份有限公司
万卷出版公司
（地址：沈阳市和平区十一纬路29号 邮编：110003）
印 刷 者：山东临沂新华印刷物流集团有限责任公司
经 销 者：全国新华书店
幅面尺寸：140mm × 203mm
字　　数：280千字
印　　张：9.75
出版时间：2010年12月第1版
印刷时间：2010年12月第1次印刷
选题策划：王慧敏
责任编辑：李春杰
内文设计：师　钢
装帧设计：雅格书装
ISBN 978-7-5470-1231-4
定　　价：25.00元（精装）

联系电话：024-23284090
邮购热线：024-23284050　024-23284627
传　　真：024-23284448
E-mail：vpc_tougao@163.com
网　　址：http://www.chinavpc.com

尼科斯·卡赞扎基

尼科斯·卡赞扎基（1883—1957），20世纪享有国际声誉的希腊作家，代表作有《自由与死亡》《基督的最后诱惑》《奥德修记现代续篇》和《希腊左巴》等。他的作品广为传颂，也引起了广泛的争议。曾获诺贝尔奖提名。“希腊人”这个词，已经足以说明卡赞扎基一些不同于他人的个性魅力。他的作品被誉为复活了荷马的精神，具有古代英雄史诗的气概。

在希腊当代作家中，卡赞扎基是作品得到最多次翻译的宠儿，他的许多作品不仅拥有各种语言的版本在国际上发行，而且还被搬上舞台和荧幕。卡赞扎基的作品一直是希腊和国外作曲家重要的灵感源泉，而他受到如此热烈追捧的主要原因在于他作品的主题：人类精神与安详的克里特岛屿、宗教与伪善、人生的欢愉和对人生意义的追寻等。除了独立创作，卡赞扎基还翻译了许多外国文学家的重要作品。他喜欢周游世界，曾到过巴勒斯坦、日本和中国等很多遥远迷人的国度，卡赞扎基在其旅行札记中对这些旅途经历做了生动有趣的记述，著有《中国纪行》等。作者被称为“希腊的鲁迅”，可见其在希腊的影响。

现在是绝望和忧伤。
这没关系，他已经做过努力
尽他所能去斗争。
而在他那荒凉的幻灭中
只有一样东西
仍然使他充满骄傲。
即便是在失败中
他也能够向世界证明，他同样不屈不挠的勇气。

——希腊现代诗人　卡瓦菲斯

左巴，一个年迈却始终放荡不羁、精力充沛的开矿工人；“我”，一个年少、怀抱高远理想却理性压抑的书呆子。我们偶然邂逅、结伴同行，彼此相知相惜。最后左巴又孑然一身远行。

爱琴海中的克里特岛上，左巴引领着“我”重新思索生命，体验跟他过去截然不同的生活。

他对“我”说：老板，你什么都有，但是你仍然错过了生命，因为你心中少了一点疯狂。如果你可以疯一点，你就会知道生命是什么。

目录

自序*
自由的导师

我一直想写关于我非常喜爱的一位老头——阿历西斯·左巴的传奇。

我一生从旅游和梦幻中得到极大裨益；少数几个人——仍活着的还有死去的——对我的斗争有所帮助。不过，如要问谁在我心灵中留下的烙印最深，我大概可以举出三四个人来：荷马、柏格森、尼采和左巴。

荷马是一只高超、明亮的眼睛，像太阳似的，光辉四射，普照万物；柏格森把我从青春时期为之困扰而感到迷惘的一些哲学问题中解脱出来；尼采使我增添了新的苦闷；而左巴却教给我热爱生活和不怕死。

如果叫我在世界上选择一位导师的话，我肯定选择左巴。他拥有的一切正是一个知识分子所求之不得的：原始的眼睛像飞箭般扑向猎物；创造性的纯真使他每个早晨遇见什么东西都像初次看到，使日常生活中的永恒事物——风、海、火、女人、面包，样样变得洁净无瑕。一双稳操胜券的手、一颗清新活泼的心、嘲弄自己的勇气（仿佛他有一种内在的超越自身的力量）。还有他那出自一个比肺腑更深的泉源的格格狂笑声。这狂笑声在关键时刻从左巴老迈的胸膛及时涌出，而冲破人们在惶恐中为了保全自身辛辛苦苦树立起来的一切道德、宗教和爱国主义的樊篱。

当想到多年来为了满足心灵上的饥渴，我把从书本和导师们那里获得的食粮拿来与左巴在几个月中使我享受到的丰厚盛餐相比，就几乎按

①译者接到卡赞扎基夫人寄来的这篇序言没有注明日期。《希腊左巴》一书，作者于1941年进行创作，估计序言当写在书成前后。

捺不住内心的愤怒和悲哀。我们的巧遇使我感到白白浪费了一生。我很晚才遇到这位“老人”，我身上内在的东西已经没有什么可以得到挽救的了。巨大的转变、意向的根本转移、火的净化、洗心革面，已经没有可能，为时过晚。因此，对我来说，左巴不能成为一个卓越的指导性的生活模式，而只得降格为一个文学题材，让我用来填满几页纸张。

把生活转变为艺术这种令人沮丧的特权，对肉食动物来说是可悲的。热烈的情感找到一条出路而离开了胸膛，心灵便得到慰藉，不再苦闷，不再感到需要进行肉搏而直接投身到生活和行动中去。情感化为烟圈在空气中消失而自鸣得意。心灵不仅欢喜而且感到自豪。它把瞬息即逝的时刻——有血有肉的时刻——变成表面上看来似乎是永恒的东西，视为一项崇高的业绩。于是左巴这样一个骨肉丰满的人，在我手中变成纸墨。事实上，这正与我的意愿相违。左巴的故事从我肺腑深处开始，逐渐在我心中形成。

起初是一种音乐旋律，令人激动的欢乐和悲伤，仿佛一个异体进入我的血液，我的肌体奋起迎战，去征服它、吞并它。然后，词句跑来聚集在这个核心周围，犹如在哺育一个胚胎。模糊的记忆变得清晰，遗忘的欢乐和悲哀重现，生活进入一种较轻松的气氛，于是左巴就成了一部传奇。

我当时还不知道应赋予这个左巴的故事以一种什么样的形式：一部传奇式的小说，一首歌曲，一个复杂的东方寓言故事，还是一篇叙述我们在克里特岛一段海岸上生活和采掘褐煤的枯燥记录？我们两人都很清楚，我们采矿的实际目的是掩盖人们的耳目。我们急切等待太阳下山和工人接班，然后就可以躺在岸边，吃美味的农家菜肴，喝强烈的克里特酒并聊起天来。

绝大部分时间我不说什么。一个知识分子在一个巨人面前能说什么呢？我听他讲述关于他那在奥林匹斯的乡村、那里的雪和狐狸、圣索非亚、褐煤、白云石、女人、上帝、爱国行动和死亡；而忽然间，当他感到冲动而词不达意时，他就蹦起来，在粗糙的海滩石子上跳舞。

他年纪大，瘦骨嶙峋，腰杆笔挺，头向后仰，一双圆圆的鸟儿眼睛。他跳舞，尖声叫喊，用他的大脚砸着岸边，海水溅到我脸上。我一听见他的声音，更确切地说他的叫喊，我就感到生活有了意义，我就感到要把自己投入生活(而不是像现在这样只限于观察，像个吸鸦片的人似的靠纸和笔进行活动)。到了午夜，我就看见左巴跳舞，像一匹奔马般嘶鸣，呼唤我跳起来，跳出节制习惯的舒适躯壳，和他一起踏上远大的征程。但我仍然停止不动，只是颤抖。我一生中不知多少次感到自惭形秽，因为我知道自己不敢涉足于疯狂的最高形式，也就是生活实质所要求的行动。但是，我从来没有像在左巴面前感到惭愧得那么厉害。

一天拂晓，我们分手了。我出国又是为了那不可救药的浮士德式的求知病。他往北去，到了塞尔维亚，靠近斯科普里的一座山里。据说他在那里发现一个丰富的白云石矿脉。他得到一些富人的资助，购置器材，招募工人，挖掘坑道，爆破山石，修筑道路，引水入山，建造房屋。他老当益壮，娶了一个名叫柳芭的美貌妻子，还添了一个孩子。

一天在柏林，我接到一封电报：“我发现一块最美的绿宝石，速来。左巴。”那正是德国遇到大饥荒的时候。马克贬值，顾客需要拿上一袋子百万计的马克才能买到一点东西。进饭馆吃饭就要把纸币塞得满满的皮夹子掏空付账。最后，一枚邮票面值一千万马克的日子终于到来。

饥寒交迫、衣衫褴褛、敝履穿孔，德国人的双颊由红润变灰黄。秋风吹过大地，人像落叶般倒毙街头。人们惯于给孩子一小块橡皮咀嚼，好让他们一时忘却饥饿，停止哭号。警察在桥头巡逻以防止母亲们抱着孩子一起投河。

冬日严寒，大雪纷飞。住在邻近房间的一位汉学教授用远东练功的方法取暖。他手执毛笔，高悬手腕，与胸部形成三角，抄写中国古诗或孔夫子的箴言。他常对我说，这样可以在几分钟内使腋窝出汗，温暖全身。

我就是在这样的艰苦日子里接到左巴发来的电报。开始我很生气。千百万人因为得不到一块面包来支撑他们的灵魂和肉体在蒙受屈辱，而这里的一封电报却邀请我做千里之行去看一块美丽的绿宝石。让美见鬼去，我心里说，美是没有心肠的，不关心人间的苦难。但忽然间，我大吃一惊，我的怒气消了，害怕起来，我觉得左巴的野蛮叫声得到了另一个存在于我内心中的野蛮叫声的响应。我内心的一只猛禽振起翅膀，就要起飞。可是我没有离去。我又是不敢。我没有乘上火车。我没有听从我内心中生气勃勃的超凡的呼叫。我没有做出一个不理智的勇敢行动。我听从了理智的冷静、慎重而平凡的声音。我拿起笔来写信向他解释……他在回信里说："很遗憾，老板，可你是个知识分子。可怜的家伙，你本来也可以有机会一辈子才能看到一回这美丽的绿宝石的，可是你看不到了。上帝啊，当我没有事的时候，我就常纳闷儿：有地狱还是没有地狱呢？可是昨天接到你的信我就说：'对知识分子来说，肯定有地狱。'"

我的记忆在活动，一幕幕往事呈现在眼前。让我们把左巴的故事从头说起吧。就像五颜六色的鱼在夏季清澈海水中游过似的这个宝贵时刻，与他有关的最有意义的事在心中闪烁。他的任何东西都没有在我心中消逝。左巴接触过的任何东西都似乎变成不朽。然而这些日子里，我忽然感到焦虑不安。从得到他的最后消息到如今已经两年。现在他已有七十多岁，可能在危险中。他准在危险中！不然的话，我无法解释为什么我意外地感到，需要尽快整理关于他是怎样一个人，回忆他对我说过的话和他的所作所为，把一切捕捉住，固定在纸上。我仿佛要驱除死神，驱除他的死神。这，恐怕不是一本书，而是一个追悼会。

一切历历在目，都是追悼会上所见到的。托盘上放着一个祭灵麦饼，饼上洒着厚厚的一层糖，用桂皮摆成的名字——阿历西斯·左巴。我注视这个名字，而在认出这名字之前，克里特的湛蓝海水汹涌高涨，冲进我的心田。话语、笑声、跳舞、酒醉时的欢闹、忧虑，灯下闲谈，一双温情又轻蔑的、圆圆的眼睛仿佛每一时刻都既向我表示欢迎又向我告别。当我看见那华丽的祭品时，又想起其他的形象。从一开始而事实上与我的意愿相违的是，另一个影子和左巴的影子纠缠在一起。这是一个不期而遇的、被吻过成千上万次的、浓妆艳抹的堕落女人。我们在面对利比亚的一个克里特沙滩上碰见了她。

人的心就像一个封闭的血坑，一旦打开，所有挤在我们周围的饥渴的、忧伤的影子，都跑来吸血，以求再生。它们跑来喝我的血，因为它们知道不会有其他的复活机会。今天左巴大跨步走在别人前头，把其他影子甩在一边，因为他知道今天的追悼会是为他举行的。

让我们给他一点我们的血。让我们尽一切可能使这个不可思议的爱吃爱喝的人、工人、女人的情人和流浪汉能够活得长一些。他是我一生中认识到的一个最伟大的心灵、最坚实的躯体、最自由的呼声。

尼科斯·卡赞扎基

第一章
我是一个男子汉

我和他在比雷埃夫斯初次相遇。我到码头去乘开往克里特的轮船。天刚亮，下着雨，刮着一股强劲的西罗科风[①]。浪花飞溅到小咖啡馆。镶玻璃的门关着，室内空气污浊，充满人臭和鼠尾草煎汁味。室外，天气寒冷，窗玻璃蒙上了一层水汽。五六个身着棕色羊皮短袄的水手，在这里熬了个通宵。他们喝咖啡或是鼠尾草煎汁，隔着水汽蒙盖的窗玻璃望大海。被海浪冲昏的鱼儿，躲到海底深处，等待上面恢复平静。渔民也都挤在咖啡馆里，等候风浪平息，鱼回到水面上来吞饵。舌鳎、伊豆鲉、鳐鱼从它们的夜间旅行归来。天亮了。

镶玻璃的门开了。一个秃头、光脚、身上沾着泥、皮肤黝黑的矮胖码头工人走了进来。

“嗨，科斯坦迪，”一位身穿天蓝色宽袖长外套的老水手喊道，“怎么样了，老家伙。”

科斯坦迪啐了一口唾沫。

“你说我能怎么样，”他烦躁地答道，“早晨上酒吧，晚上回家。早晨上酒吧，晚上回家！我就是这么过日子。屁工作也没有。”

有的人笑了起来，有的人摇着头骂街。

“世界就是个终生监狱。”从看木偶戏悟到哲理的一个蓄着小胡子的人说，“不错，一个终生监狱，真见鬼。”

淡蓝色的晨曦穿过肮脏的玻璃，进入室内，射在人们的手、鼻、额

---

①欧洲南部从利比亚沙漠吹来的一种常带沙尘，间或带雨的热风。

头上，照亮壁炉上的酒瓶。电灯显得暗了。熬了一夜而昏昏欲睡的店老板伸手把灯关掉。

一阵沉默。所有的人都抬起头来，望着外面的晦暗天气。人们听到惊涛拍岸和室内几个水烟筒发出的汩汩声。

老水手叹了口气说：

“唉！莱莫尼船长不知会怎么样，愿上帝保佑他！”他朝大海狠狠地看了一眼。

“喔！这个制造寡妇的东西。”他吼叫着说，一面咬他的灰色胡子。

我坐在一个角落里，觉得冷。我又要了一杯鼠尾草煎汁。我感到困。我和睡欲、疲倦、天蒙蒙亮时的孤寂感做斗争，通过水汽蒙盖的玻璃看码头。它已苏醒，各种船只的汽笛在鸣响。赶大车的和船夫们在呼喊。看着看着，海、雨和离别交织成了一张无形的网。网眼收拢，把我的心裹缠起来。

我注视着一艘大船的黑色船首。整个船体仍浸沉在黑暗之中。雨在下。我望着连接天空和泥泞地面的雨柱。

面对这艘黑色的船、阴影和雨，凄凉之感油然而生，引发了我对往事的回忆。挚友的容貌在淫雨和阴郁的氛围中显现出来。不就是去年？另一种情景？昨天？那我是什么时候来到这个码头与他话别的？我记得，那是一个寒冷的早晨，天蒙蒙亮，还下着雨。当时我的心情也很沉重。

与挚友慢慢分手，是何等痛苦！不如断然离去，回到个人孤独的自然气候中。可是，在那下着雨的黎明时分，我不能一下子走掉（后来我明白了这个道理，可惜为时已晚）。我陪他上船，坐在他那周围放着散乱行李的船舱里。当他的注意力转向别处时，我只顾看他，仿佛要把他的一点一滴的特征全都印在我脑海里——一双明亮的蓝绿色眼睛、丰满的脸庞、敏锐而孤傲的表情，尤其是他的那双十指修长、带有贵族气派的手。

一刹那间，他发现我以热切的目光注视着他。他以掩饰自己的情感惯于采用的那种嘲笑神态，转过头来看我。他心领神会。为了解除我的悲伤，他开玩笑似的问我。

“要到什么时候？”

“什么，要到什么时候？”

“你还没完没了地舞文弄墨呀？跟我走吧，亲爱的先生。在高加索那里，我们成千上万的同胞正在受苦受难。让我们去拯救他们吧。”

他笑了起来，仿佛在讥讽自己的崇高决定似的。

“可能我们救不了他们，”他接着说，“可是，当我们尽力去拯救别人的时候，也拯救了我们自己。你不是这么宣讲的吗？‘拯救别人是拯救你自己的唯一途径……’那么，走吧，你过去说得那么好。走吧！”

我没有回答。东方的神圣大地是诸神的母亲，被钉在高山上的普罗米修斯的喊声在回荡。我们的民族像他一样被钉在那里的岩石上，在呻吟、呼喊，又一次遭受危难，呼喊她的儿女们前去拯救。我听到了呼叫而反应消极，就好像痛苦只不过是一个梦，一出动人悲剧中的情景。如果贸然冲上舞台，参加行动，那就显得天真鲁莽。

我的朋友没有等我回答，就站起身来。轮船这时已第三次鸣笛。他向我伸出手，又一次以玩笑掩饰他的情感。

“再见，书虫。”他说。

他声音颤抖，他知道不能控制自己的情感是可耻的。泪水、温情脉脉的语言、失态的举止、世俗的亲热，这一切都是与人的尊严不相称的弱点。我们彼此相爱从未如此之深，但不曾交换过一句亲热的话语。我们玩耍，我们像野兽似的彼此把对方抓伤。他为人精细敏锐，爱嘲弄而温文尔雅。我却是个粗野的人。他善于克制自己，把一切内心的情感用微笑表现出来。而我生性暴躁，往往发出一阵不合时宜的狂笑。

我想用生硬的语言掩盖内心的激动，但我感到难为情。不，不是难为情，我就是做不到。我握住他的手，握住不放。他看着我，显得诧异。

“激动啦？”他勉强微笑。

“是的。”我平静地答道。

“为什么？我们是怎么决定的？多少年前我们不是商定好了吗？你那么喜爱的日本人是怎么说的？不动声色、平静泰然，面孔是一张固定的微笑着的面具。至于面具后面发生什么，那就是我们的事了。”

“不错。”我回答，同时为了避免失态，说出一句长长的话语，也不知道是否制止我的声音颤抖。

船上响起锣声，在驱赶各船舱中送行的人。细雨绵绵。到处是离别时的衷情话语、发誓、长吻和气喘吁吁的急促叮咛。母亲扑向儿子，妻子拥抱丈夫，朋友拥抱朋友。他们仿佛彼此要永远别离。短暂的分别仿佛使他们想到永久的别离。锣声犹如丧钟，在潮湿的空气中，从船头响到船尾。我不禁颤抖。

我的朋友欠身，低声问道：

“听我说，你有不祥的预感吗？”

“有。”我回答说。

“你相信这种无聊的说法？”

“不信。”我肯定地回答。

“那么？”

没有什么“那么”。我不信，可是我有点害怕。

我的朋友把他的左手轻轻地放在我的膝盖上。每当我们讨论得最融洽的时候，他就这样。我催他赶快作决定，他不肯，拒绝，最后让步。要么就摸着我的膝盖，好像对我说：“看在朋友的分上，我照你的意思办……”

他眨了两三下眼睛，又盯着我。他知道我难过，不再拿出我们惯用的武器：笑，微笑，开玩笑……

“好吧，”他说，“伸出手来，如果我们两人中有一个人面临死亡的危险……”

他停下来，仿佛感到难为情。我们多少年来一直拿这些形而上学的探索开玩笑，把什么素食者、招魂巫师、通神论者和降神术中从灵媒身上发散出的可见物都看作一路货色。

“那怎么样？”我猜着他的想法问。

“就拿这当作游戏好吗？”他为了给刚说出的那句可怕的话圆场，赶忙说，“要是我们俩中间有一个人面临死亡的危险，他就去想另一个人，要想得非常强烈，使对方无论在哪里都会受到感应……同意吗？”

他想笑，但嘴唇像冻僵了似的，没有动弹。

“同意。”我说。

我的朋友怕过于暴露自己内心的激动，又急忙说：

“当然，我一点儿都不相信心灵感应……”

“那有什么关系，”我低声说，“就这么办……”

“好吧，就这么办，玩玩！同意啦？”

“同意。”我答道。

这是我们之间的最后的对话，我们默默地握手，手指热切相连，又急促分开。我快步离去没有转身，仿佛有人在后面追赶。我做了一个回头的动作，想最后一次看看我的朋友，但我克制住了。我命令自己：“别回头，向前走！”

人的灵魂陷入肉体的泥潭中，仍然处于不完美的原始状态。由于功能发展不全，她不能清晰准确地预感未来。要是她能做到这一点的话，那么这次分别该会是多么不同。

天越来越亮。两个清晨混同起来。挚友的脸庞看得更清楚了。他在码头上，满面愁容，纹丝不动地站在雨里。咖啡馆的门开了，海在咆哮。一个矮胖水手，两脚叉开，胡髭两边下垂，走了进来。室内响起了欢快的声音：

“你好，莱莫尼船长！”

我躲到一个角落里，想再集中一下思想。可是朋友的面孔在雨中溶解了。

室内更加明亮。莱莫尼船长面有愠色，沉默不语。他掏出他的琥珀念珠拨弄着。我竭力不去看，不去听，追回一点刚刚消失的幻影。一想起我朋友叫我“书虫”，夹杂着耻辱的怒火又在我胸中复燃。因为这个词体现了对我到如今所过着的日子的极度厌恶。我对生活是如此热爱，我怎么会那么长时间以来让自己陷入陈旧的书本和废纸堆里！就在分别这天，我的朋友帮我看清楚了。我感到卸下了包袱。既然从此认识到自己的不幸是什么，我也许就能够比较容易地去战胜它。它再不是散乱的和无形的了。它已成为一个词，有了形体，那么我去同它斗争就不难了。

那次谈话确实无声无息地在我身上起了作用。我从那时起就找借口，摆脱废纸堆并投身到行动中去。我厌恶我的人生有这么个可耻的称谓。可就在一个月前，我遇到一个渴望得到的机会。我在靠利比亚海的克里特海滨租下一个被遗弃的老褐煤矿。现在，我要去和工人、农民，一些纯朴的人生活在一起，远远离开“书虫”之流。

我做出发前的准备，心情异常激动，仿佛此行有着某种神秘意义。我已决定改变生活。我对自己说：“直到如今，你只看见影子而怡然自得；现在，我领你到实实在在的东西那里去。”

终于准备就绪。临行前，我翻看文件时，发现一篇未完成的手稿。我把它拿起来，看着它，心里犹豫了。两年来，一个极大的欲望，一粒种子：佛，在我灵魂深处颤抖。我时时刻刻都觉得它在我肚子里养育、成长。它长大了，开始动弹，用脚踢，要出来。现在，我已经没有勇气把它抛弃。我不能，要做这样一个精神流产为时过晚了。

正当我拿着手稿，犹豫不决的时候，我朋友那讥讽又亲切的微笑忽然在空中出现。“我把它带走！”我生气地说，“我把它带走，你别笑！”我像对一个婴儿似的，小心翼翼地把它用布裹起来带走。

莱莫尼船长发出低沉、嘶哑的声音。他讲那些水精灵，暴风雨时爬到他的船的桅杆上，还伸出舌头舔来舔去。

“它们身上软绵绵、黏糊糊的，”他说，“你要是抓住它们，手就烫得火热。有一回，我摸了它们再捋胡子，我像鬼似的整夜发光。好啦，我跟你们说，海水灌进了船舱，我的货物被浇湿，变得沉重，开始倾斜。我完蛋了。可是上帝对我发慈悲，及时送来雷电，劈开舱口挡板，所有煤都倒到海里。海里满是煤，可是船轻了，重新竖起来。就这样，我又一回脱险了。”

我从口袋里掏出我的“旅伴”——但丁袖珍本。我点燃了烟斗，舒舒服服地靠墙坐着。我一时犹豫：汲取哪段诗句呢？地狱篇中的滚烫沥青、炼狱中的圣火，还是直接去奔那最高层次的“人类希望”？我可以选择。我手捧但丁袖珍本，品味着这一自由。我清早要选读的诗句将给我的一整天定下音来。

我审时度势以便作出决定，但我没有时间。突然，我感到不安，抬起头来。不知怎么，我觉得我头顶上仿佛开了两个洞。我急忙转过身来，朝镶玻璃的门望去，像闪电般，一股想见到我朋友的强烈愿望穿过脑海。我准备好迎接奇迹的出现。但奇迹没有出现。一个挺高的个子、干瘦、双目圆睁、约莫六十岁的陌生人，把鼻子贴在玻璃上看我。他腋下夹着一个扁平的小包袱。

给我印象最深的是他那双忧郁不安、讥讽而充满热情的眼睛，至少我觉得是这样。

当我们的目光碰到一起时——他仿佛肯定我就是他所要寻找的人——这个陌生人断然伸手推开了门。他迈着轻快的步子穿过一张张桌子，站到我面前。

“在旅行？”他问我，“去哪儿？”

“克里特。干什么？”

“带我去好吗？”

我仔细打量他。面颊凹陷、颧骨凸出、坚实的下颌骨、拳曲的灰头发、目光炯炯。

“为什么？你要我带着你去干什么？”

他耸了耸肩膀。

“为什么！为什么！”他用轻蔑的口气说，“不问为什么就什么都不能干了吗？就这样，为了高兴？好啦，带我走吧，就说给你当厨子。我会做你没有喝过的好汤！”

我笑起来。我喜欢他的态度和犀利的语言。也喜欢他会做汤。我心想，带着这个四肢像散了架似的人去远处偏僻的海滨并不坏。喝喝他做的汤，听他聊天……看样子他是在海上漂泊多年的，像航海家辛伯达一类的人物……我喜欢他。

“你在考虑什么？”他晃着大脑袋问我。“你在权衡得失，嗯！一分一两地衡量，不是吗？好啦，勇敢些，决定吧！”

他站在我面前，是个身材不匀称的高个子。我得仰起头跟他说话，很累。我合上了但丁袖珍本。

“坐下，”我对他说，“你喝杯鼠尾草煎汁吗？”

他坐了下来，小心翼翼地把他那包袱放在身旁的一张椅子上。

“鼠尾草煎汁？”他轻蔑地说，“老板，来一杯朗姆酒！”

他小口小口地呷朗姆酒，含在嘴里品味，然后慢慢咽下去，暖和肠胃。我心想：“这个纵欲者，也是喝酒的行家。”

“你是干什么的？”我问他。

“什么都干，用脚、用手、用脑袋，都行。随你挑着使。”

“最近你在哪里干活？”

“矿里。你知道，我是个好矿工。我认识矿石，会找矿脉，开坑道；我下井，一点也不害怕。我干得不错，当工头。我没有什么可抱怨的。可是魔鬼掺和进来。上星期六晚上，我喝多了点儿，我去找老板，这天他正来检查，我把他揍了……”

“把他揍了？为什么？他对你怎么了？”

“对我？没什么，对我什么也没有怎么。我跟你说，我是第一次见到他。他还给我们发烟卷哩，这倒霉的家伙。”

“那究竟为什么？”

“噢！你问这种问题！就是来了一股劲，伙计。你知道磨坊老板娘的故事吧！难道磨坊老板娘的屁股会拼音识字吗？磨坊老板娘的屁股就是人性。”

我读过许多有关人性的定义，这个说法令人瞠目结舌，十分别致。我很感兴趣地端详我这个新伙伴。他脸上布满了皱纹和瘢痕，仿佛被风雨所侵蚀。若干年后，另外一张脸，一个表情痛苦的木雕像：巴奈·伊斯特拉第[①]的脸给我同样的印象。

“你的包袱里包的是什么呀？吃的？衣服？工具？”

我的伙伴耸了耸肩，笑了。

“你的想法倒是合情合理，”他说，“就是把我小看了。”

他用修长的粗糙手指抚摸包袱。

“不是，”他说，“一个桑图里[②]。”

“桑图里？你会弹桑图里？”

“当我穷得没办法的时候，我就到各酒吧间去弹桑图里。我唱古老的马其顿山民游击队歌曲，然后拿着这顶帽子敛钱，帽子就装得满满的了。”

“你叫什么名字？”

“阿历克西·左巴。人们也叫我‘炉铲’，笑话我脑袋扁得像张

---

①巴奈·伊斯特拉第（PanaitIstrati），罗马尼亚作家（1884—1935）。

②一种类似洋琴的弦乐器。

饼。他们爱怎么说就怎么说。也有人叫我‘二流子’，因为有一阵子我卖炒南瓜子。我去过的地方人家又叫我‘无赖’，因为仿佛我把人弄得鬼迷心窍，受了骗。还有别的外号，以后再说吧……”

“那么你怎么学会弹桑图里的呢？”

“那是我二十岁的时候，在奥林匹斯山脚下，我们村上的一个节日，我第一次听到有人弹桑图里。我简直惊呆了，一连三天吃不下饭。

“‘你怎么啦？’一天晚上我父亲问我。

“‘我想学桑图里。’

“‘你不觉得害臊？做个流浪汉，去当个玩乐器的？’

“‘我想学桑图里！’

“我存了一点钱，想着到时候结婚用。你瞧，我还是个孩子，不知天高地厚。我血气方刚，一个穷光棍就想结婚！我不管三七二十一把我所有的钱再加上点儿买了一个桑图里。瞧，就是这个。我带着它跑到了萨洛尼卡，去找一个土耳其人：埃塞普先生。他是一位行家，一位桑图里大师。我给他下跪。‘你想干什么，小异教徒？’他问我。‘我想学桑图里。’

“‘好，那你为什么给我下跪？’

“‘因为我没有钱付学费！’

“‘那么说，你真心实意爱上了桑图里啰？’

“‘是的。’

“‘好吧，那就留下来，小伙子。我这里不需要付学费！’

“我留在他那里学了一年，他大概早已过世了。要是上帝让狗进他的天堂的话，那么他也会给埃塞普先生敞开大门。自从我学会弹桑图里，我就变成了另一个人。当我痛苦或穷困的时候，只要一弹桑图里，我就感觉轻松了。我弹琴的时候，别人跟我说话，我听不见。即便听见，我也不能说话。毫无办法，我想说也说不出来。”

“那是为什么呢，左巴？”

“啊，是情感！”

门开了。海涛声又传进咖啡馆。人们手脚冰冷。我裹上大衣，再往角落里紧靠，有一种幸福的感觉。

“上哪里去呢？”我心想，“我在这里挺不错。希望此刻能长久下去。”

我看着面前的这个怪人。他的一双眼白里带血丝的小黑圆眼珠紧盯着我。我觉得他似乎要把我看穿，对我不厌其烦地进行探索。

“后来怎样呢？”我问。

左巴耸了耸瘦削的肩膀。

“算了吧，别说了。”他说，“给我一支烟吧。”

我把烟递给了他。他从背心里掏出火石、火绳，点着了烟，悠然自得地眯缝着眼睛抽着。

“你结过婚没有？”

“我是个男人，”他气愤地说，“我是个男人，也就是一个瞎子。我也跟别人一样，脑袋朝前栽进坑里了。我结了婚，也就走了下坡路。我成了一家之主。我盖了一所房子，添了孩子，数不清的烦恼。可幸亏我有这桑图里！”

“你弹琴解愁不是吗？”

“我说，伙计，看得出来你什么乐器都没有玩过！你跟我说的是什么呀？有了家，有了烦恼、老婆、孩子，大家吃什么？穿什么？怎么办？简直是地狱！不，不，弹桑图里，一定要情绪好，一定要心里清净。要是我老婆跟我说了一句过头的话，你想想，我哪里还有心思去弹桑图里呢？要是孩子们肚子饿得咕咕叫，那还能弹？要弹桑图里，就得聚精会神，不能有杂念。你懂得吗？”

我看出这个左巴正是我踏破铁鞋无觅处的人。一颗活跃的心，一张贪吃的大嘴，一个未脱离兽性而赋有巨大力量的灵魂。

对艺术、爱情、美、纯洁、情感——这些词的含义，这位工人用最纯朴的语言，使我豁然开朗。

我打量他那双既善于使用十字镐，又娴熟于琴艺，结满老茧、裂开口子、变形、青筋暴露的大手。这双大手轻柔仔细地解开口袋，取出了一个因长年累月的摩擦而发光的老桑图里。琴上有许多弦，黄铜和象牙镶嵌并系有红丝穗子，粗糙的手指缓慢而深情地抚摸琴身，仿佛在抚摸一个女人。然后又重新把它裹起来，好像是怕让一个心爱的人着凉。

“这就是我的桑图里。”他一边小心翼翼地把琴放回椅子上，一边低声说。

水手们这时互相碰杯，放声大笑。老水手亲热地拍着莱莫尼船长的脊梁。

“莱莫尼船长，说实话，你死里逃生，吓坏了吧？天知道你给圣·尼古拉许了什么愿，给他点了多少根蜡烛！”

船长皱了皱浓密的眉毛。

“我对天发誓，伙计们，当我看见面前的死神的时候，我既没有想到圣母马丽亚，也没有想到圣·尼古拉！我朝萨拉米纳转过身去，我想我老婆，我喊：‘喂，卡黛丽娜，要是我能到你床上去睡觉的话！’”

水手们又一阵哄堂大笑，莱莫尼船长也笑起来。

“你说人是多么奇怪的动物，”他说，“死神临头，可他的心就往那儿想，就往那儿去，不往别处！见鬼，猪猡！”

他拍了拍手，喊道：

“老板，给我们一桌子人拿酒来！”

左巴竖起耳朵听。他转过头去看水手们，又回过头来看我。

“他们说的哪儿？”他问，“这个人说的什么呀？”

但他忽然明白了，吃了一惊：

“好啊，伙计，”他称赞说，“这些水手懂得奥妙之处。大概是他们日日夜夜与死神搏斗的缘故。”

他挥动了一下大手。

“好啦！”他又说，“那是另外的事儿。还是回到我们的问题上来吧。我留下来，还是走？决定吧！”

“左巴，”我克制住了自己，没有扑到左巴的怀里，说，“左巴，同意！你跟我走吧。我在克里特有个褐煤矿，你指挥工人，晚上我们俩就躺在沙地上。在这世上，我没有老婆，没有孩子，没有狗。我们一块吃，一块喝。完了，你弹桑图里。”

“……要是我情绪好，你听见了，要是我情绪好的话。给你干活，这个，你叫我干多少我就干多少，决不讨价还价。我是你的人。可是桑图里，那是另外一回事。它是一头野兽，它需要自由。我情绪好，我就弹，甚至会边弹边唱。我还会跳舞，跳泽因贝吉库[①]、哈萨皮库[②]、邦多扎利[③]各样舞。可是我得跟你说明白，一定得我情绪好时。好来好往。要是你强迫我，那就完了。这些事儿你得知道，我是一个男子汉。”

“男子汉，你的意思是？”

“哦！就是自由。”

“店家，再来一杯朗姆酒。”我喊道。

“两杯！”左巴说，“你也得喝一杯。我们碰杯。鼠尾草煎汁和朗姆酒合不到一块。你喝一杯朗姆酒，庆祝我们的协定。”

我们彼此碰了杯。这时，东方已泛白，轮船鸣笛，给我拎箱子的船工示意我上船。

“愿上帝与我们同在。”我站起身来说，“走吧！”

“还有魔鬼呢！”左巴补充说。

他弯下腰，把琴夹在腋下，开了门先走出去。

---

①小亚细亚一个海岸部落的一种舞蹈。

②一种屠夫舞。

③克里特民族战士舞。

第二章
这才是自由

大海、柔美的秋天、沐浴在阳光下的大小岛屿，蒙蒙细雨的帷幔覆盖着希腊的永恒的裸露身躯。我心想，谁在死去之前，能有机会在爱琴海畅游，谁就是个幸福的人。

在这个世界上有各种各样的欢乐：女人、鲜果、想象。然而，在这柔美的秋天，在这海上乘风破浪，指点各个岛屿，说出它们的名字，我相信这已不仅是欢乐，而是把人的心送进了天堂。任何地方，人们都没有像在这里那么恬静从容地由现实进入梦幻。边界缩小了，最破旧的船桅杆上长出枝桠和果实。仿佛在希腊这里，奇迹是需要所必然产生的花朵。

中午时分，雨停了，日出云散。太阳显得温柔、亲切、洁净，把它的光线撒向可爱的水域和大地。我站在船头，眺望天际，为奇迹所陶醉。

船上，像魔鬼般狡黠的希腊人——他们放射出贪婪的目光，满脑子的低劣货色，尔虞我诈，争吵不休；一架走音的钢琴；直言不讳的恶毒泼妇。一派村野的委琐气氛。真叫人恨不得抓起船的两端，把所有这一切——肮脏的人、老鼠、臭虫——统统倒进大海，然后让清洗干净的空船重新浮在水面上。

但是，我有时发起慈悲来——一种通过冷静的形而上学的三段论法得出结论来的佛家的慈悲。这不仅是对人，而且对于在斗争、呼喊、哭泣、希望的整个世界的怜悯和同情，并把这一切视为虚幻。对希腊人、对船、对海、对我自己、对褐煤矿、对佛学手稿、对所有由影和光构成而突然震动并污染清新空气的虚枉事物发出的怜悯和同情。

我注视着左巴，他变了样。面孔蜡黄，坐在船头的一盘缆绳上。他拿着一个柠檬在用鼻子嗅，竖起大耳朵听旅客们争吵：一个赞成国王，一个赞成威尼泽洛斯[①]。他晃了晃脑袋，啐了一口唾沫。

“老调子唱来唱去，”他轻蔑地嘟囔说，“不嫌烦！”

“老调子，这是什么意思，左巴？”

“那还用问。什么国王、民主、议员，这些骗人的把戏！”

在左巴的思想里，当代的事物已成陈迹。他自己已然超越。在他心中，什么电报、轮船、铁路、流行的风尚、祖国、宗教，都像一些生了锈的老卡宾枪。他的心远远走在世界前面。

桅杆上的绳索发出吱吱嘎嘎的声音。海岸线在跳动，妇女们脸色蜡黄。她们放下了她们的武器——脂粉、短上衣、发卡、梳子，嘴唇灰白，指甲发青。一些吵吵嚷嚷的老喜鹊摘掉她们借来的羽毛、丝带、假眉毛、假美人痣、奶罩——看见她们要呕吐，让人觉得既恶心又十分可怜。

左巴的脸变黄变青，炯炯有神的眼睛黯淡了。直到傍晚，他的目光才活跃起来。他伸手指给我看两条跃出水面同船赛跑的海豚。

“海豚。”他高兴地说。

我这时第一次注意到他左手食指被截去一段。我吃了一惊，

心里感到不好受。

“你的手指怎么啦，左巴？”我喊道。

“没有什么。”他回答说，他见我对海豚不特别感兴趣心里不大高兴。

“是让机器轧掉的吧？”我又问他。

“你老说什么机器？是我自己截掉的。”

---

①威尼泽洛斯（Venizelos）（1864—1936），希腊政治家，曾领导希腊解放战争，制定宪法，多次任政府首脑，主张民主共和，反对君主政体。

“你自己，怎么回事？”

“你明白不了，老板！”他耸了耸肩说，“我跟你说过，我什么都干过。有一回，我当陶瓷工。你知道这活儿就是拿一块泥，你想把它做成什么它就变成什么。呼呼呼，你开动转盘，泥在上面飞快地转起来。你站在上头，你说我要做一把壶，我要做一个盘子，做一盏灯，做什么都行。他妈的！这才叫做人哪，自由啊！”

他这时忘记了大海，也不嗅柠檬了。他眼睛又明亮了起来。

“那么，”我问，“你的手指？”

“哦，是这么回事儿：它在转盘上碍我事。在我正干得起劲的时候，它搅乱了我的事儿。那么有一天，我拿起一把小斧子……”

“那你不疼吗？”

“怎么，我不疼？我可不是个树桩子。我是人，当然疼。不过我跟你说，它碍我事，我就把它剁掉了。”

太阳下山。大海逐渐平静。云彩散开。金星在空中闪烁。我凝视大海，仰望天空，不禁遐想……我真愿意这样，抓起斧头，砍下去，然后疼痛……不过我没有露出心中的激动。

“这不是个好办法，左巴！”我笑着说，“这使我想起了‘金色传说’里的一个故事。有一天，一个苦行者见到一个女人，他心慌意乱，神不守舍。于是，他就拿起了一把利斧……”

“混蛋！”左巴猜到我要说什么。“把这玩意割掉！蠢货！这家伙从来都不碍事。”

“怎么！”我说，“这其实是个大障碍。”

“障碍什么？”

“妨碍你进入天国呀。”

左巴用讥讽的神气斜看我一眼。

“可是正相反，傻瓜，”他说，“这是把进天堂的钥匙！”

他抬起头仔细看我，仿佛要从我脸上看出我对下面这些事的想法：

来世、天国、女人和神父。不过，他似乎没有看出什么来，只好谨慎地摇了摇他那灰头发的大脑袋。

“残疾人进不了天堂！”他说完就不作声了。

我回房间躺下，拿起一本书：佛祖到这时仍支配着我的思想。我读了近年来使我感到平静和安稳的一段佛祖与牧人的对话。

牧人：我把饭准备好了，给羊挤了奶。我把小房子的门上了闩，火生上了。那你，天啊，你可以下雨啦，你尽量下吧！

佛祖：我已不需要食物也不需要奶。风吹进我的屋里，火已熄灭。那你，天啊，你可以下雨啦，尽量下吧！

牧人：我有公牛，我有母牛。我有祖上留下来的牧场和给母牛配种的一头雄壮公牛。那你，天啊，你可以下雨啦，尽量下吧！

佛祖：我没有公牛也没有母牛。我没有牧场。我什么也没有。我什么都不怕。那你，天啊，你可以下雨啦，尽量下雨吧！

牧人：我有一个温顺忠实的牧羊女。多年来她就是我的妻子；我夜间与她合欢而感到幸福。那你，天啊，你可以下雨啦，尽量下吧！

佛祖：我有一个温顺而自由的——灵魂。多年来我训练它，教它与我共欢乐。那你，天啊，你可以下雨啦，尽量下吧！

当我已昏昏欲睡，却还听到对话的声音。风又刮起来了，浪涛冲向厚厚的玻璃舷窗。我像一股烟，在入睡与醒来之间漂浮。一场狂风暴雨，淹没了草原，黄牛、母牛、种牛都遭了殃。大风掀走了小房子的屋顶，火灭了；女人发出一声尖叫，跌倒在泥泞中死去。牧人哀号，叫喊；我听不见他说什么，但他号叫，而我像一条在海里的鱼似的越来越深沉地坠入梦乡。

当我在黎明醒来时，孤傲、荒凉、气势雄伟的大岛展现在我们右边。在秋天的阳光照耀下，淡红色的群山透过薄雾露出微笑。周围蓝色的大海，波涛汹涌，仍未平静下来。

左巴裹着一条棕色毯子，热切地望着克里特。他的目光从山上转移到平原，然后沿着海岸探测。他仿佛熟谙这里的山山水水，旧地重游，不禁欢喜。

我走到他的身旁，摸了摸他的肩膀：

“左巴，你当然不是第一次到克里特来啰！”我说，“你看它就像见到一个老朋友似的。”

左巴仿佛感到厌倦似的打了个呵欠。我看出他不愿意跟人搭茬儿。

我笑着说：“你讨厌说话吗，左巴？”

“倒不是讨厌，老板，”他说，“是说话困难。”

“困难？为什么？”

他没有立即回答。他的眼睛又沿着海岸慢慢巡视。他在甲板上过夜，卷曲的灰发上滴下露水。升起的太阳把他脸上、下巴和脖颈上深深的皱纹照得非常清楚。

他那长相像公山羊似的两片耷拉着的厚嘴唇终于动了动说：

“早上我很难张口。很困难，对不起。”

他又沉默了，一双小圆眼睛注视着克里特。

早餐的钟声响了。一张张无精打采、青黄色的面孔从船舱展现出来。妇女们发髻散乱，拖着步子，摇摇晃晃，穿过一张又一张饭桌，散发出呕吐物和花露水的味道。她们目光模糊、惊惶、呆滞。

左巴坐在我对面，津津有味地喝着咖啡。他把面包抹上黄油和蜂蜜，吃着。他的脸慢慢变得开朗平静，嘴也显得柔和了。我偷偷地注视着他，发现他睡意逐渐消失，眼睛越来越闪闪发亮。

他点燃了一枝烟，惬意地抽着，蓝烟从多毛的鼻孔喷出。他盘起右腿坐在上面，采取一种东方式的怡然自得的姿态。现在他就可以说话了。

“我是不是头一回来克里特？”他开口了（他眯缝着眼睛，通过舷窗朝远在我们身后的伊达山望去）。“不，不是头一回。1896年，我已经是个成长起来的大人。我的胡子、头发乌黑，真正本来的颜色。我有三十二颗牙齿。我一喝酒就先吃冷盘，后吃正菜。偏偏在这个时候，魔鬼就要在克里特爆发革命。

“那时候，我在马其顿当了货郎，走村串巷，卖针线杂货。我不收钱，我要奶酪、羊毛、黄油、兔子、玉米。然后，我把这些东西转卖出去，赚一倍的钱。晚上，我不论到哪个村，都知道去哪户人家住下。每个村都有一个好心肠的寡妇。我送她一轴线或一把梳子，要不一条黑头巾——因为她死了丈夫，我就跟她睡觉。这并不花我多少钱。老板，不花多少钱就过快活日子。可是，正像我跟你说的，这时候克里特拿起武器了。‘真倒霉！’我对自己说，‘这个克里特，它永远不叫我们安生。’我把线轴、梳子丢到一边，扛起了枪，和别的叛乱分子一起到克里特去。”

左巴沉默下来。这时，我们沿着一个恬静、多沙的圆形港湾行进。水波缓缓涌上岸边，没有溅起浪花，只是沿着沙滩留下一片薄薄的泡沫。云彩散开了。太阳光辉灿烂，形势嵯峨的克里特变得安谧、宁静。

左巴转过脸去，用嘲笑的神情看了我一下。

“老板，你以为我要跟你说我砍了多少土耳其人的脑袋和我把多少割下的土耳其人的耳朵泡在烧酒里——这是克里特的习惯。我不会说这些！我觉得这无聊，感到羞耻。这是什么样的一种疯狂？今天我冷静下来，就问自己这是多么疯狂的举动。朝一个对我们什么也没有干的人扑上去，咬他，割掉他的鼻子，揪下他的耳朵，剖开他的肚子，所有这些，还要叫上帝帮忙。换句话说，也要求上帝剖鼻子和耳朵，剖肚子。

“可是在当时，我血气方刚，头脑发热，我不会停下来分析一下问题。要做出正确的、恰如其分的思考，一定得心平气和，上了年纪，缺了牙齿。一个人没有了牙的时候，就容易说：‘小伙子们，别去咬啦！这是耻辱。’可是，当人长着三十二颗牙齿……是一头猛兽；是的，老板，人年轻的时候就是一头吃人的猛兽！”

他摇了摇头。

“他吃羊，吃鸡，吃猪，可要是不吃人的话，他满足不了。”

他将烟卷在放咖啡杯的碟子上碾碎，又说：

“不，他满足不了。你这位大学问家，你说呢？”

可是没等答复，他就用眼睛估量着我说：

“你能说什么呢？据我了解，你从来没有挨过饿，没有杀过人，没有偷过，没有跟别人的老婆睡过觉。那世界上的事你能懂得些什么呢？头脑天真，身上的肉没有见过太阳……”他以明显的蔑视口气低声说。

而我也为自己的一双纤细的手、一张苍白的脸和从来没有被溅上过血和污泥的一生感到羞愧。

“好吧！”左巴用一只大手在桌子上一抹，好像用一块海绵把它揩净。“好吧，我还要问你一些事儿。你看过大堆大堆的书，也许你知道……”

“问吧，左巴？”

“真奇怪，老板……真奇怪，把我迷惑着了。我们叛乱分子，干了这些烧杀掳掠、荒淫无耻的事，结果把乔治亲王带到克里特来[①]。自由了！”

他睁大眼睛，惊愕地看着我。

“这是件不可思议的事，”他低声说，“一个天大的奥秘！莫非为了使自由来到这个世界上，就一定得这样大屠杀，干这么多可耻的事？要是我把种种卑鄙行径和暴行给你讲了的话，你听了头发都得竖起来。可是所干的这一切的结果是什么呢？自由！上帝没让我们遭到天打雷劈，反而给了我们自由！我就怎么也弄不明白了！”

他用仿佛求援似的目光瞧着我，可以看出，这个问题一直折磨着他

---

①土耳其在巴尔干战争中失败，1913年5月13日签署的《伦敦条约》确认克里特归属希腊版图。乔治亲王登陆象征克里特的解放。

而无法解脱。

“你明白是怎么回事儿吗，老板？”他焦急地问我。

明白什么？我跟他说什么呢？要么是我们称呼的上帝不存在；要么就是我们说的屠杀和罪恶行径是斗争和解放世界所必须的……

我尽量试用一种比较简单的语言向左巴解释。

“花是怎样从粪便和污泥中发芽和生长出来的呢？你说，左巴，是不是粪便和污泥就是人，花就是自由。”

“可是种子呢？”左巴用拳头捶着桌子说，“植物要发芽必须有种子。谁把种子放在我们肮脏的肚肠里的？怎么这种子就不能从仁爱、诚实中生长出花朵呢？它就必须要血和肮脏的东西吗？”

我摇了摇头。

“我不知道。”我说。

“那么有谁知道呢？”

“谁也不知道。”

“可那么说，”左巴感到失望，用凶狠的目光环顾四周，“我要这些船、机器、白领子做什么？”

两三个晕了船，坐在邻近桌旁喝咖啡的旅客又活跃起来。他们觉察到一场争吵，竖起耳朵听。

这使左巴感到厌恶。他放低嗓门儿说：

“我们说别的吧。我一想到这事儿，我就恨不得把手里的东西，一把椅子或一盏灯砸碎，要不把脑袋往墙上撞。可是这又有什么好处呢？见鬼去！砸了东西赔钱，要不就上药房去包扎脑袋。唉！要是上帝存在的话，那就更糟糕。完蛋了！他就会在天上斜着眼看我，捧腹大笑。”

他忽然晃了一下手，好像驱赶一只讨厌的苍蝇。

“嗨，没关系，”他略带歉意地说，“我要对你说的是，当那艘挂满彩旗的王室船来到，礼炮开始鸣放，亲王踏上克里特的土地……你看见过全体人民为恢复了自由而欣喜若狂的情景吗？没有？唉，我可怜的老板，那你就是瞎着眼生下来，又瞎着眼死去。我呢，即使活到一千岁，即使我只剩下一块活着的肉，我都忘不了那天所见的事儿。如果每个人都能按照他的爱好选择自己的天堂的话——就应当是这样的——我管这叫天堂——到时候我要对上帝说，主啊，让我进的天堂是个挂满爱神水和彩旗的克里特，让乔治亲王踏上克里特的一刻，千秋万代永远存在下去。这我就满足了。”

左巴又沉默了。他捻了捻小胡子，倒满一杯冰水，一下子喝光了。

“克里特发生了什么事，左巴，跟我说说吧！”

“我不会作文章！”左巴不耐烦地说，“老伙计，我跟你说吧，这个世界是个奥秘。人只不过是一头大畜生。”

“一头大畜生和一个上帝。一个和我一起从马其顿下来的叛乱分子，人们叫他约尔加，是个穷凶极恶、卑鄙下流的家伙。怎么，他也哭起来了。‘你哭什么，该死的约尔加？’我问他，而我自己也泪水滚滚。‘你这猪猡哭什么？’可他向我扑过来，像个孩子似的哭着把我搂住。然后，这个吝啬鬼掏出钱包，把从土耳其人那里偷来的金币倒在膝盖上，再一把一把地朝空中扔。你知道吗，老板，这就是自由！”

我站起身，走上甲板，任凭激烈的海风鞭挞。

“这就是自由，”我想。“有一种积聚金币的激情，忽然又战胜了这一激情，把他的财产向四面八方抛掷出去。从一种激情中解放出来，去听从另一种更崇高的激情支配。难道说这也是一种奴役形式？为一个理想，为一个民族，为上帝而牺牲自己？心目中的模范形象越高，束缚奴隶的绳索就越长。那么我们可以在一个较宽阔的竞技场上嬉戏、玩耍，而在见不到羁绊的情况中死去。这是不是人们所说的自由呢？”

傍晚时分，我们在沙质海岸登陆。像筛过似的白色细沙，仍开花的夹竹桃、无花果树、角豆树，右边稍远处，一座没有树木的灰色的低矮山丘，活像一个仰面朝天的女人头像。深褐色的煤层就在女人的颌下，沿着脖颈处。

这时刮着一股秋风，散开的浮云慢慢经过，给地面投下淡淡的阴影。另外的云块在空中骤然升起。太阳时隐时现，地面时明时暗，犹如一张喜忧无常的面孔。

我在沙地上停留片刻观看，面对那圣洁的沉寂，像沙漠一般凄凉和迷人。佛家的诗句从这地上显现出来，进入我心灵深处："何日竟能无喜无忧，看破红尘，万物皆空，退隐独居？何日方能六根清净，安贫乐道，退隐山中？何日方知罪、老、病、死，寓于己身，怡然自得，退隐林中？何时？何时？何时？"

左巴夹着桑图里，向我走来。

"那儿就是褐煤！"我掩盖着激动的情绪说道。我伸出手臂，指向那像仰面女人头似的山丘。

然而，左巴皱了皱眉，没有回头。

"不着急，现在还不是时候，老板，"他说，"先让它停下来，它还动弹哪。这家伙，像船上的甲板。我们快进村吧。"说完，他迈开大步。

两个皮肤晒得黝黑的赤脚儿童赶忙跑过来替我们拎行李。一个蓝眼睛的肥胖海关职员在一间木板房里抽着水烟筒值勤。他斜眼瞟了我们一眼，漫不经心地看了看行李，挪了一下身子，似乎要站起来，却又鼓不起劲头。他慢腾腾地拿开了他那水烟筒的管子。

"欢迎你们。"他懒洋洋地说。

有一个孩子走到我跟前。他那双橄榄形小黑眼睛向我使了一个眼色，开玩笑说：

"他不是克里特人。他懒得要命。"

"克里特人他们不懒吗？"

"他们懒……他们懒……"克里特孩子答道，"可是懒得不一样……"

"村子离这里远吗？"

“唔！不远，一颗枪弹的射程！瞧，园子后面的山沟里，是个挺漂亮的村子，老板。这儿是块宝地，什么都有，角豆、青豆、鹰嘴豆、油、酒。那边沙地里还生长着在克里特成熟最早的黄瓜和甜瓜。老板，这是非洲刮来的风把他们吹起来的。你要是睡在菜园里，夜里就会听见瓜长大成熟的窸窣声呢。”

左巴走在前面，他的头还有点晕晕乎乎。

“别泄气，左巴，”我对他喊道，“我们挺过来了，没事儿。”

我们快步走着。地里掺杂着沙和贝壳，不时出现一棵怪柳、一棵野生无花果、一簇灯心草和苦毛蕊花。天阴沉下来，云越来越低，起风了。

我们走近一棵螺旋形的双干合抱的硕大无花果树。树因年代久远内部开始凹陷。有一个孩子停下脚步，用下巴朝着树做了个动作。

“这是小姐树！”他说。

我感到吃惊。在克里特的土地上，每一块石头，每一棵树都有它一段悲惨的历史。

“小姐树？这是为什么？”

“还在我爷爷的时候，一位绅士的女儿爱上了一个年轻的羊倌。可是她父亲不愿意。女儿哭喊、哀求，但老头子就是不答应。于是，一天晚上，两个青年男女不见了。大家去找，一天，两天，三天，一个星期，还是找不着。但他们开始发出臭味，大家跟着臭味去找，在这棵无花果树下发现他们俩紧抱着的尸体已腐烂了。你明白了？因为闻见臭味才找到他们的。”

孩子大笑。我们听到村子里的嘈杂声。狗吠，妇女们叫嚷，公鸡啼鸣，宣告着气候的变换。空气中飘荡着从制造拉吉酒的蒸锅里散发出的葡萄渣的味道。

“村子到了！”两个孩子跑着喊道。

我们绕过沙丘就看见村落，它仿佛趴在峡谷的斜坡上。白灰粉刷的带平台的低矮房屋参差不齐，挤在一起的窗户形成许多斑点，像是卡在石头中间的白色颅骨。

“注意，左巴，”我小声叮嘱他，“现在我们进村了，行动表现得像个样子，不能让人家觉得有什么不合适，要让人家觉得我们是认真办事业的人。我是老板，你是领班。你知道，克里特人不开玩笑。只要他们一看见你，就会立刻发现你身上有什么毛病，给你起个外号。你再也甭想摆脱掉。你就像一只被人在尾巴上拴了个平底锅的狗似的跑吧。”

左巴用手捂住上唇的胡子，陷入了沉思。

“听我说，老板，”他终于开口说道，“要是村里有个寡妇，你就不必担心，要是没有……”

这时在村口上，一个衣衫褴褛的女乞丐伸着手跑过来。她那一张晒黑的脏脸，上唇还长着浓密的黑汗毛。

“嗨，朋友！”她用亲近的语气朝左巴喊道，“哎，朋友，你有良心吗？”

左巴停住脚步。

“有啊。”他严肃地回答。

“那就给我五个德拉克马[①]吧！”

左巴从口袋里掏出一个破旧的皮夹子。

“给你。”他说，同时露出微笑以缓和他的苦涩表情，又转过头来对我说：

“看来这里东西不贵，一个良心才五个德拉克马。”

村里的狗朝我们跑来，妇女们倚在晒台上看，孩子们跟在我们后边叫嚷。他们有的大喊大叫，有的模仿汽车喇叭声音，还有的跑到我们前面，睁大眼睛，好奇地看我们。

我们来到村子的广场上。两棵巨大的白杨树，树周围是一些做凳子

①德拉克马是希腊货币单位。

用的经过粗糙加工的树墩；对面是挂着一块褪色匾额的咖啡馆。匾额上写着“贞洁咖啡馆——肉铺”。

“你笑什么，老板？”左巴问。

可是还未等我回答，就从咖啡馆兼肉铺的门里走出五六个穿深蓝色长裤、系着红腰带的彪形大汉。

“欢迎你们，朋友们！”他们喊道，“请进去喝杯拉吉酒。还热着哩，刚出蒸锅。”

左巴直咂嘴。

“怎样，老板？”

他回过头来朝我眨了眨眼睛。

“喝一杯吧？”

我们喝了一杯，把肚子都烧烫了。咖啡馆兼肉铺老板是个身体结实、动作轻快、保养得很好的老头。他给我们搬来两把椅子。

我打听哪里可以住宿。

“去霍顿斯太太那里！”一人高叫。

“一个法国女人？”我惊奇地问。

“她从世界的另一头来的。她混了一辈子，哪儿都去过，老了就落到这里，开了一个小客栈。”

“她还卖糖块儿呢！”一个孩子说。

“她涂脂抹粉哪，”另一个孩子叫着说，“她脖子上系着一条丝带……她还养着一只鹦鹉。”

“寡妇？”左巴问，“是个寡妇吗？”

谁也没回答他。

“是寡妇？”左巴又问，嘴里流出口水。

老板捋了捋他那浓密的灰胡须。

“朋友，你能数数这里有多少根胡子？有多少？那她就当了多少丈夫的寡妇。你明白啦？”

"我明白了。"左巴舔舔嘴唇答道。

"她也能把你弄成鳏夫。"

"当心，朋友！"一个老头说，在场的人都哈哈大笑。

老板又托着盘子出来，给我们送上大麦面包、羊奶酪和梨。

"走吧，躲开他们。"他喊道，"他们不能去那位太太那里！他们在我这里过夜。"

"我要把他们接去住，康杜马诺利奥！"一个老头说，"我家没有孩子，房子大，有的是地方。"

"对不起，阿纳诺斯蒂老爹，"老板凑到老头耳边大声说，"是我最先说的。"

"你招待那一位，"老阿纳诺斯蒂说，"我招待这位老的。"

"哪位老的？"左巴生气地说。

"我们俩不分开，"我示意左巴不要发火。"我们不分开。我们上霍顿斯太太那里……"

"欢迎！欢迎！"

一个头发像亚麻似的退了色的矮胖女人，罗圈腿，走路一摇一摆，张开双臂出现在白杨树下。上面长出几根猪毛似的一颗美人痣，点缀着她的下巴。脖子上系着一条红丝绒带，枯萎的面颊上涂抹了一层淡紫色的粉。一小络俏皮的头发在她额上跳跃，活像在《雏鹰》[①]剧中老了的萨拉·贝尔哈特[②]。

"认识您非常高兴，霍顿斯太太！"我回答她说，并且在一时兴头上竟想向她行个吻手礼。

转瞬间生活就像一个神话故事，莎士比亚的一出喜剧，比如说"暴

---

①《雏鹰》，法国作家埃·罗斯唐于1900年创作的六幕剧。

②萨拉·贝尔哈特（Sarah Bernhardt）（1844—1923），法国著名女演员。

风雨”。我们经过一场想象中的船舶失事，浑身湿透，刚刚登上了岸。我们正在勘察这令人惊奇的海岸，彬彬有礼地向当地居民致敬。这位霍顿斯太太给我的印象仿佛是岛上的王后，一头光辉闪耀的金黄色海狮，历尽劫难，败落在这个沙滩上。在她的后边，有多少像凯列班[①]那样的肮脏、粗鲁而欢快的面孔，以骄傲又鄙夷的目光注视着她。

左巴这个假扮的王子，目不转睛地看着她，好像遇见一个老相识。一艘远洋作战归来的战舰，经历过胜利和失败，舷门被击毁，桅杆折断，船帆破碎——现在满身裂痕，靠她用脂粉修补，隐居在这海岸上等待。无疑，她等待的是左巴——这位脸上有一道道伤疤的船长。我很高兴地看到这两个喜剧演员终于在用粗略的几笔绘成的克里特背景下相遇。

“两张床，霍顿斯太太！”我对着这个爱情剧的老演员鞠了个躬说，“两张床，没有臭虫的……”

“没有臭虫，没有臭虫的！”她一边喊，一边向我使了个挑逗的眼神。

“有！有！”我们两个像凯列班似的嬉笑高喊。

“没有！没有！”她边反驳边用肥胖的小脚跺石头地。她穿着天蓝色厚长统袜，一双上面系着一个小丝绒结的旧薄底浅口皮鞋。

“去你的，大演员[②]见鬼去！”凯列班又放声大笑。

这时，霍顿斯太太摆出庄重的样子，走在前面给我们引路。她身上散发着香粉和廉价香皂味。

左巴跟在她后边，用贪婪的目光盯着她。

“喂，瞧一下这个，老板。”他对我小声说，“她屁股的劲儿，这婊子！就像母羊的肥尾巴。”

---

①凯列班（Caliban）是《暴风雨》剧中人物，一个野性而丑陋的奴隶。

②原文Prindonna，意大利歌剧中主要女演员。

两三大滴雨点掉下来。天色昏暗，蓝色闪电抽打在山上。穿着白羊皮披肩的少女急忙把自家的山羊和绵羊从牧场赶回羊圈。妇女们蹲在炉灶前，生起火做晚饭。

左巴急躁地咬自己的胡子，眼睛盯着那女人摇摇摆摆的臀部。

“唉！”他突然叹口气说，“他妈的生活！女人从来都是要捉弄人的。”

第三章
女人与阿芙罗蒂

霍顿斯太太的小客栈是用海滨浴场上的一些旧更衣室连接起来的一排房子。第一间是商店，出售糖果、香烟、花生米、灯芯、识字课本、蜡烛和安息香。其余一连四间是卧房。后面院子里有厨房、洗盥间、鸡舍和兔棚。房子周围的细沙地里，生长着茂密的竹林和野生无花果树。整块地方散发着海水、粪便的气味。不过，每当霍顿斯太太不时走过，空气就改变了气味——就像有人在你的鼻子底下泼了一盆从理发店倒出来的水似的。

床铺好了，我们躺下便一觉睡到天明。我记不得做了什么梦，但起来时我感觉轻松，就像刚洗过海水浴时那么舒畅。

这是个星期天。星期一，工人们将从附近的村落到矿里来开始工作。因此，我这天有时间出去转一转，了解一下命运之神把我抛到一个什么样的海滨上。我走出去的时候，天刚刚发白。我经过一些菜园，沿着海边，匆匆地看了看大海和陆地，接触了一下这里的空气，摘了一些野生植物，结果弄得满手心都是香草、鼠尾草和薄荷的味。

我登高远眺。严峻的花岗岩和坚硬的石灰石铺成通道。角豆树颜色深沉，橄榄树银光闪烁；还有无花果树和葡萄树。在隐蔽的山谷中，有柑橘、柠檬和欧楂树园。菜园靠近海滨。南边，起自非洲彼岸的大海，波涛汹涌，涛声冲天，迅猛扑来，侵蚀克里特岛。附近的一个沙质小岛，在晨曦照耀下，映射出清新的淡红颜色。

我感到克里特的风光仿佛是一篇优美的散文，洗练、朴实，没有多余的富丽词藻，雄浑而含蓄。它用最简洁的笔墨反映深邃的内涵。它严肃，没有丝毫的虚假做作。它用刚强、有力、朴素的语言，道出所要说的一切。但在严峻的字里行间，又时而显露出敏感和柔情。在隐蔽的山谷中，柠檬与柑橘飘香；远处，是由辽阔的大海激发出的无穷尽的诗篇。

“克里特啊，克里特……我的心在激烈跳动。”我小声说。

我从小山丘下来朝岸边走去。一群叽叽喳喳的年轻姑娘出现在眼前。她们披着雪白的围巾，穿着黄色高帮长统靴，撩起裙子，到那海边上白得耀眼的修道院去望弥撒。

我停下脚步。她们一看见我，笑声便立刻消失。她们见到生人有如惊弓之鸟，把面容收敛，从头到脚都做好防御的准备，手指紧紧抓住紧扣的上衣，惶惶不安。多少世纪以来，在克里特的所有面对非洲的海岸上，海盗出没无常，抢劫羊群、妇女、儿童。他们用红腰带把抢来的人和物捆绑起来，抛入货舱，开船运走，卖到阿尔及尔、亚历山大或贝鲁特。千百年来，就在这些岸边的海域上，曾经聚集过多少女人的乌黑长发，发出过多少生离死别的哀号。我看着这些惊骇的姑娘走来，一个紧挨一个，仿佛要筑成一道不可逾越的壁垒。这种在早年出于本能反应的自卫动作，在时移俗易的今天，本来已没有理由继续留存下来。

然而，当这些姑娘在我面前走过时，我微笑着，不声不响地让开路。她们仿佛立刻意识到她们害怕发生的危险已经过去了几个世纪，蓦地在我们这个安全时代醒了过来；她们喜形于色，紧密靠拢的队形疏散开，一齐用清朗欢快的声音向我道早安。就在这时，从远处修道院传来欢乐和嬉戏的钟声，更使周围充满她们兴高采烈的气氛。

太阳已升起，碧空万里。我在岩石间像只海鸥似的蹲在一个洞口，凝视大海。我自感浑身充满力量、精神抖擞和自信倍增。而我的心跟随着波涛，化为波涛，毫无抵抗地顺从海的节奏奔腾起伏。

我心潮澎湃，一种隐约的、急切哀求的声音出现在我心中。我知道是谁在呼喊。每当我独自一人时，它就向我吼叫，它因一种可怕的预感和极大的恐惧而惊慌，等待我去解救。

我慌忙打开但丁的诗——我的“旅伴”，以便使自己充耳不闻和祛除这可怕的魔鬼。我翻阅着，这里看一行，那里读一段，并回忆起整个篇章。受苦的人们走出这些炽热的诗句起来号叫。上边一些受伤的灵魂力图攀登一个陡峭的高山。再往上边，幸福者们的灵魂像亮晶晶的萤火虫似的在翠绿的草地上散步。我在这个可怕的命运大厦里，从最高处到最低处上下徘徊。在地狱、炼狱、天堂，就像在自己的家里一样随意走动。我受苦，我期望或是让美妙的诗句把我带去领略福乐之境。

蓦地，我合上了“但丁”，极目远望。一只海鸥，紧贴起伏的波涛上下翱翔，放荡形骸，尽情驰骋。一个黝黑的男孩，光着脚在海边，高唱情歌，发出像小公鸡啼鸣时的嘶哑声，莫非他体会到了歌中的哀伤。

多少个世纪，多少年来，但丁的诗篇在诗人的故乡传诵。正如情歌启发了青年男女的情思，炽热的佛罗伦萨诗句促使意大利少年争取解放。一代又一代的人都与诗人的心灵息息相通，要变奴役为自由。

我听到背后有人在笑。我一下子从但丁的顶峰跌落下来。回头一看，左巴站在我身后，满脸笑容。

“你这是干什么，老板？”他说，“我找了你好几个钟头，你躲到哪里去啦？”

他见我站着不动，没有搭腔，又说：

“都过晌午了，鸡已经炖好，可怜的东西都要化了。你知道不知道？”

“我知道，可是我不饿。”

“你不饿！”左巴一拍大腿说，“可是你从早上起来就什么都没有吃。身体也得管啊，可怜可怜它吧。喂喂它，老板，喂喂它。这是我们的一头驴，你知道，要是你不去喂它，它走到半路就把你撂下啦。”

多年来，我蔑视吃荤腥的欢乐。方便时，偷偷地吃一点就好像觉得于心有愧。然而，为了免得左巴唠叨，我说：

“好吧，我来。”

我们朝村子里走去。在岩石中度过的时光就像恋人在一起时像闪电般那么迅速。我仍然感觉着佛罗伦萨诗人的炽热气息。

“你想着褐煤的事儿吗？”左巴带着点犹豫的样子问。

“你说我还有什么别的可想的？”我笑着回答说，“明天，我们开始工作。我得做些估算。”

左巴用眼角瞟了我一眼，没有言语。我知道他又在掂量我。他还拿不准他心里琢磨得对不对。

“那么你估算的结果呢？”他又小心翼翼地探试着问。

“三个月后，我们每天得开采十吨煤，这样才能应付开支。”左巴又看了我一眼，可是这回露出了不安的神色。过了一会儿，他又问道：

“见鬼，为什么你跑到海边去估算？老板，对不起，我提这问题是因为我不明白。我要是和数字打交道，我恨不得钻到一个地窟窿里去，什么东西都看不见。要是我抬头睁开眼睛，看大海，或者一棵树，一个女人，哪怕是一个老太婆，嗯！什么计算数目全完蛋了。仿佛都长出翅膀飞掉了……”

“这就怪你了，左巴。”我逗趣说，“你不会集中思想。”

“说不上，老板，这要看。有的事情连智慧的所罗门……瞧，有一天，我经过一个小村子，碰见一位九十岁的老爷爷在栽一棵杏树。‘喂，老爷爷，’我问他，‘你栽杏树哇？’他弯着腰，转过头来跟我说：‘我嘛，孩子，我的做法是当作我永远不会死。’我回答他说：‘我的做法是当做我随时随地都会死。’我们俩人谁说得对，老板？”

他得意洋洋地看着我。

“我把你问住了吧？”他说。

我没有作声。两条同样陡峭和需要勇气的路都可能通过顶峰。把死看作不存在的行为和想着时刻会死去的行为，兴许是殊途同归。但当左巴向我提出这个问题时，我倒糊涂了。

“怎么样，”左巴带点嘲弄的口气说，“想不出来别着急，老板。我们说别的吧。这工夫我想的是午饭、鸡，上面洒上桂皮的烩肉饭。我脑袋就像烩肉饭似的冒着气。先填饱肚子再说别的，事情总得一件一件来。现在，我们前边有烩肉饭，我们就想着烩肉饭。明天，摆在我们前面的将是褐煤，那么我们就想褐煤。不能三心二意，你懂啦？”

我们进了村子。妇女们坐在门前饶舌；老人拄着拐杖，沉默寡言。在一棵结满果实的石榴树下，一个瘦小干瘪的老太婆给她的孙子捉虱子。

咖啡馆门前站着一位老年人，腰板笔直，神态严肃，表情集中，鹰钩鼻，一派绅士风度。他就是村里的族长马弗朗多尼。褐煤矿是他租给我们的。前一天晚上他就来过霍顿斯太太这里，要我们搬到他家住。

“简直是叫我们丢脸啊，”他说，“你们住到客栈里，好像我们村里没有人欢迎你们似的。”

他态度庄重，说话有分寸。我们谢绝了。他不高兴，但没有再坚持。

“我尽主人之谊。”他走时说，“主随客便吧。”

过了不久，他派人给我们送来两块奶酪，一筐石榴，一坛子葡萄干和无花果以及装满一个大肚瓶的拉吉酒。

“马弗朗多尼族长向你们部好！”仆人从小毛驴身上把东西卸下来时说。“一点儿东西表示心意。”他说。

我们向这位乡绅致敬，并说了许多恭维话。

“祝你们长寿！”他把手放在胸口说。

然后他就缄默不语了。

“他不爱多说话，”左巴小声说，“这人脾气倔。”

“他有自豪感，”我说，“我很喜欢他。”

我们回到了小客栈。左巴愉快地抽动着鼻子。霍顿斯太太在门口一看见我们，尖叫了一声就急忙跑进厨房。左巴把桌子搬到院子里的一座叶已脱落的葡萄藤架下边。他拿了几大片面包和酒，摆上碟子和餐具。他回过头给我做了一个鬼脸，向我示意他摆了三份餐具！

“你明白了，老板。”他对我悄悄地说。

“当然明白，”我答道，“老色鬼。”

“老母鸡做汤有味道，”他舔了舔嘴唇说，“这我内行。”

他动作敏捷，眼睛冒着火花，嘴里哼着古老的情歌。

“这就是生活，老板。美好的生活。你瞧，这工夫，我的所作所为就像我马上要去死。我不能让自己还没吃上母鸡就完蛋。”

“请入席！”霍顿斯太太发号令说。

她端着铁锅走来，放在我们面前。可是，当她看见三份餐具时，就惊奇得张大了嘴。她高兴得满脸通红，看着左巴，两只青莲色的小眼睛直眨巴。

“她裤裆里冒火。”左巴对我小声说。

然后，他彬彬有礼地向这位女人转过身来说：

“美丽的海潮仙女，我们是遇难者，大海把我们抛到你的王国。请与我们共餐，我的美人！”

老歌女张开又合拢双臂，仿佛要把我们两人都搂在怀里似的。她做了个优美的摇摇摆摆的动作，轻碰了一下左巴，又碰一下我，然后格格地笑着，跑进她的房间。少顷，她穿上她的头号礼服又跳着晃着走出来。她穿的是一件穿旧的绿色丝绒连衣裙，上面镶着破旧的黄丝绦。短上衣胸部敞开，开口处别着一朵布做的玫瑰花。而且她提来了鹦鹉笼，把它挂在葡萄架上。

我们让她坐在中间，左巴在她右边，我在她左边。

我们三个人都狼吞虎咽地吃起来。好一阵子我们谁也没有顾得说话。我们吃饱喝足，食物很快变成血液，世界变得美好。坐在我们旁边的女人时时刻刻都在变得越来越年轻，皱纹自行消失。悬挂在我们前面穿绿上衣、黄坎肩的鹦鹉，低下头看我们，时而像一个着了魔的小家伙，时而像穿了黄、绿色衣裳的老歌女的灵魂。我们头顶上落了叶的葡萄架上，忽然布满了大串大串的黑葡萄。

左巴转悠眼睛，张开双臂，仿佛要把全世界拥抱在怀里。

“这是怎么一回事儿，老板？”他惊愕地喊道，“喝下一小盅，世界就变了样。毕竟，生活多么好啊，老板！说实在的，我们头顶上的是葡萄，还是天使，我分辨不出来。要不就什么都不是，什么都不存在，没有母鸡，没有美人，没有克里特？你说啊，老板，说啊。要不我就要疯啦。”

左巴开始发酒疯。他把鸡吃完就贪馋地看着霍顿斯太太，目光投在她身上，又上又下钻进她那隆起的胸脯，仿佛用手去摸似的。女人的两只小眼睛也在闪烁。她欣赏这酒，喝了不少盅。这捉弄人的酒把她带到过去的岁月。她又变得温柔、活泼，感情外露。她站起身来去把大门闩上，好不让村里人——她管他们叫野蛮人——看她。她点燃了一支烟卷。从她那法国式的翘起来的小鼻子里开始冒出缭绕的烟。

在这样的时候，这个女人的所有的门全都敞开，没有任何警戒。一句中听的好话就有黄金或爱情那样的力量。我点燃了烟斗对她说几句恭维话：

“霍顿斯太太，你使我想起了年轻时候的萨拉·贝尔哈特。想不到在这个荒野地方会遇到你这样文雅、优美、漂亮和谦恭的人。怎么莎士比亚会把你派遣到这里，野蛮人中间？”

“莎士比亚？”她睁大两只湿润的小眼睛，“哪个莎士比亚？”

她的思想立刻飞去巡视她以往看过的戏剧。转瞬间从巴黎到贝鲁特，从那里再沿着安纳托利亚[①]海岸转一遭所有的音乐咖啡馆，突然，她想起来了：那是在亚历山大，在一座金碧辉煌的大厅里，丝绒座椅，

①安纳托利亚（Anatolie）是小亚细亚古名，也指土耳其的亚洲部分。

男男女女，袒胸露背，香气扑鼻，到处是鲜花。忽然，帷幕开启，一个可怕的黑人出场……

“哪一个莎士比亚呢？”她终于因想起来了而自鸣得意，又追问了一下说：“是不是那个也叫做奥赛罗的？”

“正是他，高贵的太太，怎么莎士比亚把你派到这个荒野岩石中来了？”

她环顾一下四周，所有门都关上了。鹦鹉入睡，兔子在交配，只有我们三个人。她情绪激动，敞开了心扉，就像开启了里面装有香料、发黄了的情书、古老梳妆用具……的旧箱子。

她的希腊语马马虎虎，发音不准，咬字不清。不过，我们完全听得懂。我们时而忍俊不禁，时而——因为我们已经喝了很多——泪如雨下。

“好吧（这是老歌女在她芳香的院子里向我们吐露的概略），好吧，我跟你们说，我才不是那种酒吧间的歌女，不是！我曾经是一个有名的艺术家。我穿镶真花边的丝绸内衣裤。可是爱情……”

她深深地叹了口气，又点了一支左巴的烟。

“我爱上了一位海军上将。那时，克里特正闹革命。各列强的舰队在苏达港停泊。过了几天，我也去那里停泊。啊，那是什么样的气派！四个大国的海军上将：英国、法国、意大利和俄国的，身上穿戴金光闪闪，皮靴乌黑锃亮，头上插着羽毛，像公鸡一样。都是每只八十到一百公斤的大公鸡。啊，他们的胡子！拳曲的、柔软光滑的，棕色的、金黄色的、灰色的、栗色的，闻着好香。每个人用各自的香水，夜里我就凭着香水味辨认出他们。英国花露水味，法国紫罗兰味，俄国麝香味，意大利啊，意大利爱用广藿香。上帝啊！多么漂亮的胡子，多么漂亮的胡子！

“我们常常在旗舰上聚会，谈论革命。所有的军人都解开了制服扣子。我呢，我穿的一件绸衬衣黏在肉上，因为他们浇了我一身香槟酒。

那是夏天，你知道。大家谈论革命，认真对话，而我抓住他们的胡子，恳求他们不要轰炸可怜而又可爱的克里特人。我们从离加尼亚[①]不远的一块岩石上用双筒望远镜就能看见他们。很小，像蚂蚁似的，穿蓝裤子、黄靴子。他们叫啊、喊啊，他们还有一面旗……”

用芦苇做的院子围墙在动弹。这位老“女战士”吓了一跳，停住话碴儿。苇叶之间，露出一些调皮的眼睛。村里的孩子闻到我们菜肴的香味，跑来偷看。

老歌女想站起来，但没有做到。她吃得喝得太多了，浑身淌汗，只好坐着。左巴捡起一块石头，孩子们叽叽喳喳跑掉了。

“接着说下去吧，美人儿，接着说，宝贝！”左巴说着，同时把椅子向她再挪近些。

“那我就说刚才说的那位意大利海军上将。我跟他最随便。我抓住他的胡子跟他说：‘我的’卡那瓦洛——这是他的名字——我亲爱的卡那瓦洛，不要轰隆，轰隆！不要轰隆，轰隆’！

“有多少次，我这个跟你们说话的女人救了克里特人的命。有多少次，炮弹已上了膛，准备要放的时刻，我抓住海军上将的胡子，不让他轰炸。可是谁感激过我呢？看我得到的是什么奖章……”

霍顿斯太太对人们的忘恩负义感到气愤，她用那起皱纹的绵软小拳头敲击桌子。左巴伸出一只老练的手，抓住她叉开的膝盖，佯装激动说：“我的布布利娜[②]，求求你，不要轰隆轰隆！”

“把爪子拿开！”我们这位太太格格笑着说，“你把我当什么人，伙计？”

然后，她柔情地看了他一眼。

“有上帝在，”老狐狸说，“别发愁，我的布布利娜。有我们在，

①加尼亚（Canea），克里特的主要海港。

②布布利娜（Boubdulina）是1821—1828年希腊独立战争中的女英雄。她像卡那利斯（Canaris）和缪利斯（Mioulis）一样在海上英勇战斗。

亲爱的，别怕！”

老歌女的一双小蓝眼睛朝天仰望。她看见绿色鹦鹉在笼子里睡了。

“我的卡那瓦洛，我亲爱的卡那瓦洛！”她多情地喁喁私语般叫着。

鹦鹉听出她的声音，睁开了眼睛，爪子紧紧抓住笼子的栏杆，开始用人将被淹死时的嘶哑声音喊叫：

“卡那瓦洛！卡那瓦洛！”

“在这里！”左巴高喊，同时又用手紧捏住那历尽沧桑的膝盖。

老歌女在她椅子上扭动一下身子，又张开起皱纹的小嘴说：

“我也胸膛对着胸膛英勇战斗过……但是，倒霉的时刻来了。克里特解放，舰队奉命撤离。‘我该怎么办呢，’我抓住那四把胡子喊叫，‘你们把我撇到哪儿去？我习惯于豪华富贵、香槟酒和烤鸡；我习惯于那些漂亮的小水手们向我行军礼。我的海军上将大人们，我将成为失去四个海军上将的寡妇，叫我怎么办呢？’

“唉，他们，他们还拿我开心，这些男人！他们塞给我英镑、里拉、卢布和拿破仑。我把它们塞在袜子、短上衣和浅口皮鞋里。最后一个晚上，我又哭又喊。上将们动了恻隐之心。他们往澡盆里倒满香槟酒，把我扔进去——你们瞧，我们随便极了——然后，他们把香槟酒喝了为我祝福。他们一个个酩酊大醉，接着就灭了灯……

“早晨，我闻到混在一起的各种气味：紫罗兰、花露水、麝香和广藿香。四大强国——英国、法国、俄国、意大利——我就在这里，在我膝盖上抓住他们。你们瞧，我就这样摆弄他们。”

霍顿斯太太张开一双肥胖胳膊，上下摆动，好像在耍弄一个放在膝盖上的婴儿似的。

“喏，这样！这样！”

“天一亮，他们开始打炮了。真的，我不胡说。我以我的名誉发誓。一只二十人划的白色小船过来接我，把我送上陆地。”

她掏出小手绢，伤心地哭起来。

“我的布布利娜，”左巴激动地喊道，“你闭上眼睛，闭上眼睛，我的宝贝，我就是卡那瓦洛！”

“别碰我，我告诉你！”老歌女又故做媚态，尖声说道。“瞧瞧你这脑袋！金肩章在哪儿？三角帽和洒上香水的胡子在哪儿啊？啊！那好了！”

她温柔地攥住左巴的手，抽噎着。

天气凉爽，大家沉默片刻。芦苇后面的海发出叹息声，慢慢又变得平静、柔和。日落风停，两只乌鸦从我们头上飞过。它们的翅膀发出撕裂声，令人想起歌女的绸衬衣被扯破。

落日的余晖犹如金色尘埃撒满院落。霍顿斯太太的环形拳发仿佛着了火，在晚风中飞舞要把火烧到旁边人的头上。她胸脯半露，叉开因年老而臃肿的两膝，她脖子上的皱纹，脚上的旧皮鞋都涂上了一层金色。

老歌女微微地颤抖，眯着因流泪和喝酒而红了的小眼睛，时而看看我，时而看看嘴唇干燥、眼睛注视着她胸脯的左巴。这时天色更加阴暗，她用疑问的神情打量我们两人，竭力从我们两人中辨认出哪个是卡那瓦洛。

“我的布布利娜，”左巴低声细语热情地对她说，同时用膝盖顶着对方的膝盖，“没有上帝，也没有魔鬼，别担心。仰起你的头，用手托着腮帮子，给我们唱上一支歌。生活万岁！死亡滚蛋……”

左巴热烈起来了。他左手捻胡子，右手摸向醉意朦胧的歌女。他说话气喘吁吁，双目无神。可以肯定，出现在他眼前的已经不是那脂粉过多的僵尸老妪，而是正如他习惯于称之为女人的纯粹“女性”。个性消失了，面容不见了。年轻与衰老，美与丑，都成了无关紧要的变种。在每个女人的后面，都有一张阿芙罗蒂[①]的严肃、神圣、充满神秘的面

①阿芙罗蒂（Aphrodite）为爱与美的女神。

孔。

这就是左巴看见的脸孔。他在跟这张脸孔讲话，这是他心里所向往的。霍顿斯太太不过是个短暂的、透明的面具。左巴撕开这个面具去吻那永恒的嘴。

“仰起你那雪白的脖子，我的宝贝。”左巴又气喘吁吁用哀求地声音说，“仰起你那雪白的脖子，唱你的歌！”

老歌女神情忧郁，她伸出一只肥胖的手托着腮，她的手因洗涤过多而弄得皱裂得很。她发出一声悲哀而狂烈的巨响，边用两只朦胧的眼睛看着左巴——她已作了选择——边唱起她已唱过上千次的那首她喜爱的歌：

岁月逐日流逝

为什么我遇见了你……

左巴猛地站起身来，拿来了他的桑图里，盘腿坐下，从袋里取出乐器，放在膝头上，伸出他的粗壮的手。

“喂！喂！”他大声喊叫，“拿把刀把我杀死，我的布布利娜。”

当夜幕降临，金星在天上升起。桑图里的声音更如巧语劝诱。

腹中填满鸡肉和米饭、炒杏仁和酒的霍顿斯太太，沉重地靠在左巴肩上，叹息。她轻轻地触动他的嶙峋肋骨，打着呵欠，再叹息。

左巴给我使了个眼色，悄声说。

“她裤裆里有火，老板。”他叹了口气说，“你走吧！”

第四章
我只信左巴

天亮了，我睁开眼睛，看见我对面的左巴盘起腿坐在床尾。他抽着烟，陷入沉思。他的一双小眼睛注视着透进乳白色的熹微晨光。他两眼浮肿，伸出像猛兽般的一个特别长的瘦脖颈。

头天晚上，我早早离开，让他和老歌女单独在一起。

“我走了，”我说，“祝你快活，左巴，别泄劲。”

“再见，老板。”左巴答道，“不用担心，我们自己会把事儿办妥当的。晚安，老板，祝你睡个好觉！”

看来他们自己已经把事儿办妥了，因为我在睡眠中，仿佛听见沉闷的咕咕声。有一阵子隔壁房间震动摇晃。随后，我又睡着了。后半夜，左巴光着脚，蹑手蹑脚地走进来上了床，生怕把我惊醒。

这时，天刚亮，他就坐起来，眼睛注视远处，望着光明，而双目无神，使人感到他处于半昏迷状态，还没有从睡眠中醒过来。他平静地，没有自我意识地随着像蜂蜜那么浓厚的流动微光漂移。整个宇宙、土地、水、思想和人，都流入远方的海洋。左巴跟随它们而去，心中毫不抗拒，没有任何疑问，感到幸福。

村子开始苏醒。鸡啼、猪叫、驴鸣、人喊，一片混杂声。我想跳下床来大声说：“喂，左巴，今天我们得干活啊！”可是，我自己默默沉湎于晨光的奇妙变化之中，也感到进入了极乐的境界。在这不可思议的时刻，整个生命就像绒毛似的那么轻。大地犹如柔软波动的浮云，随风吹动，变幻莫测。

我看着左巴吸烟，我也想起要抽，就伸手取出烟斗。我睹物思人，思绪万千。这是一个贵重的英国大烟斗，就是那位长着灰绿色眼睛，手指细长的朋友送给我的礼物。那是多年前在国外的一个中午，我的朋友完成学业，当天晚上回希腊去。“别抽香烟了。”他对我说，“你抽一半就把它像妓女似的扔掉。这种行为可耻。你和烟斗结为伴侣吧。它才是忠诚的女人哪。当你回到家，它总是在那里静静地等你。你点上火，瞧着空气中烟雾缭绕，你就会想起我！”

正午，我们走出柏林博物馆。他到那里去向一幅他心爱的画告别——伦勃朗的“戴金盔的人”，人物头戴钢盔，面颊削瘦，目光悲伤而坚强。“要是在我一生中能做出一桩与人的尊严相称的行动的话，”他望着画中倔强而失望的战士小声说，“我就得感激他。”

在博物馆的院子里，我们两人背靠着一根柱子。我们对面是一座青铜雕像——一个裸体的女骑士以一种难以描述的优美神态，骑在一匹野马上。一只灰鹡鸰在女骑士的头上落脚片刻，朝我们转过身来，摇了几下尾巴，嘲笑似的啁啾两三声，然后飞走。

我打了个寒噤，看看我的朋友。

“你听到鸟叫了吗？”我问，“它好像对我们说了些什么。”

我的朋友笑了。

“这是一只鸟，让它唱吧。这是一只鸟，让它说吧！”他引用我们民谣的一句歌词来回答。

怎么在这个黎明的时刻，在这个克里特海滨，我的脑子会想起这件事和这个令我伤感的忧郁歌词？

我慢慢地往烟斗里填满烟丝，把它点燃。我心想，世界上的一切都隐藏着一种意义。人、动物、树木、星星，都是难以理解的。开始辨认它们，弄清它们的含义的人是幸福的，也是要倒霉的。当他看到它们时，不了解它们，以为这就是人、动物、树木、星星。要过多少年以后，才发现它们的真正含义，可是已经太晚了。

头戴钢盔的战士、我朋友那天中午在光线昏暗处背靠柱子站着，小鹡鸰朝着我们啁啾、忧郁地歌唱，今天我所想起的这一切，是否隐藏着某种意义？但是什么意义呢？

我看着烟雾在半明半暗中卷起，展开，慢慢消散。我的心和这烟雾交织在一起，慢慢地随缭绕的青烟消逝。过了好长时间，我未经逻辑思考而非常肯定地感觉到世界的起源、发展与消灭。这好像我又一次——但这次没有通过虚妄的言辞，玩世不恭的杂技式的智力游戏——进入佛门。这烟是教诲之精华。这些缭绕而消散的青烟就是人生；它宁静、从容、幸福，达到蓝色的涅槃。我不思考，不追求，没有疑虑。我在确信无疑中生活。

我轻轻叹息。这一叹息仿佛又使我回到眼前的现实。我环顾周围，看见这简陋的木板房子，墙壁上挂着一面小镜子，晨曦落在镜子上，反射出光芒。在我对面，左巴背朝着我，坐在褥子上抽烟。

前一天，那些悲喜剧的变幻情节，突然闪现在心头。走了味的紫罗兰、花露水、麝香、广藿香；一只鹦鹉，一个类似人的人变成鹦鹉，在铁笼里振翼扑打，呼唤一个旧日情人；整个舰队留下来的一艘小帆船，讲述往日的海战……

左巴听见我叹息，摇了摇头，转过身来。

“我们做得不体面，”他小声说，“做得不体面，老板，你要笑了，我也要笑了。她看见我们了，这可怜的！你对她连一句献殷勤的话都没有说就走了，好像把她看作是个老得没人要的货。这多么不像话！这是没有礼貌，老板。这不是一个男子汉的所作所为。恕我直言！她毕竟是一个女人，不是吗？一个脆弱、多愁善感的人。幸亏我留下来安慰她。”

“你说什么呀，左巴。”我笑着说，“你真以为所有女人脑子里都只想这个吗？”

“是的。她们脑子里只有这个。听我说，老板。我见过，各种滋味我也都尝过，就像人们说的，稍有经验。女人脑子里没有什么别的，是个病态的人。我跟你说，多愁善感。如果你不对她说爱她，你想她，她就哭。可能她拒绝你可能她一点也不喜欢你，讨厌你，那是另一回事。但是看见她的人就得爱她，这是她的要求，怪可怜的，而你是可以让她高兴的！

“我的祖母，当时已经八十岁。这个老婆子的故事就像一部小说。可这也是另一回事……她八十岁那年，在我家对面住着一位如花似玉的年轻姑娘，名字叫克里斯塔罗。每逢星期六晚上，村里我们这些毛头小伙子都要去喝一杯，让酒把我们弄得兴奋起来。大家耳朵上夹一根罗勒枝，我的一个表兄拿上他的吉他，去唱小夜曲。什么样的热恋！什么样的激情！我们像牛似的吼叫。我们全都希望得到她，每个星期六晚上都成群结队走去让她挑选。

“好吧，老板，信不信由你。这是个不可思议的奥秘。女人有一个永远愈合不了的伤口。所有其他伤口愈合了，唯独这一个——别听你的书本里说的那些——就永远收不了口。怎么，因为老婆子八十岁了吗？伤口一直开着。

“所以，每个星期六，老婆子都把褥子拎到窗前，偷偷地拿出她的小镜子，梳她还剩下的几根头发，挑出一条缝……她偷偷地环视一下四周，怕被人看见。若是有人朝她走去，她就静静缩成一团，装得一本正经，仿佛睡觉的样子。可是怎么能睡得着呢？她在等待小夜曲呢，八十岁了！你瞧，老板，今天回想起来我真想大哭一场。可那时候，我还是个冒失鬼，不懂得，这只是叫我发笑。有一天，我跟她发火了。她责骂我追求姑娘，我就把她的事儿一下子抖搂出来：‘为什么每星期六你都用胡桃叶擦嘴唇、头上挑缝儿？兴许你以为我们给你唱小夜曲？我们要的是克里斯塔罗。你，你已经有臭尸味儿了！’

“听我说，老板。那天，当我第一次看见两大滴泪珠从我祖母眼睛里流下来时，我明白了什么是女人。她像一只狗似的蜷缩在角落里，下巴哆嗦着。我边喊着‘克里斯塔罗’，边向她靠近，好让她听得更清楚。青年人是一头无人性的残暴野兽，什么都不懂。我祖母向天伸出一双骨瘦如柴的胳膊，对我喊：‘我打心底里诅咒你。’从那一天起，她开始走下坡儿。过了两个月，她就死了。她垂死时看见我，像只乌龟似的喘着气，伸出干枯的手来要抓我：‘是你要了我的命，阿历克西。是你要了我的命，该死的。你这该死的。我受了什么罪，你也得受什么样的罪’！”

左巴笑了。

“她咒我没白咒。”他说着捋了捋胡子，“我已活六十五岁了。我就说活到一百岁，也老实不了。我到那工夫还会在口袋里揣一面小镜子，还要追女人。”

他又笑了，把烟蒂从窗口扔出去，伸了伸懒腰。

“我的毛病很多，”他说，“可这一个，就要我的命！”

他又从床上跳下来。

“够了，话说得不少了。今天，干活。”

他转眼间就穿好了衣服，穿上了鞋，走了出去。

我低着头，反复琢磨左巴所说的话，又忽然想起远方的一座被白雪覆盖的城市。在罗丹作品展览中，我在一只巨大的铜手——“上帝的手”面前停下来观看。手掌微微收拢，在手心里，一男一女，心醉神迷，相互搂抱、搏斗，难解难分。

一位年轻姑娘走过来站在我旁边。她也赫然失措，看着这令人不安的一对男女的永恒搂抱。她身材修长，穿着入时，一头浓密的金发，宽下巴，薄嘴唇。她有一种果断刚强的男人气质。我素来不喜欢随便与人交谈，不知道是什么力量推动我转过头去：

“你在想什么？”我问她。

“要是我们能逃脱。”她愤愤然小声说。

“上哪儿去？上帝的手到处都是。没有解救的路。你感到遗憾吗？”

“不。在人世上，兴许爱情是最强烈的极度欢乐。可能是这样。但今天我见到这只铜手，我就想逃脱。”

“你宁愿自由？”

“是的。”

“可是，如果只有听从铜手才能有自由呢？如果‘上帝’这个词并没有群众赋予他的那种合适的含义呢？”

她惶惑不安地看看我，眼中流露出金属般的灰色光泽，嘴唇干枯苦涩。

“我不理解。”她说着就像受惊似的走掉。

她消失了。从那以后，我再也没有想到她。可是她肯定活在我胸脯掩盖下的心中。而今天，在这荒凉的海滨，她从我内心深处走出来，脸色苍白，表情悲哀。

是的，我行为失当，左巴说得对。这只铜手是一个适当的借口。初次接触成功了。开始含情的语言相投，我们本来可以慢慢地不知不觉地互相拥抱，在上帝的手心里平静地结合。但我却突然从地面冲上天空，使女人受惊而跑掉。

霍顿斯太太院子里的一只老公鸡在啼鸣。这时天色大白。我猛地跳下床。工人手拿锹、镐、撬棍，陆陆续续来到。我听见左巴在发号施令。他立即投身到自己的工作里。他使人感到他是个善于指挥，又乐于负责的人。

我把头伸到窗口，看见他那身材不匀称的大高个子站在三十多个瘦骨嶙峋、粗鲁、黝黑的细腰汉子中间。他伸出一只有权威的手，发出简短而明确的话语。有一次，他看见一个年轻小伙子嘴里嘟嘟囔囔，走路踌躇不前，就抓住他的脖子。

“你有什么要说的？”他吼道，“大声说。我不喜欢嘀嘀咕咕。干活就得高高兴兴。你要是不高兴，就上咖啡馆呆着去。”

这时，霍顿斯太太出来了。头发蓬乱，面孔浮肿，没有涂抹脂粉，身穿一件肥大的脏衬衣，趿拉着一双挺长的旧拖鞋。她咳嗽，发出一种老歌女的沙哑咳嗽声，像驴叫似的。她停止脚步，用骄傲的神情朝左巴看去。她眼睛模糊了。她又咳了一声，好让他听见。然后扭着屁股，一摇一摆地在他旁边走过。她的宽大的袖子差一点就碰着他了。可是左巴连头都没有转。他从一个工人那里掰了一块大麦饼，并抓了一把油橄榄。

“走吧，小伙子们，”他喊道，“画十字。”

他迈开大步，带领队伍朝山径直走去。

我不在这里描述矿里的工作，因为这需要有耐心。而我正缺乏这种耐心。我们用芦苇、柳条和汽油桶在近海处建起一幢简易房。天刚亮，左巴就醒了。他拿起十字镐，比工人先到矿里，凿出一条通道，扔下镐，找到闪闪发亮的煤层，高兴得手舞足蹈。可是几天以后，矿脉消失了。左巴往地上一躺，抬起双腿，伸手向天做个嘲笑的动作。

他一心扑在工作上。他甚至不跟我商量。从头几天起，一切操心和责任就从我这里转到他那里。由他作出决定，由他执行，后果当然由我承担。而这样的安排使我们各得其所。因为我感到，这几个月是我一生中最幸福的时期。所以，总的算起来，我以低廉的代价买到了我的幸福。

我的外祖父住在克里特的一个乡镇上。他每天晚上都提着灯笼绕村子转一遭，看看是否会偶然碰到外乡人，一遇到就把他带到家里，以丰盛的酒饭款待。然后，他坐在长沙发上，点上长管烟斗，急迫地对酒足饭饱的客人说：

“说吧！”

“说什么呀，穆斯托约尔伊老爹？”

“你是干什么的？你是谁？你从哪儿来？你看见了哪些城市和哪些村镇，全都讲讲。好，说吧！”

于是客人东拉西扯，杂乱无章、真真假假地说起来。我的外祖父抽着他的烟斗，安然坐在沙发上，听他讲述，跟他漫游。要是他喜欢这客人，就对他说：

“明天你再呆一天，别走了。你还没有讲完呢。”

我外祖父从来没有离开过村子。他甚至连坎迪亚或干尼亚都没有去过。“去那里干什么？”他说，“坎迪亚人和干尼亚人常从这里经过。坎迪亚人和干尼亚人到我这里来。用得着我去吗？”

我今天在这个克里特海滨延续我外祖父的怪癖。我也像我外祖父一样打着灯笼找到了一位客人。我不让他走。我为他花费的比一顿晚饭贵得多，可这值得。每天晚上干完活后我就等他。我让他坐在我对面，我们吃饭，这是他该付账的时候了。我对他说：“说吧！”我边抽烟斗，边听他说。这个客人探测了大地也探测了人的心灵。我听他讲话永不厌倦。

“说啊，左巴，说啊！”

只要他一张口，整个马其顿就在我和左巴之间的这块小小空间面前展现开来。它的山、森林、激流、非正规军、辛勤劳动的妇女和高大粗犷的男人；阿托斯山及山中的二十一所寺院；火药库和大屁股懒汉。左巴讲完他的僧侣故事，开怀大笑说：“老板，上帝保佑你不长骡子屁股，也不长僧人的肚子！”

每天晚上，左巴领着我穿过希腊、保加利亚、君士坦丁堡。我闭上眼睛，就都看见了。他跑遍混乱、动荡的巴尔干半岛；他在惊愕中用一双时刻都睁着的小鹰眼，把一切都观察到了。我们认为司空见惯而漠不关心的事情，在左巴看来却是一个可怕的谜。他看见一女人走过，就目瞪口呆，停下脚步。

“这是个什么奥秘？”他问道，“女人是什么？她为什么叫我们这样晕头转向？这是怎么回事儿，你给我说说。”

无论是看到一个人、一棵花朵盛开的树还是一杯清水，他都同样惊奇地向自己发问。他对每天见到的每一件东西都好像是初次看到。

昨天，我们在木板房前坐着。他喝了杯酒就惊慌地转过头来问我：

“这红水是什么？跟我说说，老板。老根生枝，一串串酸珠子挂在枝上，过一段时间，太阳把它晒熟了，珠子就变得像蜜那样甜，人们管它叫葡萄。压榨葡萄，挤出汁，放在桶里，让它自己发酵，到八月十五圣乔治酒神节那天打开盖，就成了酒！这是个什么样的奇迹！你喝了这红水，你的灵魂就高大起来。你的一身老骨头架子装不下它了。它向上帝挑战，这是什么东西，老板，你说说。”

我没有回答他，听左巴的谈话，我感觉到恢复了原始世界的纯真。每件退了颜色的日常事物，又呈现出它出自上帝之手时的原始光辉。水、女人、星星、面包，又回到它们最初的神秘渊源。神圣的旋风在空气中刮起。

这就是我为什么每天晚上躺在海滨的鹅卵石上，急切地等待左巴到来。他沾满一身汗泥和煤灰，从地下深处钻出来，迈着大步冲下来，像一只硕大的老鼠。我从老远就猜出他这天的工作进行得怎样，是耷拉着脑袋还是昂起头来，甩着两只长胳膊。

起初，我跟他一起去。我观察那些劳工。我努力走上一条新路，关心实际工作，了解、爱护在我手下工作的人，去体验我期望已久的不再与文字而与活人打交道的欢乐。我做了一些浪漫主义的计划：一旦褐煤开挖进展顺利，就组织一个公社。我们所有的人都劳动，一切都共同所有。我们大家吃一样的东西，穿一样的衣服，像兄弟一样。我在心里创建一个新的宗教，为新生活播下种子……

然而，我还没有决定是不是把计划告诉左巴。他看见我在劳工中间走来走去，询问，干预，而且总是站在工人一边，非常恼火。

他皱着眉头说：

“老板，你干嘛不到外面去转悠转悠，这么好的太阳。”

而我呢，开始时坚持我的做法，不出去。我提问，闲谈，了解每一个工人的情况：养活几个孩子，有没有要出嫁的妹妹，残疾老人；他们的忧虑、病痛和苦恼。

“不要这样去打听他们的事儿，老板。”左巴严肃地对我说，“你让他们说得心软了。你越是对他们同情，就越对我们的工作不利。你对他们什么都宽容……你得明白，这样下去，他们也得遭殃。老板严厉，工人们怕他，敬重他，他们就工作。要是老板软弱，他们就无所顾忌，磨洋工。你明白吗？”

又一天晚上下工后，他把镐往木板房前一扔，显得情绪急躁。

“喂，老板，”他大声说，“我请你别再掺和了。这倒好，我垒墙，你拆墙。你今天又跟他们讲了些什么？你是传教士还是资本家？你要作出选择。”

可是怎么选择呢？我抱住的一个天真的愿望是把两者结合起来，寻求使不可消除的对立友善起来的综合方案。既赢得现世生活，又进入天国。此种想法由来已久，在我幼儿时期已萌生了。我还在学校时，就和我的那些最亲密的朋友组织了一个“兄弟友谊会”。这是我们自己给它起的名字。我们把房间锁起来，发誓将与不公平的邪恶战斗终身。当我们把手放在胸口上宣誓时，热泪滚滚流下。

幼稚的理想！但愿听到这些而取笑的人遭殃！当我看到“兄弟友谊会”的会员一个个成了庸医、蹩脚律师、杂货商、两面派政客、雇佣记者时，我的心都碎了。大地的气候似乎是严酷、冷峻的，最珍贵的种子发不了芽，或被荆棘、荨麻所窒息。今天我看得清楚，而我还不理智。赞美上帝！我感到自己准备好投身到堂吉诃德式的冒险中去。

星期日，我们两人像要去结婚的年轻人似的打扮了一番。我们刮胡子，换上干净的白衬衫，傍晚来到霍顿斯太太家。每逢星期天，她都为我们杀一只母鸡。我们三人又都围坐在一起吃喝。而后，左巴把他的长手伸进这位柔情好客的女人的胸脯里，把它搂紧。夜幕降临，我们回到海滨。生活对我们来说显得单纯，又充满美好的意愿，像霍顿斯太太那样，老了，但讨人喜欢而又殷勤好客。

有一个星期天，我们吃完丰盛的晚餐回来，我决定和左巴谈，把我的计划告诉他。他目瞪口呆，耐着性子听我说。他只是不时恼怒地摇摇头。我刚说出几个字，他酒醒了，头脑也清楚了。我一说完，他狠狠地揪下几根胡子。

“让我给你提点意见，老板。”他说，“我觉得你思想不稳定，还不成熟。你多少岁了？”

“三十五岁。”

“啊！那就永远成熟不了啦。”

他说完就放声大笑。我恼火了。

“你不相信人吗，你？”我吼道。

“别生气，老板。是啊，我什么都不信。要是我相信人的话，那我也就相信上帝，相信魔鬼了。这是一整套。那事情就给全弄乱了，老板，还给我惹来一大堆麻烦。”

他沉默下来，脱下贝雷帽使劲搔头皮，又揪胡子，仿佛真要把它揪下来。他想说些什么又止住了，用眼角瞟了我一眼，又瞟一眼，决心说出来：

“人是头畜生！”他用棍子猛敲石头大声喊道，“一头大畜生。对这事儿阁下你不懂得，对你来说好像一切都很容易，可是你得问问我。一头畜生，我跟你说！你对他狠，他尊敬你，怕你；你对他好，他就会挖掉你的眼睛。”

“得保持距离，老板。别太给他们壮胆子，别跟他们说所有的人一律平等，人人享有同样的权利。他们马上就会践踏你的权利，偷走你的面包，让你挨饿。保持距离，老板，我是为了你好。”

“你对什么都不相信了，你？”我恼火地说。

“不错，我什么都不相信，我得跟你说多少次？我什么都不信，不相信任何人，只信左巴。并不是因为左巴比别人强，绝对不比任何人强！他也是一头畜生。可是我相信左巴是因为只有他我能控制，能了解。所有其他人都是些幽灵。我用他的眼睛看，用他的耳朵听，用他的肠胃消化食物。所有的其他人，我跟你说，都是些幽灵。当我死去，一切都死去。整个左巴世界沉没海底。”

“你真自私啊！”我挖苦他说。

“我只能这样，老板！就是这样。我吃豆子就说豆子。我是左巴，说话就像左巴。”

我没有回答他的话。我觉得左巴的一番话像鞭子一样抽打着我。我羡慕他是这样的一个强者，能蔑视人到如此程度，同时又这么愿意与他们一起生活和工作。而我呢，要么成为一个苦行者，要么我就得给人们佩戴上假羽毛才能和他们相处。

左巴回过头来凝视着我。在星光下，我见他咧着嘴笑。

“我让你生气了吧，老板？”他断然结束他的话说道。

我们回到了木板房。左巴用亲切而不安的目光打量我。

我没有回答。我感到我在思想上同意左巴，但我的心在抵抗，要冲出去，逃出畜生的樊篱，独辟蹊径。

“今晚我不困，左巴，”我说，“你去睡吧。”

繁星闪烁，海在叹息，舐吮贝壳。一只萤火虫在腹下点燃起它的色情小灯。夜晚的头发淌着露水。

我脸朝下趴着，沉湎于万籁俱寂之中，什么都不想。我与黑夜和海合为一体。我感到自己的灵魂像萤火虫似的点燃起金绿色的小灯，停落在潮湿的黑色土地上等待。

星斗偏移，时间过去，当我起来时，不知怎么，两项我应在这个海滨上完成的使命铭刻在我心中。

冲出佛陀，摆脱所有我的玄学思虑，把我的灵魂从虚枉的苦闷中解放出来。

从这时起，与人们建立一种深切的直接联系。

“也许，”我暗自思忖，“现在还为时未晚。”

第五章
快刀斩乱麻

“本村父老阿纳诺斯蒂老爹问你们好。他请你们赏光到他家里吃饭。劁的人今天来村子里劁猪；吉拉·玛鲁利娅大妈会下厨房给你们烧下水尝鲜。今天是他们的小孙子米纳斯生日，你们还可以去道个喜。”

进到克里特岛的农民家里是个极大的乐趣。周围一切古朴无华：壁炉、油灯、沿墙放着一排缸、一张桌子和几把椅子。进到里边，左方的墙洞里放着一缸清水、房梁上挂着一串串的木瓜、石榴和各种芳香植物：鼠尾草、薄荷、红辣椒、迷迭香、风轮菜。

屋子最靠里的地方，三四级木台阶上是一个平台，摆着一张支架床，高处悬挂圣像和长明灯。房子显得空荡，但一切应有尽有，一个人真正需要的东西毕竟是有限的。

秋高气爽，风和日丽。我们在房前花园中果实累累的橄榄树下就坐。透过银光斑驳的树叶，望见远处平静、凝固的大海光辉闪烁。浮云飘过天空，太阳时隐时现，大地一喜一忧，在喘息。

小花园深处的围栏里，劁过的猪号啕大叫，震耳欲聋。从壁炉那里，飘来炭火上烧着的“下水”的肉香。

我们谈论着一些永无穷尽的话题：谷物、葡萄、雨水。我们不得不大声喊叫，老人耳背，听不清楚。照他自己的话说是耳朵太傲气。这个克里特老人一生平坦宁静，犹如生长在不受狂风侵袭的小山沟里的一棵树。他出生，长大，成家。他本来儿孙满堂，有几个死了，而有的活下来，保住了传宗接代。

克里特老人回顾昔日往事、土耳其人的时期、父亲的话语、发生的奇迹——那时人们害怕上帝，有信仰。

“瞧，我，现在跟你们说着话的阿纳诺斯蒂老爹，就是在奇迹中产生的。是的，一个奇迹。等我跟你们说完了是怎么出现的，你们就会吃惊并说：‘仁慈的上帝！’你们就会跑到圣母祠里给圣母点上一枝大蜡烛。”

他画了一个十字，用他那柔和的声音，不慌不忙地讲了起来：

“那时候，我们村子里有个有钱的土耳其女人——该死的！有一天，她怀了孕，分娩的日子到了。人们把她抬到产床上，她就像头牝牛似的号叫了三天三夜。可是孩子就是出不来。她的一个朋友——也是个该死的女人，给她出主意：‘扎菲尔·哈努姆，你得向马利亚妈妈求救！’土耳其人就这么称呼圣母。‘求她？’扎菲尔这条母狗喊叫着说，‘求她？那我宁可死！’但疼痛难忍。又过了一天一夜，她仍喊叫不停，孩子还生不出来。怎么办呢？痛苦再也忍受不下去了。于是她开始叫：‘马利亚妈妈！马利亚妈妈！’她拼命喊叫，可是白费劲，仍然疼痛，孩子生不下来。‘她听不懂你说的。’她的朋友对她说，‘她准不懂土耳其话。用基督教的称呼叫她吧——异教徒圣母！”异教徒圣母！’这只母狗于是喊了起来。可是该死的，疼痛更厉害了。‘扎菲尔·哈努姆。’那个朋友又说，你没叫对，所以她不来。’这个不信基督教的母狗感到灾难临头，大喊一声：‘圣母马利亚！’呼啦一下，孩子就像一条鳗鱼似的从她的肚子里滑了出来。

“这事发生在星期天，下个星期天轮到我的母亲肚子疼了。这可怜的，她疼痛，她也疼痛。她呼喊‘圣母马利亚！圣母马利亚！’但分娩却没有开始。我父亲坐在院子当中的地上，心里难过，不吃不喝。他对圣母十分不满。‘你们瞧，上回，扎菲尔那条母狗喊她，她就赶快跑去让她分娩。可现在……’到了第四天，我父亲按捺不住了。他拿起一根叉棍，直奔殉难圣母祠。‘愿圣母帮助！’他到了那里，怒气冲冲，连个十字都没有画就进了教堂。他把门插上闩，站到圣像前喊道：‘喂，圣母，我老婆克里尼奥，你认识她，每个星期六都给你送油来，给你点上长明灯。我老婆克里尼奥肚子已疼了三天三夜。她叫你，你听见了没有？除非你是聋子才听不见哪。当然啰，要是像扎菲尔那样的一条母狗，一个下流土耳其女人求你的话，你就立刻撒腿跑去救她了。可对我老婆，一个基督徒，你就变成了聋子，听不见了。你放明白，你要不是圣母的话，我就使这根棍子好好教训教训你！'

"话说完，他没有下跪，转身就走。但就在这时候，圣像吱嘎作响，声音很大，仿佛要裂开似的。每当圣像显灵都这么吱嘎作响。要是你不知道，那可得记住。我父亲马上明白了。于是又转身回来，跪下，画十字，大声说：'圣母，我有罪。我刚才说的都不算数，当作我没说！'

"他刚回到村子，就有人来向他报喜：'科斯坦迪，恭喜你呀，你老婆生了，生了个男孩。'这就是我，老阿纳诺斯蒂。但是我生下来耳朵就有点背。你们瞧，我父亲辱骂圣母，说她是聋子。

"'噢，是这样？'圣母会这么说。'好吧，等一等，我要叫你儿子耳聋，教训教训你这个亵渎神明的人！'"

阿纳诺斯蒂老爹画了个十字。

"这算不了什么。"他说，"因为她可以让我变成瞎子、傻子、驼背或者是……上帝保佑！她可以让我成个姑娘。这没什么，我在她圣座前匍匐谢恩！"

他将各人杯子斟满了酒。

"愿圣母帮助我们！"他边说边举杯。

"祝你健康，阿纳诺斯蒂老爹。我祝你长命百岁，并见到你的重孙子！"

老人一口把酒喝干，擦了擦胡子。

"不，我的孩子，"他说，"这已经可以了。我见到了孙子，已经满足了。不能过分要求。我的末日到了。我已经衰老，朋友们。气虚血亏，不行了。倒不是不想，是不能再生育了。那么我还活着干什么呢？”

他又给各人斟上酒，从腰带里掏出用桂树叶包着的核桃和无花果干，分给我们。

“我所有的一切全给孩子们了。”他说，“我们贫穷了，是的，穷了。可我不抱怨。上帝什么都有！”

“上帝什么全有，阿纳诺斯蒂老爹。”左巴对着老人的耳朵说道。“上帝有，可我们没有。这老吝啬鬼什么也不给我们！”

老人皱了皱眉头。

“别这么说，”他厉声斥责道，“你怎能骂上帝！你知道，他指望我们呢！”

这时，不声不响、驯顺的阿纳诺斯蒂大妈送上来一个陶土盘盛的猪下水和一个装满葡萄酒的铜壶。她把东西都放在桌上，站在那儿，合拢双手，垂下眼皮。

品尝这种小吃，我感到恶心，但又不好意思拒绝。左巴瞟了我一眼，狡黠地微笑。

“这是最好吃的肉，老板。”他对我说，“别挑剔啦。”

老阿纳诺斯蒂笑了笑：

“他说得不错，他说得不错，尝尝看，就像脑子一样！乔治亲王到山上修道院去的时候，僧侣们为他举行盛大宴会，给所有的人送上肉，唯独给亲王送上一盘子汤。亲王拿起勺子，搅和汤。‘是云豆吗？’他诧异地问道，‘是白云豆？’‘您就吃吧，亲王，’长老说，‘您先吃吧，我们过会儿再谈。’亲王吃了一勺，两勺，三勺，把盘子里的东西吃光，还舔嘴唇。‘什么东西这么好吃啊？’他问，‘多么好吃的云豆啊！就像脑子一样！’‘这不是云豆，亲王，’长老对他说，‘这不是云豆，我们让人把邻近的公鸡全阉割了。’”

老人一边笑着，一边用叉子戳起了一块猪下水。

“亲王的美肴！”他说，“你把嘴张开吧。”

我张开了嘴，他给我塞了一块进去。

他把各人的杯子都斟上酒。我们为他的孙子干杯。爷爷的眼睛里闪耀着喜悦。

“阿纳诺斯蒂老爹，你想让你的孙子长大了干什么？”我问。“你说出来，我们好为他祝贺呀。”

“我能希望他干什么呢，我的孙子。那好吧，让他走正道儿，成为一个正直的人，一个好家长。他也娶妻生子添孙，而且其中有一个像我。好让老人们看见他时就说：‘嘿，瞧他多么像老阿纳诺斯蒂。让他安息吧，他可是个好样儿的。”’

“玛鲁利娅，”他头也不抬地喊他的妻子，“玛鲁利娅，再来一壶酒！”

就在这时，围墙栅门被猛地撞开。一头公猪哼哼直叫冲进小园子。

“可怜的牲口，它疼啊！”左巴怜悯地说。

“它当然疼啰，”老克里特人笑着说，“要是给你也来这么一下子，你不疼吗？”

左巴在椅子上坐立不安。

“住嘴，你这老聋子！”他像受惊了似的说道。

公猪在我们面前来回走，用愤怒的目光看我们。

“它准知道我们在吃它的玩意儿。”阿纳诺斯蒂老爹喝了点儿酒兴奋起来说道。

而我们呢，像吃同类的动物似的，不声不响、心满意足地吃着，边喝红葡萄酒，边透过银光闪闪的树枝，看那被夕阳照成一片粉红色的大海。

夜幕降临。我们离开这位老人的家，左巴说话的兴头也上来了。

“老板，前天我们说什么来着？”他问我，“你说要开导人民，让他们睁开眼睛。好吧，你去开导开导阿纳诺斯蒂老爹吧！你看见他老婆在他面前听候吩咐，像一条乞怜的狗的样子了吗？现在你去跟他们说，猪在你面前疼得惨叫，你却坐在那里吃从它身上割下来的一块肉，这是件残忍的事。或是说女人和男人享有同等权利。你说那些废话对阿纳诺斯蒂老爹能有什么好处呢？你只能给他惹麻烦。对阿纳诺斯蒂大妈又能有什么好处呢？那就该全乱套了。母鸡要变公鸡，家里争吵不休……老板，让人们过安生日子吧，别去给他们开导了。你要是让他们睁开了眼，他们会看到些什么呢？看到他们的苦难！还是让他们继续做梦吧！”

他沉默了一会儿，搔了搔头，又思索起来。

“除非，除非……”他终于又说。

“除非什么？说说看。”

“除非当他们睁开眼睛的时候，你能让他们看见比他们现在生活在黑暗中的另一个更美好的世界。你能办到吗？”

我无言以对。我知道什么将会坍塌崩溃，而不知道在废墟上将建立起的是什么。对这，谁都不能确切知道。旧世界是摸得着看得见的，实实在在的。我们生活在这个世界里，每时每刻与它斗争，它存在着。未来的世界还没有诞生。它难以捉摸，变幻不定，是由理想编织的光明形成的，是被狂风——爱情、怨恨、想象、风险、上帝……冲击的云雾。最伟大的先知只能给人一个口号，而这口号越含糊，先知就越伟大。

左巴用嘲笑的神情看着我，我感到恼火。

“我能。”我回答他说。

“你能？那你说说看！”

“我不能跟你说，你不会明白的。”。

“啊，那就是你不能！”左巴摇着头说，“老板，你别以为我是吃草料的傻子。要是有人跟你这么说过，那是哄你。我和阿纳诺斯蒂老爹一样没有学问。可我不像他那么蠢。啊，不！那么，既然我都不懂，你怎么能让他们懂呢？叫这个头脑简单的小老头和他那个蠢婆子明白呢？

叫天底下所有的阿纳诺斯蒂明白呢？那么，他们将看到的岂不又是一片黑暗？就让他们去吧，他们已经习惯了。现在他门凑合得挺好嘛，你不觉得吗？他们过得不错，生儿育女，繁衍后代。上帝让他们耳聋、眼瞎，而他们还高喊‘赞美上帝’！他们安于贫贱，那就让他们去吧，别多嘴了。”

我沉默不语。我们在寡妇的花园前经过。左巴停了一下，叹了口气，但什么也没说。大概什么地方下了雨，闻到一股清新的泥土味。最初的几颗星星出现。溶溶月色，黄里透绿的柔光照耀天空。

“这个人，”我心想，“没上过学，而头脑健全。他见多识广，思想开阔，胸襟豁达，而又没有失去朴质的胆略。对于我们来说无法解决的复杂难题，他就像他的同胞亚历山大大帝一样快刀斩乱麻一下子解决了。他很难倒到一边去，因为他双腿支撑着全身稳稳地站立在地上。非洲的野人崇拜蛇，因为它全身匍匐在地上，从而知道世界上的所有秘密。它用腹部、尾巴和头去了解。它总是和大地接触，混合在一起。左巴也是这样，我们这些知识分子，只是一些没有头脑的空中飞鸟。”

星斗满天。它们冷酷、倨傲，对人没有丝毫恻隐之心。

我们不再言语，两人诚惶诚恐望着天空。每一瞬间都看到新的星星在东方燃起，火光伸延。

我们来到了木屋。我没有一点食欲，在海边的一块岩石上坐下来。左巴升着火，吃了饭，想到我这边来。突然又改变了主意，躺到褥子上睡去。

大海宁静，大地在流星下也一片沉寂，没有狗吠声，没有夜鸟的哀鸣。这种万籁俱寂，诡秘而险恶，是由藏在我们心灵深远处而我们听不到的千千万万的呼叫声所形成。我只听见血液冲击太阳穴和脖子上静脉的声音。

“老虎的旋律。”我打着寒战想起。

在印度，夜幕降临时，人们低声歌唱一支忧伤而单调的曲子，一只狂热而缓慢的歌，仿佛猛兽在远处打呵欠的声音——老虎的旋律。人的心忍受不了一种在战栗中的等待。

我因为想着这令人心悸的旋律，胸中的空虚逐渐被填满。我的耳朵警觉，沉寂变成了呼喊。仿佛灵魂也由这一旋律形成，而离开躯体去倾听。

我弯下身子，用手心舀海水，湿润我的前额和两边太阳穴。我感到凉爽。我心灵深处回响着混杂、急迫、吓人的喊叫——老虎在我胸膛里咆哮。

突然，我清楚地听到一个声音：

“佛陀！佛陀！”我一下子站了起来呼喊。

我沿着水边疾走，就像我要逃跑。已经有一些时候了，每当我独自一人在寂静的夜晚，就听见他的声音——开始时凄凉，像挽歌般哀怨，而后逐渐发怒，责骂，发号令。它就像一个即将出生的婴儿在我胸膛中踢腿。

大概是午夜了。乌云在空中凝聚。大滴大滴雨点落在我手上，但我丝毫没有介意。我隐入炽热气氛之中。我觉得在我左边和右边的太阳穴上有两个火环。

时候到了，我战栗着思忖：佛法的轮回把我带走，把我从这个不可思议的包袱中解脱出来的时刻来到了。

我迅速回到木屋，点亮了灯。当光线照到左巴脸上时，他的眼睛直眨巴，睁眼看我趴在纸上写作。他低声埋怨些什么，我没有听见。他突然向墙转过身去，睡着了。

我奋笔疾书。我十分急迫。整个“佛陀”在我心中。我看见他像一条布满符号的蓝色带子从我脑子里展现出来。它很快伸展，我急速追赶。我书写，一切都变得很容易，很简单。我不是在写，是在抄。由慈悲、断念和“空”所构成的整个世界呈现在我的面前——佛陀的殿宇、后宫的妇人、黄金乘辇，苦谛：生、老、病、死；逃遁，苦行，解脱，超度。黄花遍地；乞丐和国王黄袍加身；石头、树木和肉体全变得轻盈。灵魂变成空气，变成精灵而消逝。我手指疲劳，但我不愿，不愿停顿。梦幻会很快过去，跑掉。我一定要抓住它。

清晨，左巴发现我头倒在手稿上睡着了。

第六章
用跳舞说话

当我醒来时，太阳已升起。由于握笔太久，右手关节僵硬，指头不能合拢。佛教风暴的袭击过后，我感到疲乏和空虚。

我俯身拾起散落在地上的纸张。我无心也无力去看它们。这突如其来的灵感冲动，仿佛只是一场梦幻。我不愿看到它被文字俘虏而失真。

这天阴雨绵绵，寂静无声。左巴在出发前点燃起火盆。我整日坐在屋里，盘起腿来，伸手烤火，不吃东西，静听时令的初雨徐徐降落。

我什么都不想。我像一只在潮湿泥土里蜷成一团的鼹鼠，脑子在休息。我听到大地的轻微响动、啮食声、雨声和谷粒膨胀声。我感觉着天和地在交配，犹如在原始时代一男一女结成配偶，生育儿女。在我面前，沿着海岸，大海呼啸，波涛拍岸，像一头猛兽伸出舌头，饮水止渴。

我很幸福，我知道。往往人在福中不知福。只有时过境迁，回顾往事，才会出其不意地突然感觉到昔日的幸福。而我，在这个克里特海滨上，生活在幸福之中，却意识到自己的幸福。

湛蓝的大海，烟波浩森，直达非洲彼岸。所谓“里瓦斯”的炽热南风，不时从遥远的火烫沙滩吹来。早晨，大海散发出西瓜般的香气；中午，烟雾朦胧，凝固呆滞，水面微波起伏；傍晚，大海叹息，呈现玫瑰、酒红、绛紫、深蓝的颜色。

下午，我消遣自娱，抓起一把金黄色细沙，热而柔软，让它从指缝儿滑下来，跑掉。手就是一只计时的沙漏，生命从那里流掉而消逝。生命在消逝。我望着大海。我听到左巴的声音，我感觉两鬓间充满幸福。

我记得有一天，正值除夕。我四岁的小侄女阿尔卡和我正在观看玩具橱窗时，她转过身子突然对我说了一句出人意料的话：“大个子叔叔，要是我长出犄角来，那我该多高兴啊！”我吃了一惊。人生是多么奇妙，就像所有的灵魂一样，一旦深入寻根索源，终将殊途同归！我顿时想起我在远方的博物馆中见到的一个用乌木雕成的佛陀头像。释迦牟尼经过七年的苦行和苦苦思索，终于超脱而达到极乐境界。他额头左右两边的血管高高隆起，冲出皮肤，变成了像弹簧似的两只茁壮的卷须犄角。

傍晚时分，小雨停了，天空恢复晴朗。我感到饿。我为感到饿而高兴，因为这时左巴就要回来，他将把火点着，开始那每日的烹调技艺的实践。

“这又是个没完没了的事儿。”左巴经常一边把锅放到火上一边说，“不光是该死的女人的事没完没了，还有吃的。”

我在这个海岸第一次感到用餐的乐趣。晚上，左巴在两块石头间点上火做饭。我们吃饭、喝酒，谈话就活跃起来。我终于懂得了吃也起着一种精神作用，肉、面包、酒是精神的原料。

晚上，在吃饭之前，左巴经过一天的劳累，无精打采；他出言不逊，话是逼着他说出来的。我动作懒洋洋，没个样子。然而，正如他所说的，只要给机器加煤，他的身体——这部精疲力尽停止转动的机器——就会复苏，振作起来开始工作。他的眼睛发亮了，记忆力恢复，脚上长出翅膀，跳起舞来。

“你告诉我，你把吃的变成什么我就告诉你你是个什么人，有的人把吃下去的东西变成劳动和快活，有的人把它转化成肥肉和粪便，还有的人把它变成我听人说的上帝。就有这么三种人。我不好又不坏，在两者之间。我把吃下去的东西转变成劳动和快活。这还算不错。”

他诡谲地看着我笑起来。

“你呀，老板，”他对我说，“我猜你吃下东西一心要把它变成上帝。可是你办不到。你在折磨自己。你的遭遇和乌鸦一样。”

“乌鸦遭遇到什么了，左巴？”

“它吗，以前它规规矩矩、正正经经，像只乌鸦那样走路。可是有一天它想起要像山鹑那样神气活现地走路。从这时起，这可怜的家伙连自己怎么走路法都忘了。从此晕头转向，走路一瘸一拐。”

我抬起头，听到左巴从坑道走上来的脚步声。不一会儿，我看见他走近了，耷拉着脸，皱着眉头，两只像脱了臼的长胳膊来回晃悠。

“晚安，老板。”他勉强说了声。

“你好，老伙计。今天的活儿怎么样？”

他没有回答。

“我去生火做饭。”他说道。

他从角落抱起一抱柴禾走出去，熟练地把柴放在两块石头中间码成堆，再点上火。他把陶土锅放到火上，往锅里倒水，放进葱头、西红柿、大米，开始做饭。我这时给低矮的圆桌铺上桌布，把小麦面包切成厚厚的片，把酒从坛子里灌进我们刚来时阿纳诺斯蒂老爹送给我们的那个饰有图案的葫芦。

左巴在锅前跪下来，目不转睛地看着火，一声不吭。

“左巴，你有孩子吗？”我突然问他。

他转过身来。

“你问我这个干什么？我有个女儿。”

“结婚了吗？”

左巴笑了起来。

“你笑什么，左巴？”

“这还用问吗？”他说，“当然结婚啰。她又不是个白痴。我在夏尔西迪克[①]的普拉维查一个铜矿里干活儿。有一天，我收到我兄弟亚尼来信，对了，我忘记告诉你我有个兄弟，是个好管家。他精明、信教、放高利贷、虚伪。一个体面人，社会栋梁。他在萨尼卡[②]开杂货店。他给我来信说，阿历克西兄弟，你的女儿芙洛索走上歧途。她败坏了我们的名声。她有个情人，跟他生了个孩子。我们的声誉扫地。我要到镇上去宰了她。’”

“那你怎么办，左巴？”

左巴耸了耸肩：

“啊，女人！”他说，“看完就把信撕了。”

他搅了搅锅里的米，放上点盐，冷笑了一声。

“你别急，可笑的还在后头呢。过了两个月，我接到我那傻兄弟的第二封信。他说，‘我亲爱的阿历克西，祝你健康愉快！我们的名声恢复了，你现在可以挺起胸膛做人了。那个人娶了芙洛索！’”

左巴转过身来看着我。在他的烟卷发出的微光中，我看到他目光闪烁。他又耸了耸肩。

“咳，这些男人！”他以一种难以形容的轻蔑口吻说。

又过了一会儿，他说。

“你对女人能指望什么呢？给第一个遇上的男人生孩子。你对男人能指望什么呢？他们掉进圈套。你记住我这话，老板。”

他把锅从火上端下来，我们开始吃饭。

左巴陷入沉思。他心里惦记着一件事。他看看我，张了张嘴却又闭上了。透过油灯的光亮，我清楚地看见他那显露出烦恼和不安的目光。

我忍不住了。

“左巴，”我对他说，“你有什么话要跟我说，就说吧。憋在肚子

---

①希腊的一个半岛。

②爱琴海上的一个希腊港口。

里难受，吐出来！”

左巴不吭声，拾起一块小石头，使劲朝敞开的门外边扔去。

“别管那石头了，说吧。”

左巴伸长他那满是皱纹的脖子。

“你相信我吗，老板？”他焦急地看着我的眼睛问。

“相信，左巴。”我回答道，“不管你干了什么事，都不会做错的。即使你想做错，你也不会错。你就像一头狮子，或者说像一只狼。这些动物的行为绝不会像绵羊或驴那样。它们永远离不开它们的本性。你也是这样，你里里外外直到神经末梢都是左巴。”

左巴点了点头。

“可我都不知道该奔哪儿去！”他说。

“我知道，你不用担心。往前走吧！”

“你再说一遍，老板，好让我鼓起勇气！”他大声说。

“往前走！”

左巴两眼闪光。

“现在我可以对你讲了，”他说，“几天来，我脑子里有一个宏伟的计划，一个异想天开的想法。我们能实现吗？”

“还用问吗？我们正是为了实现一些想法才到这里来的。”

左巴伸长脖子，又惊又喜地看着我。

“你说清楚，老板！”他大声说，“我们不是为了挖煤才到这里来的吗？”

“煤是个借口，是为了不叫当地人乱猜疑，让他们把我们看作是正经的企业家，不往我们身上扔西红柿。你明白了吗，左巴？”

左巴惊讶得目瞪口呆。他一下子还没弄明白，不敢相信会有这样的美事。骤然间他悟过来了。他向我扑过来，把我搂住。

“你跳舞吗？”他热情地问我，“你跳舞吗？”

“不跳。”

“不跳？”

他感到吃惊，垂下胳膊。

“好吧，”他过了一会说，“那我跳，老板。你坐远一点，别碰着你。哟嘿！哟嘿！”

他一蹿，从木屋内跳了出去，甩掉鞋子、上衣、背心，把裤腿卷到膝盖，就跳起来。他脸上还沾满煤灰，黢黑。两眼发出白色亮光。

他舞蹈，拍手，跳起来，在空中旋转，屈膝落下，再弯着腿跳起来，像个橡皮人似的。蓦地，他蹿出很高，仿佛要战胜自然规律，飞腾起来。你觉得在这具老躯壳中，灵魂在奋力带走肉体，像一颗流星似的，投身到黑暗中去。他抖动身体，因不能在空中久留又落了下来。他再狠命抖动，比前次跳得稍微高些，但这可怜的仍掉落下来，气喘吁吁。

左巴皱着眉头，面部表情严肃，令人不安。他不喊叫了，咬紧牙关，奋力去做不可能做到的事。

“左巴，左巴，行啦！”我大声喊。

我忽然害怕起他的老迈躯体经受不起这样强烈的冲动，而被四面八方吹来的风吹散了架。

可我喊有什么用呢？难道左巴还听得见从地上发出的声音吗？他的五脏六腑已变得和鸟儿一样了。

我惴惴不安地注视着这种粗犷而绝望的舞蹈。童年时，我任凭想象自由驰骋，给小朋友们讲自己臆造的荒诞故事。

“你的爷爷他是怎么死的？”有一天，小学的同学们问我。

我马上编造一个神话。我编着编着，自己也信以为真了。

“我爷爷穿橡胶靴。有一天，他蓄着白胡子，从我家房顶上跳下来。可是刚着地，他又像个气球似的蹦起来，蹦得比房子还高，一直上升，越升越高，最后消失在云彩里。我爷爷就是这么死的。”

自从我臆造出这个神话以后，每次我到圣·米纳小教堂从圣像屏下边看到耶稣升天，我就举手对我的同学们说：

“瞧，这就是我那穿胶鞋的爷爷。”

这天，经过多少年以后，晚上看见左巴腾空跳跃，又使这个童年故事在我心目中重现，我倍感惊惶，好像害怕左巴会在云彩中消失。

左巴这时蹲在地上，直喘粗气。他的面颊发亮，表情喜悦。他的灰头发贴到了前额上，汗水混合着泥土，从面颊和两腮流下。

我不安地弯下身去看他。

“我轻松多了。”过了一会儿他说，“就像有人给我放过血一样。现在我可以说话了。”

他走进木屋，坐在火盆前，注视着我，脸上容光焕发。

“是什么让你高兴得跳起舞来的？”

“你说我该怎么着呢，老板？高兴得受不了，我就得松快松快。可怎么松快呢？说话吗？那不行。”

“什么事叫你那么高兴？”

他的脸沉了下来，嘴唇开始颤抖。

“什么事那么高兴？你刚才说的莫非是信口开河，连你自己都不明白？你说我们到这里来不是为了挖煤。你不是这么说的吗？我们到这里来是为了消遣，消闲解闷。为了不让人家把我们看成神经病，往我们身上扔西红柿，我们得掩人耳目。可我们，当我们俩单独在一起，没人看见的时候，我们就哈哈大笑。天地良心，我们想到一块去了。不过我仍不太明白。有的时候，我想到煤，想到布布利娜老婆子；有的时候想到你……乱七八糟。当我打开一条坑道时，我说‘我要的是煤’。于是我从头到脚都变成了煤。可活儿干完了，我跟这头老母猪玩上的时候，什么褐煤、老板都滚蛋，连同左巴系在她脖子的那根丝带，上吊去吧。我晕头转向，什么都忘了。随后，我单独一个人，呆着，没事干，我就想到你，老板，可我的心都碎了。我的灵魂感到一个沉重的负担：‘可耻呀，左巴！’我喊道，‘拿这个老实人开玩笑。白白把他的钱吃掉，多

么可耻。你当无赖到什么时候才算完呢？够了！’

“我跟你说，老板，我不知道怎么回事。一边是魔鬼拉我，一边是上帝拉我；两边扯，把我从当中撕开。老板，你在这上面说明了道理，我看清了，我明白了。我们想法一致。现在把事儿挑明了吧。你还有多少钱？统统拿出来，全花掉！”

左巴擦去额头上的汗水，看看周围。小桌子上还摆着我们晚饭剩下来的残羹剩饭。他伸出了长胳膊，说道：

“请允许我，老板，我还饿呢。”

他拿起一片面包，一个葱头和一把橄榄。

他狼吞虎咽：拿起葫芦把酒直接倒在嘴里，不沾嘴唇，发出咕嘟咕嘟的响声，还一面美滋滋地咂嘴。

“我劲头全恢复了，”他说。

他向我递了个眼色。

“你为什么不笑呢，老板？”他问道，“你干什么看我？我就是这个样。我身上有魔鬼叫。我照他说的干。我心里一憋得慌，他就叫：‘跳舞！’我跳起来就觉得松快！有一回，我那个小迪米特利在夏尔西迪克死了，我就这样站起来，跳舞。亲朋好友看到我在尸体前跳舞，全跑过来拽住我。‘左巴疯了！左巴疯了！’他们喊着。可是我这工夫要是不跳舞的话，我会痛苦得受不了。这是我头一个儿子，三岁了。没了他我受不了。老板，你听懂我跟你说的了吗？我不是在对着墙说话吧？”

“我听明白了，左巴。你不是在对墙说话。”

“还有一回……那是在俄国，在诺伏罗西斯克附近。我到那儿去还是干矿的活儿。不过是铜矿。

“我学会了五六个俄国字，就是为了应付工作的：‘不，是，面包，水，我爱你，来，多少钱？’我和一个俄国人，一个狂热的布尔什维克交上了朋友。每天晚上我们都到港口的一个酒馆去，喝下不少伏特加酒。我们精神来了。一高兴就想把心里的话都说出来。他想跟我详细讲他在俄国革命时期所遇到的一切事儿；我也想让他知道我的所作所为。我们一起喝得酩酊大醉。你瞧，我们就这样成了兄弟。

“我们尽量用手势比画。他先讲。我不明白时，我就对他喊：‘打住！’于是他就站起身来跳舞。你懂吗，老板？用跳舞来告诉我他要说什么。而我呢，我也是这样。凡是不能用嘴说的，我们就用脚，用手，用肚子或用嗨！嗨！乌拉！噢嘿！这种狂叫表达。

“俄国人先讲他们怎么拿起枪，战争怎么爆发，怎么到了诺伏罗西斯克。当我不明白他对我说些什么时，我就举起手，喊声‘停！’俄国人就站起来跳舞！他跳得像着了魔似的。我看着他的手、脚、胸脯、眼睛，我就全明白了。

“然后就轮到我了。刚说出几个字，兴许俄国人有点迟钝，脑子不灵，他喊：‘停！’这是我没料到的。于是我一蹿，把桌椅挪开就跳起舞来。嗐，老兄！人都堕落到这种地步了！真见鬼！他们让身体变成了哑巴，只用嘴说话。可你要嘴说出什么来呢？嘴又能说出什么呢？你要是能看见那个俄国人怎样听我从头到脚说话，他怎么把一切都了解得一清二楚就好了。我用舞蹈向他描述我的苦难，我的流浪生涯，我结过几次婚，我学过哪些行业：采石工、矿工、货郎、陶瓷工、非正规军士兵、桑图里琴手、小贩、铁匠、走私；怎样被关进监狱，怎样越狱逃跑，又怎么到了俄国。

“他尽管迟钝，可都明白了。我的脚，我的手说话。我的头发、我的衣服也都说话。挂在我裤腰带上的那把小刀也说话。当我结束时，那大傻瓜把我紧紧地搂在怀里。他亲我，给我满满斟了杯伏特加。俩人搂抱着又哭又笑。天快亮时，我们分手，跌跌撞撞地回去睡觉。晚上，我们又聚到一起。

“你笑，老板？你不相信我说的话？你心里说：‘喂，这个航海家辛伯达给我瞎吹些什么呀？用跳舞说话，这可能吗？’但我敢起誓，上帝和魔鬼就是这样对话的。

“我看出来你困了。你太娇嫩，经不起折腾。好啦，去睡吧，明天再聊。我有一个计划，一个非常妙的计划，明天告诉你。我再抽一支烟，也许还得把头扎进海里去。我浑身烧得慌，得把火扑灭。晚安。”

过了很久我才睡着。我心想，我这辈子算完了。要是我能拿一块抹布，把我所学到的、看到的、听到的一切统统抹掉，然后进入左巴的学校，从头学起，那么我走的路就完全不一样了。我就能充分运用我的五种官能、我的全身去享用，去理解。我就会学跑，搏斗，游泳，骑马，划船，开汽车，打枪。我就会使我的灵魂附上肉体，使肉体附上灵魂。我就会使这两个永远对立的双方终于在我身上和解……

我坐在褥子上，回想我那白白浪费掉的一生。我透过敞开的门，模模糊糊地在星光的照耀下看见左巴像一只夜鸟似的在一块岩石上蹲着。我羡慕他。我想他找到了真理。他走上一条正确的路。

要是在创世纪的原始时代，左巴会是部落的首领。他会拿起斧头，披荆斩棘，开山劈路。或者他会成为一个闻名遐迩的行吟诗人，遍迹城堡。高官、贵妇、仆从，老少聚集，一字不漏地听他吟唱……在我们这个无情的时代，他却饥肠辘辘，像饿狼在围墙四周徘徊，或沦为某蹩脚作家的一名侍从小丑。

突然间，我看到左巴站了起来。他脱掉衣服把衣服扔到卵石上，跳进海里。在初升的月亮微光下，我看见他那颗硕大的头颅时而露出水面，时而消失。他不时地发出一声喊叫，如狗吠，如马嘶，或模仿公鸡——在这荒寂的夜晚，他的灵魂返璞归真，返回动物的状态。

我不知不觉慢慢地睡着了。第二天天刚蒙蒙亮我见左巴笑容可掬，神采奕奕。他走过来拽我的脚。

“起床吧，老板，”他说，“我要跟你说我的计划。你听吗？”

“我听。”

他盘腿坐在地上，开始向我解说怎样从山顶到海边架起一条空中索道。这样就能把坑道所需的木材运下来，并把余下来的作为建筑材料卖掉。我们已决定租下一片属于修道院的松林，但运费昂贵，又找不到骡子。因此，左巴琢磨出用粗钢丝绳、支柱和滑轮建造一条架空索道。

“你赞成吗？”他说完后问我，“你签字吗？”

“我签字，左巴。我赞成！”

他给我点着火盆，把烧开水的壶放到火上，给我煮咖啡。怕我受凉，他扔给我一条毯子盖脚，然后高高兴兴地离开。

“今天，”他说，“我们开挖一条新坑道。我找到了一条好矿脉，是真正的黑钻石啊！？

我打开有关佛祖的手稿，也钻进我的坑道里。我写了一整天。随着工作的进展，我感到解脱，又有一种复杂的心情——宽慰、自豪、厌恶。但我让自己全神贯注到工作中去，因为我知道，我一完成这部手稿，把它封扎起来，我就自由了。

我饿了，吃了些葡萄干、杏仁和一块面包。我等待左巴回来，带来使人欢欣的一切——爽朗的笑声、关切的言语、美味可口的饭菜。

傍晚，左巴出现了。他做饭，我们一起吃。但他心不在焉。他跪下来，把一些木头片插到地上，拉上一根细绳，把一根火柴挂在小滑轮上，给绳子寻找一个适当倾斜度，使东西倒不下来。

“要是坡度过大，”他向我解释说，“那就完蛋。坡度小了，也完蛋。要找到恰到好处的坡度。而要做到这一点，老板，那就需要葡萄酒和智慧。”

“酒有的是，可是智慧……”

左巴哈哈大笑。

“你不笨，老板。”他边说边深情地看着我。

他坐下来休息，点起了一枝烟，兴致勃勃地打开了话匣子：

“要是架空索道成功的话，那就把森林里的树全运下来。我们开办一个工厂，生产木板、支柱、支架。我们就该发财了。然后造一艘三桅船，收拾东西走路，去周游世界！”

左巴眼睛闪耀，看见远方的女人、城市、五光十色的景物、高楼大厦、机器、船舶。

“老板，我头发白了，牙齿开始松动，没有时间可浪费了。你呢，你年轻，你还可以耐心等待。我不能了。说真的，我是越老越放荡！别跟我说年老使人性情温和，使强烈的欲望平息！并不是看到死神就伸出脖子说：‘请把我脑袋砍下来，让我上天堂！’我嘛，越活越反叛。我不偃旗息鼓，我要征服世界！”

他站起身来，将桑图里琴从墙上拿下来。

“到这儿来，魔鬼，”他说，“你不声不响呆在墙上干什么？来唱一唱！”

对左巴是那么小心翼翼、温柔体贴地打开包袱，取出桑图里的动作，我真是百看不厌。他就像给无花果剥皮，给一个女人脱衣服。

他把琴放在膝上，弯下身去，轻拂琴弦，仿佛在同它商量唱什么曲调，唤醒它，对它柔情款款，使之为他在孤寂中的疲惫、苦闷的灵魂做伴。他开始唱一首歌，但唱不出来，便放弃掉，又唱另一首；弦声刺耳，仿佛疼痛，不愿鸣响。左巴靠在墙上，拭去突然从额上淌出的汗水。

“它不愿意，”他边注视桑图里边说，“它不愿意。”

他又小心翼翼地把琴包起来，好像这是一头野兽，害怕被它咬着；然后慢慢地站起来，把琴放回原处。

“它不愿意，”他又低声说，“它不愿意……不能勉强它。”

他又坐在地上，把几颗栗子埋到炭火里。他往杯子里斟满酒，喝了一杯又一杯，并剥了一颗栗子递给我。

“你明白是怎么回事儿吗，老板？”他问我，“我可不明白，什么东西都有灵魂。树木、石头、喝的酒、脚踩着的地……一切，一切，老板。”

他举杯一饮而尽，又把酒杯斟满。

“这婊子生活！”他咕哝，“婊子！婊子，也就像布布利娜老婆子一样。”

我笑了起来。

“你听我说，老板，你别笑。生活，就像布布利娜老婆子一样。她老了，不是吗？是的。可是她并不缺少辛辣。她有叫人迷惑一阵的诀窍。你闭上眼睛，就想象着怀里搂着一个二十岁的姑娘。我发誓，老伙计，要是你劲头足，灭了灯，她才二十岁。

“你会跟我说她已腐烂了一半，过了一辈子放荡不羁的生活，跟什么海军上将、水手、士兵、农民、江湖艺人、神父、渔夫、宪兵、教师、传教士、治安法官鬼混。那又怎样？这有什么关系？她很快就忘光了！这娼妇！她连一个情人都记不起来了。这不是开玩笑，她又变成了一个天真纯洁的姑娘，一只白鹅，一只小鸽子。她羞得脸红，你可以相信，羞得脸红，颤抖得仿佛是第一次。女人，就是个奥秘，老板。她可以倒下一千次，再站起来一千次，又是处女。这是为什么，你跟我说说？因为她记不得了。”

“鹦鹉，它可记得，左巴。”我故意逗他。“它老喊一个名字，可不是你的名字。这不叫你发火？当你跟她一起上了七重天的时候，听到鹦鹉在叫‘卡那瓦洛！卡那瓦洛！’你难道就不想抓住它的脖子，把它掐死？到了是你教它喊‘左巴！左巴！’的时候了。”

“哟，得了，得了！你要这老花样！”左巴边用两只大手捂耳朵，边大声说。“你为什么想让我把它掐死呢？我喜欢听它喊你说的那个名字。夜里，她把它挂到床头上面，这婊子。因为这混蛋有夜眼，我刚要开始，它就叫起来：‘卡那瓦洛！卡那瓦洛！’

“我发誓，老板，可你没法理解这个。你脑子里塞满了那些该死的书本！我发誓，我觉得脚上穿着锃亮的鞋子，帽上插着羽毛，柔软如丝的胡须散发出龙涎香味。‘你好！晚安！’我当真变成了卡那瓦洛。我登上那千疮百孔的旗舰。锅炉点火！开炮！”

左巴哈哈大笑。他闭上左眼看我。

“请你原谅，老板，”他说，“可我就像我爷爷阿历克西队长。上帝保佑他的灵魂！他一百岁了，还坐在门前斜着眼看年轻女孩子到喷泉去打水。他眼力衰退，看不太清楚了。于是他就招呼那些姑娘：‘喂！你是谁呀？——雷妮奥，马斯特朗多尼的闺女！——到这儿来，我摸摸你。来吧，别害怕！’姑娘忍住笑，走过来。我爷爷于是伸出手来，一直摸到姑娘的脸，慢慢地、轻柔地、贪婪地摸。他流泪。‘爷爷你哭什么呀？’有一次我问他。‘嗨！你以为没有什么可哭的吗，我的孩子？当我快要死去的时候，我身后留下多少漂亮姑娘？’”

左巴叹了口气。

“唉！我可怜的爷爷，”他说，“我是多么理解你！我心里经常想，唉！倒霉的，要是这些漂亮女人都能和我一起死去呢！可这些娼妇们全活着，生活得自在。男人们把她们搂在怀里，亲她们。可是左巴却变成了泥土，让她们在上面走！”

他从炭火里取出几颗栗子，剥去皮，我们碰杯。我们久久地呆在那里，不慌不忙地喝着，嚼着，就像两只大兔子。我们听见屋外大海在咆哮。

第七章
永远的女人故事

夜深了，我们还静静地坐在火盆旁边。我又感到幸福寓于淡泊：一杯酒、一颗栗子、一只蹩脚的炉子、大海的呼啸，足矣。但要体会到这一切是幸福，就得有一颗淡泊的心。

“左巴，你结过几次婚？”我问道。

我们两人都有几分醉意，但并未因得此难以言喻的幸福而痛饮。我们只不过是两只依附在地壳上生命短暂的蝼蚁。我们以各自不同的方式深深地感觉到这一点。我们找到靠近大海的一个惬意角落，在芦苇、木板和空汽油桶后面，我们相互偎依，心中感到恬静、友爱与安宁。

左巴没有听见我的问话。谁知道他的心思跑到我的声音达不到的哪个海洋去了。我伸手用指头戳了他一下：

“左巴，你结过几次婚？”我又问了他一次。

他吃了一惊，这回他听见了，挥动着他那大手答道：“你现在想调查什么？我不是个人吗，我当然也干过蠢事。我管结婚叫大蠢事。愿结了婚的人们原谅我！我干过大蠢事。我结过婚。”

“好，那么结过几次？”

左巴使劲搔头，想了一会儿才说：

“几次？正经八百地一次，就这一次。半正经八百地，两次。要说不正经地，一千次，两千次，三千次。你叫我怎样计算呢？”

“跟我说一点吧，左巴。明天是礼拜天，得刮脸，穿新衣服，上布布利娜老婆子那儿去。没事儿干，今晚可以多聊聊。说吧。”

“说什么呢，老板？你真要我讲这些事儿？正经的结合没有味道，就像一道没加胡椒的菜。有什么好说的？当圣徒从圣像上看着你，为你祝福，拥抱还有啥劲。我们村里有一句话：'偷吃的肉才香。'你自己的老婆，不是偷来的肉。可那么多不正当的结婚现在又怎么记得起来呢？公鸡计数吗？你说！可是，我年轻时，我有一种从跟我睡过觉的女人那儿剪下一绺头发的癖好。所以，我身上总是揣着一把剪刀，甚至上教堂，我衣袋里也装着剪刀。我们是男人，不知道随时会出现什么情况，不是吗？"

"我就这样收集女人的头发。有黑色的、金黄色的、深棕色的，甚至还有白发。积攒多了就把这些头发装满一枕头，是的，一个枕头。我把头枕在上面睡觉。不过，冬天我才枕它。夏天太热。后来，过了一些时间，我感到腻味，枕头开始发出臭味，于是我把它烧了。"

左巴笑了起来。

"这就是我的账本，老板。"他说，"枕头烧掉了，我腻烦了。我原以为不会攒太多，后来发现这样下去没完没了，就把剪子扔掉了。"

"那些半正经八百的结婚呢，左巴？"

"哦！那倒是不缺乏魅力。"他傻笑着答道，"嗬，斯拉夫女人，可开放啦！她们从来不问'你到哪儿去啦？为什么回来晚啦？到哪儿过夜去啦'？她们什么也不问你，你什么也别问她们。自由嘛！"

他伸手端起一杯酒，一口喝光，剥了一颗栗子，边嚼边说。

"有一位斯拉夫女人叫索芬卡，另一个叫努莎。我是在诺伏罗西斯克附近的大镇上认识索芬卡的。那是在一个冬天，下着雪。我到一个矿去找工作，路过这个村庄，停了下来。这天正是赶集的日子，周围各村的男男女女都来到集市上或买或卖。这年饥荒，天气很冷，人们把所有的东西，连圣像都卖了买面包。

"我在集市上转悠时，看见一个女青年农民从一辆双轮马车上跳下来。这是一个豪爽泼辣的女人，身高两米。一双大海般的碧蓝眼睛，那臀部……真是一匹纯种牝马……我目瞪口呆。嗨，可怜的左巴，我心想，你完蛋了！

“我尾随这个女人，盯着看……没治啦！你瞧她那屁股摇晃得像复活节的钟一样。我对自己说：‘老伙计，你干吗去找矿啊？到那里去浪费时间，该死的风信鸡！这不就是个真正的矿吗？钻到里面去，打开坑道！’

“那姑娘停下来，讲价钱，买了一担柴禾。她把柴禾抬起——多有劲的胳膊，我的天——扔到车上。她还买了面包和五六条熏鱼。‘这多少钱？’她问道。‘这么多……’她摘下自己的金耳环付账。因为她没有钱，就牺牲她的耳环。我的心剧烈跳动。让一个女人放弃自己的耳环、装饰品、香皂、香水……要是她没了这些，世界不就完蛋了吗？这就像你把一只孔雀的羽毛都拔掉。你忍心给一只孔雀拔毛吗？绝对不行。我跟自己说，‘不，不，只要我左巴活着，就不能发生这种事。’于是我打开钱包，付了款。这是卢布变成了废纸的那年月。一百德拉克马就买一头驴，十个德拉克马就能买一个女人。

“我付了钱，这妞儿转过身来，斜着眼看我。她把我的手拉过去吻。可我把手收回来。怎么，她把我看作老人？‘斯巴西巴！斯巴西巴！’她对我大声说。这是‘谢谢！谢谢！’的意思。她一下子跳上了车，握着缰绳，扬起鞭子。‘左巴，’我跟自己说，‘老伙计，当心她要从你鼻子底下溜走。’我也跳上了车，坐在她旁边。她不吭一声，连头都没转过来看我。她朝马抽了一鞭，我们就走了。

“一路上，她明白我要她做老婆。我叽里咕噜说出了三个俄国字，可这种事儿用不着说得太多。彼此用眼睛、手和膝盖来说话。总之，我们进了村，在一幢枞木屋前面停下来。我们下车，姑娘用肩膀一顶，门开了。我们进去，把柴禾卸在院子里，拿了鱼和面包，走进屋里。一位小老太婆坐在火已经熄灭的壁炉旁边，冻得直打哆嗦。虽然全身裹满袋子、破布和羊皮，可她还冻得直抖。天气真冷，冷得手指甲都要掉下来，真见鬼！我弯下腰，把一抱柴禾塞进壁炉里，点上火。小老太婆看着我微笑。她的闺女跟她说了些什么，我一点儿也不懂。我生起火，老太婆暖和过来，稍稍恢复了生气。

“这个时候，姑娘摆上桌子。她拿来伏特加，我们喝了。她点着茶炉煮茶。我们吃饭，让给老太婆一份。饭后，姑娘立刻去铺床，换上干净的床单，点燃圣母像前的一盏灯，然后画了三次十字。然后她朝我招手，我们在老太太的面前跪下，吻她的手。老人把瘦骨嶙峋的手放在我们头上，低声说着些什么。大概她在为我们祝福。我大声说‘斯巴西巴！斯巴西巴！’然后一下子站起来，和那妞儿上了床。”

左巴沉默了，抬起头遥望大海。

“她叫索芬卡。”过了一会儿，左巴说道。然后又沉默下来。

“后来呢？”我急着问道，“那么后来呢？”

“没有‘后来’，老板。你怎么总是要问‘后来’、‘为什么’，老板。嗨，这些事怎么说呢？女人就是一口清泉，人弯下身去，看见自己的脸喝呀喝，喝到你骨头破裂。然后，来另一个人，他也口渴，弯下身子，看见自己的脸，又喝起来。接着又是一个人……女人就是一口泉，就是这样。”

“而后来呢，你离开了吗？”

“你想我会怎样？我跟你说，这是一口泉。而我是一个过路人，我继续上路了。我跟她在一块呆了三个月。过了三个月，我想起了我是去找矿的。于是，有一天早上我对她说：‘索芬卡，我有工作要做，我得走了。’‘好吧，’她说，‘你走吧，我等你一个月。要是过一个月你还不回来，我就自由了。你也一样，上帝保佑你！’我就这样走了。”

“那过了一个月你回去了吗？”

“老板，恕我不敬，你真傻。”左巴大声说，“怎么回去呢？这些婊子们，她们不会让你安生。十天后，我在库班遇到了努莎。”

“说吧，说下去！”

“这是另一回事，老板，别把这些可怜虫弄混了！祝索芬卡健康！”

他把一杯酒一口喝干，然后背着墙。

“好吧，”他说，“我也给你讲讲努莎。今天晚上，我满脑袋都是俄罗斯。得！来个清仓！”

他擦了擦唇上的胡髭，然后拨了拨炭火。

“我刚才对你说过，我是在库班村认识这个女人的。当时是夏天，西瓜、甜瓜堆成山。我弯腰拿起一个，谁也不说什么。我把瓜劈开，张嘴就啃。

“在俄国，那里物产丰富，老板，什么都是成堆的。随你挑，随你拿。不光是甜瓜、西瓜，还有鱼、黄油和女人。你路过看见一个西瓜，你可以拿；看见一个女人，也可以拿。不像在希腊这里，你偷人家一块瓜皮，也得把你揪到法院去。只要你亲近一个女人，她兄弟就拿刀把你剁成肉酱。呸！这儿的人又小气又吝啬……上吊去吧，一帮子肮脏东西！到俄国去开开眼，见识见识那里的大人风度！

“我路过库班，看见一个女人在菜园里。我喜欢她。你要知道，老板，斯拉夫女人并不像这些贪婪的希腊小女人，向你斤斤计较地出卖爱情，变法儿占你的便宜，缺斤短两。老板，斯拉夫女人总是给足分量。无论是睡觉，还是在爱情上，或是在饭桌上，她们和牲畜、土地十分接近。她们给予，给得很多，不像希腊女人那样吝啬。我问她，‘你叫什么名字？’你瞧，我为了跟女人打交道，学会了一点俄语。‘努莎，你呢？’‘阿历克西。我很喜欢你，努莎。’她仔细打量着我，就像人们观察一匹想买的马一样。‘我也喜欢你，你不像轻浮的人，’她对我说，‘你的牙齿坚固，大胡髭，宽肩膀，胳膊壮实，我喜欢。’我们没有再多说什么，也没有必要。一转眼工夫，我们就拍手成交。当天晚上我得穿上最好的衣服到她家去。‘你还有毛皮大衣吗？’努莎问我。‘有，可是天气这么热……’没有关系，你带着它，显得阔气。

“当天晚上，我穿得像个新郎官，胳膊上搭着件毛皮大衣，手里拿着我的一根银头手杖就去了。努莎的家是一座农家大宅院。有院子、奶牛、压榨机，院子里升着火，火上有几个锅。

“‘锅里煮的是什么？’我问她。

“‘西瓜汁。’

“‘那口锅呢？’

“‘甜瓜汁。’

“我心想，这是什么地方？你听见了吗？西瓜汁和甜瓜汁这是上帝许下的福地。左巴，你交上好运了，就像一只耗子掉在一块奶酪上。

“我上楼梯，一座庞大的木楼梯，踏上去吱吱嘎嘎响。努莎的父母站在楼梯口，他们穿着绿色长裤，系着带穗的红腰带，是当地数得着的人物嘛。他们伸出双臂，又抱又吻，把我弄得满脸口水。他们讲话很快，我听不大懂。但从他们脸上看出，他们对我绝没有恶意。

“我进人大厅看到什么了呢？一张张饭桌都摆好了，丰盛的食物和饮料琳琅满目。男女亲朋都站在那里。努莎脸上涂抹脂粉，身穿礼服，胸脯隆起，像个船头雕像站在前面，闪烁着艳丽和青春的光辉。她头上盖着一块红头巾，胸前绣着镰刀和锤子。我对自己说，‘喂，左巴，你真走运，这块肉是给你的吗？你今天晚上就把这肉体搂在怀里吗？’

“男男女女都把他们的好牙齿用到吃食上；吃起来像猪一样，喝酒像往窟窿里灌。

“‘神父呢？’我问努莎的父亲。他坐在我旁边，正兴致勃勃地吃得冒汗。

“‘给我们祝福的神父在哪儿？’

“‘没有神父，’他唾沫四溅地回答道，‘宗教是人民的精神鸦片。’

“这时，他挺起胸脯站起来，松开红腰带，扬起手让大家安静。他举起满满的一杯酒，看着我。然后，他开始讲话，讲啊讲，他是冲着我发表一篇演说吧！天知道他说些什么！我实在站够了，开始感到有点醉，又坐了下来，把膝盖紧紧贴着坐在我右边的努莎的膝盖。

“老头子说个没完没了。他冒汗了。于是大家向他扑去，把他抱住让他住嘴。努莎向我使眼色：‘现在，该你说了！’

“轮到我站起身，用半俄语半希腊语讲起来。我说了什么呢？我要是记得才见鬼呢。我只记得到末了我喊出一首克来夫[1]之歌。我莫名其妙地吼起来：

克来夫下了山，
个个是偷马的贼！
马匹他们找不到，
他们找到了努莎！

“你瞧，老板，我根据情况把歌改了一下，

他们走了，他们走了……
他们走了，妈妈！
啊，我的努莎，
啊，我的努莎。
呸！

“喊着‘呸’时，我就扑向努莎，去亲她。

“就是应该这样。我仿佛发出了大家期待着的信号。他们等待着的就是这个。几个红胡子大汉跑出来熄灭灯火。

“女人们开始尖声叫喊，仿佛惊惶失措。紧接着她们便在黑暗中吃吃地笑起来，像是被胳肢得发笑。

---

①克来夫（Klepht），原指希腊等地山贼，后指自15世纪希腊被土耳其并吞后上山坚持斗争的希腊爱国者。——译注

"发生什么事了，老板，只有上帝晓得。不过我想，上帝也不会知道。否则，他就会降下天雷把我们都劈了。男人和女人混杂在一起，在地上打滚。我呢，我急着去找努莎，可怎么也找不着她！我找到另一个女的。

"天刚蒙蒙亮。我起身想和我妻子一起走。光线很暗，什么都看不清楚。我抓住一只脚，一拽，不是努莎的脚。我抓另一只，也不是。再抓另一只，还不是。直到最后，我费了老大劲才找到了努莎的脚。我拽它，推开压在她上面的两三条大汉。可怜的努莎差点被他们都压扁了。我叫醒努莎说：'努莎，我们走吧。'她回答我说，'别忘了你的皮大衣。走吧！'我们就这样走了。"

"那么后来？"我看见左巴沉默了，我又问他。

"你又问'后来'。"左巴不高兴地说。

他叹了口气。

"我和努莎一起过了六个月。打从那天起，我向你发誓，我就什么都不怕了。我给你说什么都不怕。除了一件事：就是魔鬼或上帝把这六个月从我的记忆中抹掉，你明白吗？"

左巴闭上眼睛，似乎很激动。我第一次看见他为一件遥远的往事这样动情。

"你这么爱她吗，这个努莎？"过了一会儿我问他。

左巴睁开了眼睛。

"你年轻，老板，"他说，"你年轻，不会明白的。等你也有了白头发的时候，我们再谈这永远完不了的故事吧。"

"什么永远完不了的故事？"

"女人呗。我跟你重复说了多少次？女人是个永远完不了的故事。现在，你就像一只刚长成的公鸡，刚一跟母鸡交配完就鼓起嗉子，跑到粪堆上趾高气扬地叫起来。公鸡看见的并不是母鸡，而是它们的冠子。它怎么能懂得爱情呢？一点儿也不懂。"

左巴轻蔑地朝地上啐了口唾沫，然后转过头去，不愿意看我。

“后来呢，左巴？”我又问她，“努莎呢？”

左巴的目光凝视着远方的大海。

“一天晚上，”他回答说，“我回到家里没有见到她。原来她几天前跟来到村里的一个俊俏军人跑了。这就全完了！我的心碎成两瓣。不过，这家伙又很快地黏合起来了。你看过那些用一片红色、一片黄色、一片黑色的布粗针大线缝补起来的风帆吗？即使是最强劲的风暴也撕不破它们。我的心就是这样。有三万六千个孔，三万六千个补丁，它再也不害怕什么了。”

“那你不怨恨努莎吗，左巴？”

“为什么要怨恨她呢？你怎么说都行。女人是另一回事，不是一般的人！为什么要怨恨她呢？女人是一种不可理解的事物！一切国家法律和教规全都搞错了。它们不应该这样对待女人！它们太冷酷无情，老板，非常不公道！要是让我制定法律，我就不会对男人和对女人制定同样的法令。对男人订立十条、一百条、一千条戒律。男人就是男人嘛，他们能承受。可是对女人就一条也不行。我还要跟你说多少回啊，老板？女人是弱者。为努莎干杯，老板！为女人干杯！愿上帝让我们这些男人的头脑明智起来。”

他喝酒，举起手臂又仿佛拿着一把斧子似的猛地放下来。

“愿上帝让我们的头脑明智起来，”他重复说，“要不，请上帝给我们动一次手术。要不然，你相信我的话，我们就完蛋了。”

第八章
年轻人跟我来

今天，阴雨连绵，天地合一，柔情脉脉。我回想起一幅刻在深灰色石头上的印度浮雕：男子双臂拥抱女身，轻柔婉约。这双经年累月受风雨侵蚀的躯体，给人以两只紧紧相抱的虫豸的依稀印象。雨点打在它们身上，贪婪的大地慢慢把它们吞噬。

我坐在木屋里，望着天空阴暗下来，没有一个人，没有一张帆，没有一只鸟。只有泥土的气味从敞开的窗户进来。

我站起身，像个乞丐似的伸出手去接雨。忽然间，我真想哭出来。一种不是为我，不是我的，而是更深邃、更隐蔽的惆怅，从潮湿的土地上升起。就像是一头无忧无虑地吃着草的牲畜，忽然间什么都没有看见，但在空气中嗅到自己被包围而无法逃脱的那种恐慌的感觉。

我真想大叫一声，舒解一下心中的闷气，但又羞于这样做。

天上的云越来越低，我隔窗远望，心在轻轻地跳动。

细雨令人愁肠翻滚。一切埋藏在心底深处的辛酸回忆都浮现在眼前——朋友的别离、消逝了的佳人笑靥。希望失去翅膀，像飞蛾停留在蠕虫状态。它爬在我的心扉上啃嚼。

透过雨和潮湿的土地，被流放在高加索的朋友的形象逐渐涌现。我拿起笔，伏案疾书和他交谈，用以撕破雨形成的罗网，舒展呼吸。

亲爱的朋友，我在克里特的一个荒凉海滨给你写信。命运之神与我达成协议，让我在这里呆上几个月，充当资本家、褐煤矿主、实业家的角色。如果我这场游戏成功，那我就要说这不是一场游戏。不过，我是下了很大决心的，决心改变自己的生活。

你记得，我们分手的时候，你叫我“书虫”？于是我一气之下，决心放弃与纸墨打交道的行当——一个时期或者永远——而投身到实际行动中去。我租了一个蕴藏褐煤的小丘，雇了工人，买了镐、锹、电石灯、筐篓和车子，挖了坑道，自己钻了进去。我就这样来气你。由于挖掘地道，我从书虫变成了鼹鼠。我希望你赞同这个变化。

我在这里享受到非常的乐趣，因为它们很单纯，由清新的空气、阳光、大海和小麦面包，这样一些永恒的因素所形成。晚上，一个像离奇的航海家辛伯达般的人物，盘腿坐在我面前。他谈得绘声绘色，世界开阔了。有时，他感到语言不够用，就猛地站起来跳舞。而当他感到舞蹈仍不足以表达时，他就把桑图里放在膝上弹拨起来。

时而曲调粗犷强烈，令人顿时悟到人生暗淡可悲，自惭形秽而窒息；时而曲调悲怆，令人感到人生时光流逝，犹如沙从手指缝中流失而无从得救。

我的心像纺织工的梭子在胸膛中回活动。我在克里特的这几个月来，它一直编织，而——上帝原谅！——我认为我，是幸福的。

孔夫子说：“道不远人。人之为道而远人，不可以为道。”这话是对的。人有高低，幸福就有不同的层次。因此两者需相互适应。我亲爱的学生和先生，我今天的幸福就在于：我忐忑不安地一量再量自己目前的高度。因为你知道人的高低总是有差异变化的。

而人的灵魂是怎样随着它生活于其中的气候、沉寂、孤独或是周围的伴侣而变化的啊！

从我这里偏僻寂寞的位置去看，人群就不像是一群蝼蚁，却反而像是生活在充满碳酸和深厚腐殖质的大气中的恐龙、翼手龙等巨大怪兽。一个不可思议的、荒诞而凄惨的丛林。你所喜欢的“祖国”、“种族”的观念，吸引我的“超国家”、“人类”的观念，在威力无比的毁灭气浪中，都取得同样的价值。我们觉得我们走出来说出几个音节，有时甚至没有音节，含糊不清的一个“啊”、一个“呜”——然后我们就消灭了。而即使是一些最崇高的思想，如果加以解剖，也就看见它们只是装满糠的玩偶，糠里藏着一个铁制弹簧。

你很清楚，这种冷酷无情的冥想绝不会使我逃避，相反，这是点燃我内心火焰必不可少的火种。因为正如吾师佛陀所说的“悟入”。我既然悟到了并且同心情愉快、充满幻想而看不见的导演眨眼间就达成默契，我就可以从此干到底，也就是说在人世间贯彻始终而不气馁地扮演我的角色。因为我悟到了，我也就参加了上帝舞台上的演出。

于是，我举目眺望世界舞台，看见你在高加索那传奇的地方，也在扮演你的角色。你竭力拯救数以万计的濒临死亡危险的我族同胞。假普罗米修斯却要受真殉难者的罪，与饥饿、寒冷、疾病、死亡这些黑暗努力战斗。而你生性高傲，往往因面对许多不可克服的黑暗势力而以为乐。因为这样，你那几乎没有希望实现的人生抱负就更加悲壮，你的灵魂就更具有悲剧性的伟大。

你过着这种生活，你必然认为它是幸福的。你既然认为这样，它就是这样。你也是量体裁衣，按照你的身材裁剪你的幸福；而你如今的身材——赞美上帝！——超过了我的。一个好先生不能希望得到比这更加辉煌的奖赏：培养出一个超越自己的学生。

至于我，我常常忘记，我指责自己，我走迷了路，我的信仰是集怀疑之大成。有时我真想做个交易：以短暂的一分钟换我的余生。而你呢，你牢牢地掌握着舵，即使在生死攸关的时刻，也不忘记你航行的方向。

你记得我们俩穿过意大利回希腊的那天吗？我们决定到当时仍处在危险中的庞图斯区去。你想得起来吗？我们在一个小城市急急忙忙下了火车——我们只有一个小时等候另一列车的到来。我们走进离车站不远的一个树木繁茂的大园子。那里有阔叶树、香蕉树、微暗而带金属光泽的芦苇，还有颤悠着的花朵盛开的树枝，和聚集在它们周围的蜜蜂群。

我们心醉神迷，默默向前走，犹如在梦中。忽然，在花径转弯处出现两个年轻姑娘。她们边走边看书。我已记不得她们是美是丑，只记得一个金黄色头发，一个棕色头发。两人都穿着春季的连衣裙。

用像在梦中出现那样的大胆行为，我们走到她们跟前，你笑着说："不管你们看的什么书，我们都可以跟你们讨论讨论。"她们读的是高尔基的著作。尽管时间紧迫。我们还谈到了人生、贫困、心灵的反叛、爱情……

我永远忘不了我们的欢快和惋惜。我们和这两个萍水相逢的姑娘已成为老友和恋人。为了对她们的身心负责，我们赶快交谈，因为几分钟后，我们就要永远离开她们。在颤抖的空气中，我们嗅到诱拐和死亡。

火车进站，鸣笛。我们仿佛忽然醒来，感到一惊。我们相互握手。我们怎能忘记我们绝望的双手紧握，不愿分离的十个指头。其中一个姑娘脸色苍白，另一个在笑声中颤抖。

我记得那时对你说过："事实就是这样：希腊、祖国、义务都是些不意味着什么的字眼。"你呢，你回答我说："希腊、祖国、义务是不意味着什么，可是，就为了这个不意味着什么，我们自愿地去牺牲。"

我为什么要给你写这些呢？为了告诉你我丝毫没有忘记我们曾经在一起的生活。也是为了借机会表达出——由于我们养成一种不知是好是坏的自我克制习惯——当我们在一起的时候，我所绝不会暴露出来的话语。

既然你不在我面前，你看不见我的脸，我不会显得可笑。我就对你说，我深深地爱着你。

信写完，我和我的朋友交谈了，感到轻松。我喊左巴。为了不被雨淋湿，他蹲在一块岩石下试验他的高架索道。

"来，左巴，"我喊他，"起来，我们上村子里遛遛去。"

"你挺高兴，老板。下雨了。你一个人去不行吗？"

"是啊，我高兴。我不愿意扫兴。要是我们在一起，就不会有问题。来吧。"

他笑了。

"你既然需要我，"他说，"我就乐意从命，走吧！"

他把我送给他的那件带尖顶风帽的短大衣穿上。我们踏着泥泞上路。

雨下着。山顶乌云遮盖，没有一点儿风。石头闪烁着光亮。褐煤小山在雾霭中窒息。仿佛山丘的女人面孔被人间忧伤笼罩，她在雨中昏了过去。

"下雨的时候，人的心不好受，别怪它！"左巴说。

他弯下身去在树篱脚下摘新出的野水仙。他盯着这花看了很久，看个没够，他仿佛是第一次见到这种野生植物。他闭上眼睛闻，叹息，然后把花递给我。他说：

"老板，要是我们能听懂石头、花、雨说什么该多好啊！也许它们在喊叫，喊我们。而我们却听不见。人的耳朵什么时候才会灵敏起来？眼睛什么时候才能睁开？什么时候人们才能张开双臂拥抱一切——石头、花、雨、人呢？你对这些是怎么想的，老板？你的那些书里面是怎么说的？"

"见鬼去！"我用左巴最喜欢用的口头禅说，"见鬼去！"

左巴抓住了我的胳膊。

"我想跟你说说我的一个想法，老板。可是你别生气。把你所有的书堆在一起，放把火烧掉。然后，谁知道，你不笨，人地道……我们可以成全你。"

"他说得对，他说得对！"我心里呼喊，"他说得对，可是我办不到。"

左巴犹豫，陷入沉思。过了一会儿，他说：

"我，有些事我明白，可……"

“什么事儿？说吧！”

“我说不上。我好像，就这样，明白了。可是要叫我说出来，就会砸锅。等哪天我兴致好的时候，我给你跳舞。”

雨下大了。我们进了村。小姑娘把牧场上的羊群赶回家。庄稼汉抛下耕了一半的田，给牛解除了轭；妇女在小巷里跟在孩子后面跑。村里出现骤雨来临时的一阵轻快的慌乱。女人高声尖叫，而眼睛露出喜悦的目光。男人的大胡子、两边翘起的胡髭，淌着大滴大滴的雨水。一股刺鼻的气味，从泥土、石头和草那里升起。

我们浑身湿透，钻进贞洁咖啡馆肉铺。里面坐满了人。一些人玩纸牌，一些人高声谈论，仿佛他们从这山向那山互相呼喊。在最里边的一张小桌旁的大凳上，端坐着村里头面人物：穿着宽袖白衬衫的阿纳诺斯蒂老爹；马弗朗多尼，默不作声，表情严肃，吸着水烟筒，眼睛看地；小学教师，中年、干瘦、严肃、拄着一根粗拐棍，带着高傲的微笑，听刚从坎迪亚回来的一个长着长头发的巨人讲大城市的奇闻。咖啡馆老板站在他的柜台后面边听边笑，同时看着放在火上的一排咖啡壶。

阿纳诺斯蒂老爹一看见我们进去，就站起身来：

“请到这边来，同乡们。”他说，“斯发基亚诺尼库利正在给我们讲在坎迪亚的见闻。怪有趣的，请过来吧。”

他转身朝咖啡馆老板喊道：

“马诺拉基，来两杯拉吉酒。”

我们坐下。村野的牧人见到生人，缩了回去，不吭声了。

“那么说，尼库利队长，你也上剧院去啦？”教师为了逗他说话问他，“你觉得那地方怎么样？”

斯发基亚诺尼库利伸出一只大手，拿起酒杯，把酒一口喝下去，壮起胆子来。

“戏院我怎么会不去？”他大声说，“我当然去了。我老是听人说，柯托浦利[①]这个，柯托浦利那个。于是，一天晚上我画了十字说，我一定要去那里，我也要去看看她。”

“那么你看到了什么呢，我的朋友？”阿纳诺斯蒂老爹问，“接着说。”

“什么都没有看见，什么也没有看见，我向你发誓。听人家说过剧院，以为一定很有趣。其实一点儿趣也没有。我后悔花了冤枉钱。那是一座很大的咖啡馆，圆圆的，像一个大羊圈，里面挤满了人，摆满了椅子、蜡烛台。我晕头转向，眼睛模糊了，什么也看不见。‘天哪，’我心里说，‘准有人在这里给我施了魔法。我得溜走。’这时候，一个姑娘像只鹡鸰似的蹦蹦跳跳朝我走来，拽住我的手。‘喂，’我对她喊道，‘你要把我拽到哪儿去？’可是她当作没听见，一直拽着我走。然后回过头来对我说：“坐下！”我坐下了。到处都是人：前面、后面、左边、右边、房顶上。我心想，我准得憋死。我要死啦。这里没有空气！我转身问坐在我旁边的人：‘朋友，那些名角儿她们从哪儿出来？’‘那里，从里面出来。’他边说，边给我指指一块幕布。

“一点儿不假！先是铃响了。幕布拉开。柯托浦利出来了。其实，柯托浦利，她是个女人，一个地地道道的女人嘛！她摇摇摆摆从这里走到那里，扭过来，扭过去。后来大家看够了，拍起手来，她就从台上走掉。”

村民们捧腹大笑。斯发基亚诺尼库利坐立不安，觉得难为情。他朝门口转过身去。

“下雨了！”为了改换话茬儿，他说。

大家都随着他的目光看去。正在这时候，一个把黑裙子撩到膝盖、头发披在肩上的女人跑着从那里经过。她肌肉丰满，线条起伏，衣服紧贴身子，更显露出结实而妩媚撩人的体态。

---

①柯托浦利（KotopouH），希腊著名女演员，名字和希腊文母鸡一词谐音。

我暗吃一惊，真是一头猛兽！我心想。我觉得她轻柔而危险，是个男人的吞噬者。

女人一下子转过头来，朝咖啡馆里投以短暂的炯炯目光。

“圣母马利亚！”一个坐在玻璃窗旁、刚长出茸毛胡须的年轻人咕哝了一声。

“该死的婊子！”乡警曼诺拉卡斯吼叫，“你给男人点上火，烧起来就不管了。”

靠窗坐着的年轻人低声唱起来，开始缓慢而犹豫，逐渐声音变得沙哑：

寡妇的枕头有木瓜香。

我闻到了，再也睡不着。

“住嘴！”马弗朗多尼挥动他正抽着的水烟筒的管子喊道。

年轻人不吭声了。一个老头朝乡警曼诺拉卡斯欠身：

“瞧，你舅舅生气了，”他低声说，“若是落在他手里的话，他会把那可怜的女人剁成肉酱。愿上帝保佑她！”

“哎，老安德鲁里，”曼诺拉卡斯说，“我猜你准跟寡妇凑合上了。你还是教堂执事呢，不害臊？”

“啊，不！我跟你再说一遍：愿上帝保佑她。你大概还没有看到我们村里近来生的孩子呢？他们像天使那么美丽。你能跟我说这是为什么吗？这是寡妇的功劳！她可以说是全村的情妇：你熄了灯，你想象着怀里搂着的不是你的老婆，而是那寡妇。瞧，就是因为这缘故，我们村里才生了这么多漂亮的娃娃。”

老安德鲁里沉默了一会儿接着说：

“夹她的大腿该多美啊！嗨！我要是二十岁，像马弗朗多尼的儿子巴弗利一样，该多好啊！”

“现在我们就会看见她往回跑了。”有人笑着说。

他们朝门外看去。外边大雨滂沱。雨水倾注在石子上。闪电不时划破长空。看见寡妇走过而惊呆了的左巴再也按捺不住，招呼了我一下：

“雨不下了，老板，”他说，“我们走吧！”

门口出现一个男孩，光着脚，头发蓬乱，一双大眼睛露出惊慌的神色。圣像画师们就是这样画的洗礼的约翰，饥饿和祈祷使他的眼睛大得出奇。

“米米杜，你好！”几个人笑着大声说。

哪个村都有个傻子。没有也要生造出一个来供人取乐。米米杜就是这村的傻子。

“乡亲们，”他带着女人气结结巴巴地说，“苏莫丽娜寡妇的母羊丢了。谁找到，她就酬谢五公升酒。”

“滚开，”老马弗朗多尼吼道，“滚开！”

米米杜吓坏了，蜷缩到靠近门的角落里。

“坐下，米米杜。来喝一杯拉吉酒暖和暖和。”阿纳诺斯蒂老爹可怜他说，“要是没有个傻子，我们村成啥样儿呢。”

一个长着一双淡蓝色眼睛的孱弱青年，气喘吁吁，头发贴在额头上，水直往下淌，出现在门口：

“喂，巴弗利！”曼诺拉卡斯喊道，“喂，小老表，进来吧！”

马弗朗多尼转身去看他的儿子，皱起眉头。

“这就是我的儿子？没出息的东西。”他心想，“这鬼东西像谁？我真恨不得抓住他的脖子把他提起来。像扔章鱼似的把他甩在地上。”

左巴像热锅上的蚂蚁。寡妇把他的头脑烧热。他再也坐不住了。

“我们走吧，老板。走吧！”他在我耳边再三说，“里面把人憋死了。”

他仿佛觉得云已散开，太阳又出来了。

他掉过头去，装作若无其事似的问咖啡馆老板：

“这寡妇是谁？”’

“一匹母马。”康杜马诺利奥答道。

他把手指放在嘴唇上，眼睛朝正注视着地面的马弗朗多尼望去。

“一匹母马，”他重复说，“我们别谈她吧，免得遭罪。”

马弗朗多尼站起身来，把水烟筒的管子绕上。

“对不起，”他说，“我要回家了。来，巴弗利，跟我走。”

他带着他的儿子，两人很快在雨中消失。曼诺拉卡斯站起身，跟在他们后面走了。

康杜马诺利奥坐到马弗朗多尼的椅子上。

“可怜的马弗朗多尼，他气死了。”他小声说，以免邻桌的人听到，“他家里出了倒霉透顶的事儿。昨天，我亲耳听到巴弗利对他说，‘要是她不嫁给我，我就自杀。’可是她，这婊子不喜欢他。她管他叫‘毛孩子’。”

“我们走吧，”左巴听到说寡妇的事就越发激动，又说道。

公鸡打起鸣来。雨下小了。

“走吧。”我站起身说。

米米杜一下子从角落里站起来，跟在我们后面。

石子发光。门被雨水浇淋后变成黑色。几个小老太婆手挎提篮，出来捡蜗牛。

米米杜走到我旁边，用胳膊肘儿碰了碰我：

“给我一支烟吧，老板，”他说，“这会让你爱情交上好运。”

我递给了他烟。他伸出被太阳晒黑了的瘦手，又说：

“还得借个火！”

我给他点了火。他深深地吸了一口烟，再让烟从鼻孔喷出，眼睛眯缝着。

“美得像个帕夏！”他低声说。

“你到哪里去？”

“寡妇园子里。她说过，要是我给她的母牛做广告，她就给我吃的。”

我们快步走着。日出云散。全村洗涤一新，笑逐颜开。

“你喜欢那寡妇吗，米米杜？”左巴淌着口水问他。

米米杜格格地笑：

“我为什么不喜欢她呢？我不也是从那阴沟里出来的吗，嗯？”

“从阴沟？”我吃了一惊，“米米杜，你说的是什么意思？”

“那还用说，女人的肚子呗。”

我为之愕然。心想，只有莎士比亚在他最有灵感的时刻，才能为描绘分娩这个奥秘找到一个如此赤裸裸的写实主义词语。

我看了看米米杜。他的眼睛大而无神，有点斜视。

“你的日子是怎么过的，米米杜？”

“你想我是怎么过的？像个帕夏！早晨醒来，吃一块面包，然后去干活。杂活儿，不论哪里，不论什么活儿。替人办事，运肥料，拾粪，用我的竿子钓鱼。我住在婶子哭丧婆雷妮奥家里。兴许你认识她，大家都认识她。而且还有人给她照过相。到了晚上，我回到家里，喝一碗汤，再喝一点酒。要是没有酒，我就喝水。老天爷的水，喝足了，喝得肚子像鼓似的。然后，晚安！”

“那你不想结婚吗，米米杜？”

“我？我不是傻瓜！你这上头是怎么想的？让我把烦恼事全背上吗？老婆需要的是鞋子！我到哪儿去找鞋子？瞧，我就光着脚走路。”

“你没有鞋子吗？”

“怎么会没有？就是我婶子雷妮奥从去年死了的一个家伙的脚上扒下的那双。可我只是到复活节到教堂里和盯着神父看的时候才穿上。然后脱下来，挂在脖子上回家。”

“那么你在世界上最喜欢什么？”

“首先是面包。噢，我多么喜欢面包哇！热乎乎的，皮脆心软，尤其是小麦面包。然后嘛，酒，睡觉。”

“那么女人呢？”

“呸！吃，喝，睡。我跟你说，其他全都是厌烦事儿！”

“寡妇你喜欢不喜欢？”

“把她留给魔鬼去，我跟你说，这是最好的办法！Vade Vetro, Satanas![1]”

他连啐了三口唾沫，并画了个十字。

“你认识字吗？”

“不识字。我小时候，大人强迫我上学校，可是我立刻就得了回归热，成了傻子。这么一来我就不用上学了！”

左巴对我的提问不耐烦了。他一心想着寡妇。

“老板……”他抓住我的胳膊说。

他转过头去吩咐米米杜说：

“你前面走，我们有事要商量。”

他压低了嗓音，神情激动：

“老板，”他说，“这就是我指望你的。别给男人丢脸！不管魔鬼还是上帝给你送来一块精选的肉。你有牙，那就别拒绝！伸手接过来嘛！要不，上帝给我们一双手是干什么的？就是为了去接，去拿！那么就接就拿吧。女人，我一辈子见得多了。可是这个寡妇，教堂的钟楼见了她都得倾倒，该死的！”

“我不愿意找麻烦！”我生气地回答。

我感到羞恼，因为在我内心深处，也渴望着这个在我面前走过的像一头发情的猛兽似的威力无比的身躯。

“你不想找麻烦，那么你想干什么？”左巴愕然问道。

我没有回答。

---

①拉丁文：滚开，你这魔鬼！

“生活，就是麻烦。”左巴接着说，“死了就没有麻烦了。活着，你知道意味着什么吗？解开裤腰带，找茬儿打架。”

我没有作声。我知道左巴是对的。我知道，但我缺乏勇气。我的人生走了错路，我与人们的接触只不过是内心的独白。我已堕落到如此地步，假如要我在热恋一个女人和读一本讲爱情的书之间进行选择，我就选择书。

“别再计算了，老板，”左巴接着说，“把数字丢开，把该死的磅秤拆毁，把铺子关掉。现在是你灵魂得救或是丧失的时候了。听我说，老板，拿两三个金镑，可得是金的，不是纸币，纸币不耀眼，用手绢包上，叫米米杜给寡妇送去。教他这么说：‘矿老板向你问好，送给你这块小手绢。这是点小意思，但礼轻情义重。’让他还说，‘叫你别为丢羊的事发愁。就说找不回来也不要紧。有我在，别害怕！他看见你从咖啡馆门前走过，打那以后，他的心里就只想着你。’

“就这样。然后，到了晚上，你去敲她的门。得趁热打铁。你对她说，你走迷了路。夜里，你需要一盏灯；或者说，你忽然间觉得不舒服，你想喝杯水。要不，更好的一着：你去买一只母羊牵了去，说：‘瞧，我的美人，这是你丢的羊，我给你找回来了！’相信我，老板，寡妇准会报答你。你就进去——嗨，要是我能坐在你的马屁股后面的话——你骑马进入天堂。除此以外的天堂，哼，我保证是没有的。别听神父们瞎扯，其他天堂是没有的！”

我们快到寡妇的园子了。米米杜叹了一口气，结结巴巴地唱出他的哀怨：

吃栗子得有酒，吃胡桃得有蜂蜜，
少年配少女，姑娘配情郎。

左巴加快了步子。他的鼻孔颤动。他停下来，深深地吸了一口气，看着我：

“怎么样？”他急切地问道。

“走吧！”我冷冷地回答，快步走开。

左巴摇头。他吼叫些什么我没有听到。

我们回到了木屋，左巴盘腿坐下，把桑图里放在膝上，低头沉思。好像在聆听多不胜数的歌曲，并试图从中挑选一首最美的或是最令人灰心失望的歌。他终于选定了，唱起一首哀怨曲。他不时地用眼角瞟我。我感觉到他不能或不敢用言语对我说的，他通过桑图里表达出来。说我糟蹋了我的一生；寡妇和我只不过是在阳光下生活瞬息的两只小虫，然后永远死去。不再来！不再来！

左巴猛地站起身来。但立刻意识到他纯粹是徒劳。他靠着墙，点燃了一枝烟。过了一会儿，他说：

“老板，我要把一位经师有一天在萨洛尼卡对我说的事儿告诉你。即使毫无用处，我也要告诉你。

“当时，我在马其顿做小买卖。我走村串巷，卖针线、使徒行传、安息香、胡椒。我有一副少有的好嗓子，真正夜莺的嗓子。你知道，女人也会被歌声迷着。这些婊子有什么不能把她们迷着呢？天知道她们肚子里会发生什么变化！你可能是个丑八怪，是个瘸子、驼背，但只要你有柔美的声音，你会唱歌，你就会把她们弄得晕头转向。

“我在萨洛尼卡当货郎，也到土耳其区去。我的声音仿佛迷惑了一位有钱的伊斯兰女人，甚至叫她夜里失眠。于是她叫去一位老经师，给了他一把勋章：‘阿门[①]，’她对他说，‘去把那个异教徒货郎叫来，阿门！我一定要见到他。我受不了啦！’

“经师找到我，‘喂，年轻人，跟我来。’我答复他说，‘我不去。你要把我带到哪儿去？’‘帕夏的女儿真是媚如春水，她在房间里

①Aman为表示恳求的感叹词。

等你，小异教徒，来吧。’可是我，我知道在土耳其区，他们晚上杀基督教徒。‘不，我不去，’我说，‘难道你还怕天主吗，异教徒？’‘为什么我怕他，小伙子？因为一个人能和一个女人睡觉，而他不去就犯下大罪。年轻人，当一个女人呼唤你去跟她同床共枕，而你不去，你就丧失掉灵魂！这个女人将在最后审判的日子，在上帝面前叹息。而这一叹息——无论你是谁，尽管你做尽好事——也将把你投进地狱！’”

左巴叹了一口气。

“如果真有地狱，”他说，“我就进去。原因就在这里。并不是因为我偷窃、杀人或者和别人的老婆睡觉。不，不！所有这些都没有什么，都能得到上帝宽恕。可是，我将进地狱，因为在那天晚上，一个女人在床上等我，而我却没有去……”

他站起身来，点上火，开始做饭。他瞟了我一眼，轻蔑地一笑。

“没有比充耳不闻更糟糕的聋子了。”他低声说。

他弯下腰，狠命吹那潮湿的木头。

第九章
听我弹桑图里

白日渐短，天很快暗下来。每到黄昏，人心惶惶不安，陷入祖先们的原始的惊骇。他们看到入冬后，太阳熄灭得一天比一天早：“明天，它必将完全熄灭。”他们灰心失望地想着，提心吊胆在高地度过长夜。

左巴体会这种惶恐不安比我更深刻、更原始。为了逃避这种心情，他一直等到满天星斗时才走出矿坑道。

他发现优质煤层，灰不多，不潮湿，含热量高。他十分高兴。因为在他的想象中，利润顿时发生了美妙的变化：旅行、女人和新的冒险。他迫切期待发大财的日子到来。那时，他有足够大的翅膀——他把钱叫做翅膀——可以任他翱翔。因此，他彻夜不眠，试验他的微型架空索道，探索适合的倾斜度。使条条树干缓缓而下，仿佛天使为他运送。

一天，他拿了一张长条纸和彩色笔，画山、森林、架空索道和悬在缆索上下来的树干。每条树干上都有一双蔚蓝色的翅膀。在圆形的小海湾里，他画了一些船和运载着黄色树干的驳船，上面站着像小鹦鹉似的绿水手。四名僧侣站在四个角上，从他们嘴里飞出玫瑰色的飘带。带上写着：“主啊，你是多么伟大，你的业绩多么令人赞美！”

几天以来，左巴总是急急忙忙地生火做饭。我们一吃完饭他就朝村里的路走去。过了一些时候，他又沉着脸回来。

“你又上哪儿去了，左巴？”我问他。

“你别管，老板。”他说完随即改换话题。

一天晚上，他回来后，急切地问我：

“上帝到底有没有？你是怎么想的，老板？要是上帝存在的话——一切都是可能的——你想他是个什么样子呢？”

我耸了耸肩膀，没有回答。

“我呢，你别笑，老板，我想象中的上帝和我一模一样。只是他比我个头高、壮实、神经病更厉害。再说，他是永生不死的。他舒舒服服地坐在柔软的羊皮上，他的住处就在天上。他不像我们的住处是用旧汽油桶堆砌成的，而是云盖的。他右手拿的不是刀，也不是秤，不是屠夫和杂货店掌柜使的那些家伙。他拿着一块吸满水的大海绵，就像下雨的云团。他的右边是天堂，左边是地狱。当一个灵魂，这可怜的小东西光着身子（因为他已没有躯体），哆哆嗦嗦来到他面前时，上帝边偷偷发笑，边装成凶神恶煞的样子：‘过来！’他对灵魂吼叫，‘过来，你这该死的！’

“他开始审讯。灵魂在上帝面前跪下：‘上帝恩典！’他喊道，‘宽恕我！’然后他就数落起自己的罪孽，一件件，一桩桩，说个没完。上帝感到厌烦，打了个呵欠，对他大声说，‘住嘴，我听够了！’啪的一声，一块海绵落下来，把什么罪孽都抹掉。‘快滚，到天堂去！’他说，‘彼得[①]，也让这可怜的家伙进去吧！’

“你要知道，老板，上帝是位高贵的大人物，这就是说他能‘宽恕’！”

我记得，那天晚上，我边听左巴的这番意味深长的闲谈，边笑。上帝这种“高贵”在我胸中成形并成熟起来：富有同情心，宽宏大量和有至高无上的权力。

另一个晚上，天下着雨，我们躲在木屋里，在火盆里烤栗子。

左巴转过脸长时间地看着我，仿佛要弄清楚一个什么大的奥秘。他终于按捺不住，说道：

---

①彼得为耶稣的门徒，看守天堂的大门。

“老板，我想知道，你在我身上到底看见了些什么。你不揪着我的耳朵把我撵出去，还等什么呢？我跟你说过，人家叫我‘霉病’，因为凡是我去过的地方总是留下个烂摊子……你的事业就要完蛋。快把我撵走，我跟你说。”

“我喜欢你，”我说，“你就别多问了。”

“那你就不知道，老板，我的脑子分量不对吗？兴许轻了点，要不就重了点。反正准是分量不对。诺，你这就明白了：现在那寡妇叫我白天黑夜都不得安宁。这不是为我，绝不是。我保证。对我来说，这是肯定的。我决不沾她。她不合我的胃口，见她的鬼去。可是我也绝不愿意所有的人都把她遗弃。我不愿意让她单独一人睡觉。那就太遗憾了，老板，我忍受不了。于是，夜里我就在她园子周围转悠。你知道为什么？就是要看看有没有人去跟她睡觉，好叫我心里踏实。”

我笑了起来。

“别笑，老板。要是一个女人独宿，那就是我们男人的过错。人到了最后审判那一天，都得交待。上帝宽恕一切罪恶，就像大家说的，他手中拿着海绵。可是对这一桩罪过，他不饶恕。一个男人可以去跟女人睡觉，可他没有去，就该当倒霉！一个女人可以跟男人睡觉，可他没有去，就该当倒霉！你知道，这是经师说的。”

他沉默了一会儿，突然问道：

“人死以后，能变个模样回到世上来吗？”

“我想不会，左巴。”

“我也想不会。要是能够的话，那么我跟你说的那些拒绝服务爱情的逃兵，他们回到世上来，你知道他们会变成什么吗？骡子！”

他又陷入沉思。突然，他目光闪烁，似乎对有所发现而激动，说道：

“谁晓得，我们今天在世界上看到的所有的骡子也许就是这种人，这些蠢货。他们前生都是些不成器的男人和女人，所以变成骡子。也正因为这个缘故，它们老是尥蹶子。你说对不对，老板？”

“你的脑袋准不够分量，左巴，”我笑着回答说，“起来，拿出你的桑图里来。”

“今天晚上不弹桑图里，老板。你别生气。我一直说啊说，说了那么多废话。你知道为什么吗？因为我有很沉重的心事，很烦恼。那新坑道要作弄我，你还跟我说桑图里……”

这时，他给了我一把从灰中取出的栗子，再给我们的杯子斟上拉吉酒。

“愿上帝帮助我们！”我说着和他碰了杯。

‘愿上帝帮助我们！”左巴重复了一遍，“要是你乐意的话……可是到现在，他还没帮过什么正经的忙。”

他把酒一口饮尽，直躺在床上。

“我得养精蓄锐，”他说，“明天得跟成千上万的魔鬼打仗。晚安！”

第二天拂晓，左巴一头扎进矿里。他们在优质矿脉挖掘坑道的工作进展迅速。坑顶漏水，工人们在黑泥浆中走动。

从前天晚上起，左巴就派人找来木桩，加固坑道。但他一直担心，木桩不够粗。他本能地感觉到，像对自己的身体一样，在这个地下迷宫中将会发生什么事。他知道坑道支架不稳妥。他听到别处的支架有轻微吱嘎响声，好像在矿顶的重压下发出的呻吟。

这天还有一件事增添了左巴的不安：正当他准备下坑道时，村里的斯特凡神父骑着骡子匆匆忙忙朝附近的修道院走去，给一名垂死的修女做临终圣事。左巴幸亏在神父向他打招呼之前往地上啐了三口唾沫。

“早安，神父！”他从牙缝里挤出几个字回答。

然后，他用更低的声音说：

“该死！”

可是他觉得这样的驱邪法还不够，便急躁地钻进新坑道里。一股褐煤和乙炔的强烈气味扑鼻。矿工们已经开始加固立柱，支撑坑道。左巴祝他们早安突然沉下脸来他卷起袖子，开始工作。

十多名工人用镐开凿矿脉，把煤块堆在脚下，其他工人用锹把煤铲到手推车上，运到外边去。

忽然，左巴停了下来，招呼工人们像他一样停下来，竖起耳朵静听。就像骑士和他的马、船长和他的船互相合成一体似的，左巴和他的煤矿合而为一。他觉得矿脉就像他身体的静脉，分出许多支；而深色的煤块所不能感觉到的，左巴却用人的清醒意识感觉到了。

他竖起毛茸茸的大耳朵窥伺。正在这时，我来到了。仿佛有一种预感，有一只无形的手推我，我突然惊醒，急忙穿上衣服，跑出去。不知道我为什么这样急，不知去哪儿，可是我的身体毫不犹豫地走上去矿山的路。我在为左巴担心，竖起耳朵静听的时候来到。

“没有什么……”过了一会儿他说，“我似乎感到……孩子们，干活吧！”

他转过身，看见我，问道：

“你这么早来这里干什么，老板？”

他朝我走来。

“你怎么不上高处去呼吸新鲜空气，老板？”他低声对我说，“你改天再来这里散步吧。”

“发生什么事了，左巴？”

“没什么……我瞎猜。今天大清早我碰见了一个神父。你走吧！”

“要是有什么危险的话，我走岂不是可耻吗？”

“是有危险。”左巴回答说。

“你走吗？”

“不走。”

“那么说？”

“左巴要干的事儿，”他急躁地说，“和别人要干的不一样。不过，既然你知道走是可耻的，那你就别走，呆着吧。倒霉活该！”

他拿起锤子，踮起脚，把顶梁用大钉固定住。我从一根坑木上取下一盏电石灯，在泥浆中来回走，察看那发亮的深褐色矿脉。浩瀚的森林千百万年前被吞没。大地咀嚼、消化，改变了它的儿女。树木变成褐煤，褐煤变成煤，左巴来了……

我把灯重新挂上，看左巴干活。他全神贯注，脑子里没有丝毫其他东西。他已和土地、镐、煤合为一体。他用锤子、铁钉与木材战斗。他忍受着坑道顶凸起的障碍。为了取得煤，他采取策略与暴力兼施，跟整个山搏斗。左巴对事物有一种正确无误的感应，准确打击其可以克服的弱点。为了更易于接近敌人并深入其防御工事，他浑身尘土，唯有眼白发光。此时我看见左巴的模样肮脏，他似乎伪装成煤炭，甚至变成煤炭。

“好啊，老左巴！”我出于一种天真的赞美心情，高声喊。

但他连头都没有抬。他怎么可能在这个时候和一个手里拿着不是镐而是一节可怜的铅笔的书虫说三道四呢？他正忙着，不屑交谈。“我干活时别跟我说话，”一天晚上他对我说，“我会爆裂的。”“爆裂，左巴，为什么？”“又是你的为什么！为什么问个不停呢？像个孩子。我怎么跟你说呢？我整个人扑在工作上。紧张、直挺挺地从头到脚趾头粘在石头或是煤或是桑图里上。要是你忽然间碰我一下，要是你跟我说话，我一回头，我就会爆炸。就是这样。”

我看了看表，十点整。

“吃饭的时间到了，朋友们！”我说，“已经过点了。”

工人们立即把他们手中的工具扔在一个角落里，擦了擦脸上的汗水，准备走出坑道。聚精会神工作的左巴没有听见我的喊声。即使他听见了也不会动弹。他不安地竖起耳朵静听。

“等一等，”我对工人们说，“抽一支烟吧！”

我在口袋里掏烟，工人们围住我，等我发烟。

猛地，左巴惊跳起来。他把耳朵贴在坑壁上。在电石灯的光下，我见他抽搐着，张开嘴。

“怎么啦，左巴？”我大声问。

但就在这个时候，仿佛整个坑顶在我们上头颤动。

“快跑！”左巴用嘶哑的声音喊，“快跑！”

我们争先恐后地涌向出口。但我们还没有跑到第十条立柱，头顶上又响起第二声更强烈的爆裂声。这时，左巴抱起一根粗大的树干去顶住开始倾斜的支柱。如果他的动作足够迅速，或许坑顶还能多维持几秒钟，让我们逃出去。

“快跑！”左巴再一次喊，声音低沉，仿佛从地壳底层发出来的。

处于往往在危急时刻的一种懦夫心理，我们所有的人全然不顾左巴就冲了出去。几秒钟过后，我恢复了镇静才跑回到坑道里。

“左巴！”我喊道，“左巴！”

我好像是喊了，但后来我知道我没有喊出声来。害怕哽塞了我的声音。

我感到羞愧，后退一步，伸出双臂。左巴已加固大柱，在泥浆中滑动，一个箭步跳到出口，在半明半暗中扑到我身上。我们几乎意外地互相拥抱在一起。

“我们走吧！”他用颤抖的声音喊，“走吧！”

我们跑起来，走到光亮处。工人们聚集在洞口，观察动静，默不作声，脸色苍白。

我们听到像大树被狂风折断般的第三次更强烈的爆裂声。接着，猛地又一声轰鸣，犹如惊雷巨响，地动山摇，坑道坍塌。

“上帝恩典！”矿工们画着十字低声说。

“你们把镐都丢在里面啦？”左巴怒气冲冲地问道。

工人们没有吭声。

“为什么不把它们带上来？”左巴又怒吼道，“嗯，伙计们，你们准把裤子都尿湿了！可惜那些工具啊！”

“现在顾不上那些镐了，左巴，”我插到他们中间说，“让我们为大家都安然无恙庆幸吧！我们该给你点上一支蜡烛，左巴。幸亏你大家才都活着。”

“我饿了！”左巴说，“这事儿把我弄饿了。”

他拿起放在石头上的装食物的挎包，把它打开，拿出面包、橄榄、葱头、煮土豆和一小壶酒。

“喂，吃吧，小伙子们！”他塞了满满一嘴吃的说道。

他狼吞虎咽，仿佛突然间失去了大量体力，现在想都补偿过来。

他弯着腰吃，一声不吭。他拿起小酒壶，对着嘴，仰起头，咕嘟咕嘟把酒灌进他那干燥的喉咙里。

工人们也壮起胆子，打开各自的挎包，吃起来。他们围着左巴盘腿坐下，边吃边看他。他们恨不得朝他下跪，吻他的手。可是他们都知道他性情暴躁、怪僻，他们谁也不敢带头这样做。最后，年龄最大、蓄着灰色浓髭的米歇利斯挺身而出说道：“阿历克西师傅，要是你不在那里，我们的孩子现在都成孤儿了。”

“住嘴！”左巴嘴里嚼着吃的说，于是谁也不敢再吭一声。

第十章
上帝听见你的笑

那么是谁创造了这个游移不定的迷宫，这个貌似高傲的庙堂，这个罪恶之觞，这个布满诡计的田野，这个地狱之门，这个诡诈充溢的筐篓，这味甜如蜜的毒药，这条把人束缚在地上的锁链：是女人？

我在点燃起的火盆旁席地而坐，静静地慢慢抄写这首佛教歌曲。我奋力再三祛除邪魔，试图把那被雨淋湿、摇晃腰身的躯体从我意念中赶走。它在这些冬夜的潮湿空气中不断出现在我眼前。自从坑道坍塌，我险些丧命，不知怎的，寡妇紧接着就进人了我的血液。像一头猛兽，急迫而带着责怪的神情向我呼唤。

“来，来呀！”她叫道，“生命只是一刹那。快来，来呀，要不就太晚了！”

我知道，这是马拉，魔鬼的魂灵托化为一个臀部丰满的女人。我斗争。我着意写《佛陀》，像穴居的野人那样用一块尖石头雕刻，或用红白两色绘画徘徊在他们周围的饥饿的野兽。他们力图通过刻和画，把野兽固定在岩石上。如果他们不这样做，后者就会向他们扑来。

自从我险些被砸死的那一天起，那寡妇就来到我这里寂静的火热空气中，摆着肉感的腰身，向我招手。白天，我很坚强，保持清醒，把她赶走，我写诱惑者以什么形态在佛陀前出现，怎样装扮成女人，用她坚实的乳房紧靠苦行者的膝盖，而后，佛陀觉察到危险，使尽全身力量赶走魔鬼。我也做到了把她赶走。

每写一句话都使我感到轻松，增添了勇气。魔鬼在词句这个强大的驱魔咒面前退却。白天，我竭尽全力斗争；可是到了晚上，我精神上放下武器，内心的门敞开，寡妇就进来了。

早上醒来，我筋疲力尽，败下阵来。而后战斗又重新开始。有时当我抬起头来已是黄昏，阳光隐遁，黑暗突然降临。夜长日短，圣诞节将近。我奋力斗争，对自己说："我并不孤单。光明这一伟大的力量在战斗。它也时而战败，时而胜利。但它从不气馁。我战斗，和它一起抱住希望去战斗！"

这个想法给了我勇气。我觉得与寡妇的抗争顺应了宇宙的伟大节奏。我想，狡谲的事物选择了这个躯体，使我身上升起的自由火焰将逐渐衰减而后熄灭。我对自己说："把物质化为精神的不朽力量是神圣的。每个人身上都蕴藏着这个神圣旋风的一个部分。所以他能将面包、水和酒化为思想和行为行动。左巴说得对：'告诉我你把吃了的东西变成什么，我就能告诉你是什么人！'"

我因此艰苦地努力把这对肉体的强烈欲望变成"佛陀"。

"你在想什么？你好像身体不舒服，老板。"圣诞节前夕那天晚上，左巴对我说。他敏锐地觉察到我在与那个魔鬼搏斗。

我装作没有听见。可左巴是不会把我轻易放过的：

"你还年轻，老板。"他说。

突然，他的声音带有辛酸和愤怒的回响。

"你年轻，壮实，能吃，能喝。你吸进让你振奋的海洋空气；你积蓄精力，可你把它们用来做什么呢？你睡觉打光棍儿。这不是糟蹋自己吗？去吧，就今儿晚上，别犹豫啦。这个世界上的事儿都很简单，老板！我得跟你重复多少遍呢？别把什么都弄得那么复杂！"

佛学的手稿在我面前摊开。我边翻看，边听左巴讲话。我知道他给我指出一条有把握的可行之路。而这又是马拉的幽灵，诡谲的勾引者的召唤。

我默默地听着，决心抵制：我一面慢慢地翻着手稿，一面吹口哨，以掩饰我内心的慌乱。左巴见我沉默不语，突然大声说：

“今儿晚上是圣诞之夜。老伙计，赶快，赶在她上教堂前找她。今天夜里基督降生，老板，你也去创造你的奇迹吧！”

我恼火地站起来。

“够了，左巴，”我说，“人各有志。你要知道，人如同树一样。你会不会因为无花果不结樱桃跟它吵闹呢？那，你就住嘴吧！快十二点了，我们也上教堂去看基督降生吧！”

左巴戴上他那冬天的大帽子：

“好啦，好啦，”他不耐烦地说，“走吧。可我还得告诉你，你要是像大天使加百列那样，今儿晚上到寡妇家去，上帝会更高兴的。老板，要是当初上帝像你那样，那他就不会到马利亚家去，耶稣也就不会降生。要是你问我上帝走的是哪一条路，我就告诉你：就是通往马利亚家的路。马利亚就是那个寡妇。”

他停了下来，但没有得到他所期待的回答。他使劲推开门。我们走了出来。他不耐烦地用他的棍子敲打路上的卵石，执拗着重复说：

“对，对，马利亚就是那个寡妇！”

“走，’开路！”我说，“别嚷啦！”

我们在这冬天的夜里走得很快。天出奇的晴朗，星星闪烁着，很低，很大，就像悬挂在空中的一个个火球。我们沿着海岸走，海在咆哮，仿佛躺在海边上的一头黑色巨兽。我心想：

“从今晚起，被冬天逼着退却的光明又开始占优势了。仿佛它与圣婴今晚一同降生。”

全村的人都挤在温暖而充满香味像蜂房般的教堂里。男人们站在前面，妇女们双手合拢，站在后面。高个子斯特凡神父经过四十天的斋戒显出一种恼怒的神情。他身着笨重的祭披，跨着大步到处跑来跑去。摇晃手提香炉，声嘶力竭地唱圣歌，急着看基督诞生和回到家里去享受浓浓的热汤、香肠和熏肉……

如果我们说："今天光明诞生了。"那就不会感动人们的心；这个意念不会成为神话而征服世界。它只说明一种正常的自然现象，绝不会对我们的想象起震惊作用，也就是说震动我们的心灵。但在严冬季节诞生的光明变成了一个婴儿。这婴儿又变成了神。而二十个世纪以来，我们的心灵又一直在哺育着他……

午夜稍过，神秘的仪式告终。

耶稣降生了。饿着肚子的欢快居民跑回家去大吃大喝，直到内脏深处都感觉到神的化身的奥秘。肚子是坚实的基础：首先是面包、酒和肉；只要有了面包、酒和肉，人们才能造出神来。

星星大得像天使一般，在教堂的白皙穹顶之上闪耀。银河如同大江，从天的这头流到那头。一颗绿色的星星像绿宝石般在我们头顶上闪烁。我感叹，内心惶惑。

左巴转过头来问我：

"你信吗，老板？说神变成了人，坐在马槽里？你信这些还是不信这套愚弄人的事儿？"

"很难回答你，左巴，"我说，"我既不能跟你说我信，也不能说我不信。你呢？"

"确实，我也糊涂了。在我小的时候，我对祖母讲的那些童话故事一点也不信。可是我激动得发抖。我哭，我笑，就好像我信以为真似的。当我下巴上长出了胡子，我把这些故事抛到一边，有时甚至会拿来开玩笑。可现在，老板，人老了，也变软弱了，又信起来了……人真是奇怪！"

我们朝霍顿斯太太家走去，就像饿马闻到了马厩的味儿似的，迈开大步奔走。

"他们真叫诡计多端，教堂里的这些神父们！"左巴说，"他们从肚子下手整治你，你又怎么跑得掉呢？他们让你四十天不吃肉，不喝酒，斋戒。为什么？好让你吃不上肉，喝不上酒，馋得发慌。嗐！这些肥头大耳的家伙真能出坏主意！”

他又加快了脚步。

“快点，老板，”他说，“火鸡准到火候了！”

当我们走进摆着一张诱人的大床的那妇人的房间时，餐桌已铺上白布，一只火鸡冒着热气，叉开两腿朝天；通红的火盆散发出柔和的热浪。

霍顿斯太太卷了发，身穿一件袖子宽大、花边磨损了的褪色粉红晨衣。一条两指宽的黄色带子缠在她那满是皱折的脖子上。她还给自己腋下洒上花露水。

“世界上的一切都配合得多么完美！”我心想，“大地给人的心调和得多么恰当！瞧，这老歌女过了一辈子放荡不羁的生活，如今流落在这个荒僻的海滨。她把一个女人对人的全部神圣情怀和温暖都集中在这可怜的小屋里。”

丰盛而精心制作的饮食，通红的火盆。她为自己梳妆打扮，花露水的香气，所有这些人情备至、令人赏心悦目的细事，是多么简单而迅速地转变成为心灵上的极大欢乐。

忽然，我不禁泪水盈眶。我觉得这个庄严的夜晚，在这个荒凉的海岸上，我并不孤单。一位女性向我走来。她忠诚、温柔、耐心，是母亲，是姐妹，是伴侣。我本以为什么都不需要，却骤然觉得什么都需要。

左巴，他也必然为此柔情所感动。因为他刚一进门就把这打扮起来的歌女拥抱在怀里。

“耶稣降生了！”他喊道，“祝贺你，老婆子！”

他笑着向我转过头来：

“你瞧瞧女人有多狡猾！连上帝都会被她哄骗了去！”

我们入席，大吃大喝起来。我们的身躯既饱且醉。我们的灵魂在安乐中颤抖。左巴活跃起来：

“吃呀，喝呀，”他不断冲着我喊，“吃呀，喝呀，老板。高兴起来。唱啊，你也唱，小伙子，像牧人似的唱：‘光荣归于主！……’耶稣降生了，这可不是件小事。放开你的嗓子唱，让上帝听到你的声音，让他高兴！”

他的劲头又上来了，打开了话匣子。

“耶稣降生了。我的书呆子，我的大学者。别钻牛角尖了：他降生了还是没有降生？老伙计，他降生了，别傻了！要是你拿放大镜看我们喝的水——这是一位工程师跟我说的——你就会看到里面有很多很多的虫子，肉眼是看不见的。要是看见了虫子你就不会喝了。可你不喝水就得渴死。把放大镜砸了，老板，砸了它，那些小虫子就马上不见了，你又可以喝水解渴了！”

他举起酒杯转过头向我们那装饰花哨的伙伴说：

“我亲爱的布布利娜，我的老战友；我为你健康干杯！我一辈子见过很多船头雕像：它们双手托着乳房，脸和嘴唇涂上火红色。它们走遍所有的海，进过所有的港口，到了船破烂的时候，它们上了旱地，靠在渔民和船长们经常去的酒吧间的墙上，直到它们的末日。

“我的布布利娜，今天晚上我吃饱喝足，睁大眼睛在这海岸上看见你就像一艘大船的船头雕像。我的小宝贝，我就是你的最后一个港口，就是船长们经常来的酒吧间。来，降下你的帆，靠到我身上来吧！我的美人鱼，我为你健康干这杯酒！”

霍顿斯太太十分感动，靠在左巴肩上呜咽。

“你瞧，”左巴凑在我耳边悄悄说，“我那番漂亮的讲话惹麻烦了。这个婊子今晚不会放我走。可你说怎么办呢？这些可怜的女人，我为她们难过。我可怜她们！”

“耶稣降生了！”他对他的美人鱼大声喊，“祝我们健康！”

他把手伸到女人的胳膊下面，两人交杯，把酒一口喝干，目目相视，心醉神迷。

当我独自离开那间摆着大床的温暖的小卧室往回家的路上走时，天已将发白。这时，村民们大吃大喝之后，仍在冬季的硕大寒星照耀下，紧闭门窗沉睡。

天气寒冷，大海咆哮。金星悬挂在东方，跳着调皮的舞蹈。我沿海边走，与海浪游戏：它们冲上来要把我弄湿。我躲开了。我很快活，对自己说：

“这才是真正的幸福，没有任何奢望而苦干实干，又仿佛有所有的一切奢望。远离人群生活，不需要他们而又爱他们。参加圣诞节、吃饱喝足以后，独自离开一切诱惑，头上是星星，左边是土地，右边为沧海。突然领悟到生命在你的心中创造了最后的奇迹：它变成了一个神话故事。”

日月如梭。我充好汉，装出坚强的样子。可是在内心深处，却感到悲伤。在节日的整个星期里，浮想联翩，胸中充满远方的音乐和遥远的恋人。我又一次觉得下面的古老谚语说得多么真切：人的心是一条注满了血的壕沟；死去的心爱的人们趴在沟边饮血又重新活了过来；而他们越是喝你们的血，你们就爱他们越深。

除夕那天，村里的一群孩子，抬着一条大纸船，一直来到我们的房前。他们扯着尖嗓子欢快地唱起卡朗达[①]：圣巴兹尔来自他的家乡凯撒利亚。他在那里，在蔚蓝色的克里特小海滩前。他拄着他的拐棍，拐棍立刻长满绿叶和花朵。新年歌的唱词是：“主人，愿你家中麦满仓，酒满桶，橄榄油满缸；愿你的妻子像石柱，执掌家庭好栋梁；愿你女儿结良缘，生得九子一女洪福享；愿你儿子们去征战，解放我们历代国王的城池君士坦丁堡！基督徒们新年好！”

左巴听了十分高兴。他拿过孩子们的长鼓来，如痴如狂地敲击。

---

①卡朗达，新年时唱的民歌。

我听着，看着，没有言语。我感觉到又一片叶子从我心上脱落，又一年过去。我向黑暗的深渊又迈近了一步。

“你怎么了，老板？”左巴问，他一边击鼓一边和孩子们声嘶力竭地唱歌，“你怎么了，伙计？你脸色发灰，变苍老了，老板。我呢，像这样的日子，我就又变成了小孩子，像基督一样复活了。他不是每年都降生吗？我，也一样。”

我躺在床上闭上眼睛。这天晚上，我的心情乖戾，不愿说话。

我睡不着。这天晚上我觉得需要对我的所作所为做出交代。我的快速的一生像一个支离破碎、游移不定的梦一般浮现出来。我看着它，灰心失望，宛如被风在高空驱逐的朵朵轻云，我的生命不断改变形状，解体，又重新组合，化为天鹅、家犬、魔鬼、蝎子、猴，散成丝缕，而后又烟消云散，出现在天边的是彩虹和清风。

天亮了。我没有睁开眼睛；我试图把一切力量凝聚到我的炽热欲望上去，以冲破大脑的外壳，进入黑暗而危险的航道——人的一点一滴都要经过那里汇合流入大洋。我急于要撕开这块帷幕，看看新的一年给我带来什么……

“早安，老板，新年好！”

左巴的声音把我猛地抛回到地上来，我睁开眼睛，看到左巴正把一个大石榴往木屋门上拽。红宝石般的石榴子一直溅到我床上。我捡起几粒吃了，喉咙感到清凉。

“祝愿我们发财，又被漂亮的姑娘拐走！”左巴欢快地喊道。

他起床，刮脸，穿上他最漂亮的衣服：绿呢裤子，棕色粗呢上衣和半脱毛山羊皮的短外套。他还戴上他的卷毛羔皮俄国帽，捻捻胡子。

“老板，”他说，“我代表公司到教堂露个面。让他们把我们看作共济会对矿上没有好处。反正我们不会丢掉什么，不是吗？而且我还可以消遣消遣。”

他弯了弯腰并使了个眼色。

“说不定我还能见到那寡妇呢。”他小声说。

在左巴的心目中，公司的利益和寡妇协调地混合在一起。听到他轻快的脚步声远去，我迅速起床。玄想的魔力消失了。我的灵魂又被关进肉体的牢笼。

我穿上衣服来到海边。走得很快，心情喜悦，仿佛避免了一切危险或是一种罪恶。我早上想在事情未发生之前去窥探一番预测未来的那种隐蔽的欲望，我骤然觉得这是一种亵渎行为。

我想起一天早上，我在一棵树的树皮里发现了一个茧。这时蝴蝶正在咬破外套准备出来。我等了很久，但它进展太慢，我着急了，沉不住气就俯下身，用我呵出的气给它加热。我急着继续给它加热，于是奇迹以快于自然的节奏在我面前出现了。外套开了，蝴蝶困难地爬了出来。我永远不会忘记我当时感受到的可怕情景：它的翅膀还没有张开，小小身体在颤抖着，用全部气力使它们展开。我俯身在上面看着，呵气帮助它却徒劳无功。它必须经过一个逐渐成熟的过程，翅膀必须在太阳下慢慢展开；现在太迟了。我呵气迫使蝴蝶提前出来而受到损伤。它绝望地摆动，几秒钟后就死在我的手心里。

这具小小的尸体，使我在良心上感觉到最沉重的压抑。因为，今天我明白了，违背自然规律是最大的罪行。我们不能匆忙，不能着急，必须满怀信心地遵循永恒的节奏前进。

我坐在一块岩石上，静静地领会这个新年带来的思想。啊！如果那只小蝴蝶能够永远在我面前飞舞，给我指明道路该多好啊！

第十一章
女人如鳗鱼

我像是手捧新年礼物，又高兴地站起来。风冷、天晴。大海碧波粼粼。

我朝村里走去。弥撒大概已经结束。我边走边莫名其妙地忖度：新年伊始，我第一个碰到的会是什么人呢？是吉？还是凶？我心里揣摩，会不会是个两只胳膊抱住新年玩具的小孩，或者是个身穿绣花宽袖白衬衣的矍铄老人，他因勇敢地完成了人间的职责而感到满足和自豪！我越往前，离村子越近，越是感到一种莫名其妙的惶惑不安。

蓦地，我双膝瘫软。身着红装、头戴黑巾、身材苗条修长、迈着匀称步子的寡妇，出现在往村子去的路边的橄榄树下。

她那起伏波动的步态酷似腕纹雌虎。我仿佛闻到空中散发着一股强烈的麝香味。我能逃脱吗？我心想，这头野兽发起性子来是无情的，对她唯一可能取得的胜利就是逃走。可怎么逃法呢？她慢慢接近，我觉得砾石被踩得嘎吱作响，恍如一支大军走过。她看见我，晃了晃脑袋，黑巾滑落下来，露出乌黑油亮的头发。她向我投来忧郁的目光，接着嫣然一笑。她的眼睛有一种野性的柔媚。她急忙重整头巾，仿佛暴露了女性最深沉的秘密——她的头发，而感到羞涩。

我想说话，祝她新年好，但我喉咙发紧，就像那天坑道坍陷、我生命危险的时候一样。她的园子围墙的芦苇杆摇晃。冬天的太阳照在金黄色的柠檬和深绿叶的柑橘树上。整个园子像天堂般光辉灿烂。

寡妇停下脚步，伸手猛地推开大门。这时我正从她面前走过。她转过身来，瞟了我一眼，并耸动眉梢。

她让门敞开，自己扭着腰身消失在柑橘树后面。

跨过门槛，闩上大门，跟上她，搂她腰，不用说话就把她拉上大床。这就叫男子汉的作为！我祖父就这么干。我希望我孙子也这么干。而我，我呆在那里不动，衡量，考虑……

“下一辈子，”我苦笑着小声说，“下一辈子，我将在行动上有所改进！”

我进入树木繁密的峡谷，觉得一块沉重的石头压在心上，仿佛犯了一桩不可饶恕的大罪。我走来走去，天气寒冷，我身上发抖。寡妇的婀娜腰姿、笑意、眼睛、胸脯，我都无法从思想中驱散。它们连续不断反复出现。我感到窒息。

树木还没有长出绿叶，但叶芽已充满液汁，含苞待放或正在绽开。人们感觉到嫩叶、花朵和未来的果实都蕴藏在一个个蓓蕾中。它们潜伏下来，积蓄力量，等待时机，冲向光明。在隆冬季节，在干硬的树皮底下，伟大的春天奇迹日日夜夜都在为自己的出现默默地做准备。

我蓦地发出一声欢跃的惊叫。在我前面的一块避风的低凹地上，一棵巴旦杏树居然在隆冬开花，为众树开路，预告春天的来临。

我感到如释重负，深吸了一口飘来的一股有点辛辣的气味。我离开了大路，蹲在开花的枝桠下休憩。

我在那儿呆了很长时间；什么都不想，没有任何牵挂，感到十分幸福。我坐在天堂的一棵树下，身在永恒之中。

突然一个粗野的声音把我抛回到地上来。

“老板，你在窟窿里干什么？我找了你好半天了。现在快晌午了，我们走吧！”

“去哪儿？”

“去哪儿，你还要问？上乳猪大娘家去呗，还用说。你不饿吗？乳猪出炉了，真香啊！老伙计……简直要流口水了，走吧！”

我站起来，摸了摸产生开花奇迹的巴旦杏树的坚硬树干。左巴步履轻捷，精神抖擞，食欲旺盛，走在前面。男人的基本需要——吃、喝、女人、跳舞——对他那如饥似渴的强壮的身体来说，还一直是无休止和迫切的。

他手里拿着一件东西，外面用粉红纸包装，细金绳捆扎。

“新年礼物？”我笑着问。

左巴笑起来，同时又试图掩盖他的激动情感。

“嗨，哄哄她高兴，怪可怜的！”他头都没回说道，“这会使她回想起当年的风光……我们说过了，女人嘛，容易伤感的。”

“是一张相片吗？”

“你就会看见……别着急。这是我自己做的。我们快点走吧。”

中午的太阳把身上骨头晒得暖和舒服。大海也晒太阳取暖，悠然自得。远处，一个荒凉的小岛，薄雾环绕，好像伸出海面在飘浮。

快到村子了。左巴走到我旁边低声说：“老板，你知道吗？那女人上教堂去了。我站在前边，唱经班旁边。突然间，幅幅圣像都亮起来了。基督、圣母、十二门徒，全都闪闪发光……这是怎么回事儿？我边说边在胸前画十字。是太阳？我转过身去，原来是那位寡妇。”

“左巴，你还有完没完，扯够了！”我说着就加快了脚步。

但左巴跟了上来：

“老板，我仔细看了，她脸上有颗美人痣。这可够叫人着迷的！这又是个奥妙，女人脸上美人痣。”

他瞪大眼睛，做出惊愕的神情。

“不，可是你看见了？光滑的皮肤上突然出现一个黑点。这就够迷人的了。老板，你知道是怎么回事儿吗？你的书本里是怎么说的？”

“见鬼去，我的书！”

左巴高兴地笑起来。

“对了，”他说，“你开始明白了。”

我们迈着快步在咖啡馆门前走过，没有停下来。

我们的霍顿斯太太在烤炉里烤了一头乳猪，站在门前等我们。

她的脖颈上还是扎着那条鹅黄色丝带，脸上涂了一层厚厚的香粉，唇上涂了梅红色口红，样子怪吓人的。一见到我们，她喜形于色，全身肌肉活动起来。两只小眼睛故做挑逗的神情，直盯着左巴唇上两边翘起的胡髭。

临街的大门一关上，左巴就搂住了她的腰。

“新年好！我的布布利娜，”他对她说，“瞧我给你带什么来啦？”然后他亲她那肥胖而起皱的颈背。

老歌女被胳肢了一阵，但并没有晕头转向，眼睛盯着新年礼物。伸手拿过，解开金色细绳，瞧了瞧里边，发出一声惊叫。

我欠身去看是什么：左巴这个调皮鬼在一块大纸板上涂了四种颜色——金黄色、褐色、灰色和黑色四艘悬挂旗帜的大巡洋舰，在湛蓝的海上航行。装甲巡洋舰前面的波涛上，一条美人鱼——霍顿斯太太在仰游。她光着白皙的身体，披头散发，胸脯高耸，螺旋形尾巴，脖子上系着黄色丝带。她手里拿着四根细绳，牵着四艘悬挂英国、俄国、法国和意大利国旗的装甲巡洋舰。图画的每个角上各垂着一撮胡须，金黄、褐、灰和黑四种颜色。

老歌女一看就明白了。

“是我！”她指着图画上的美人鱼自豪地说。

她叹了口气。

“哟，瞧瞧，我从前也是个强人啊！”

她把挂在鹦鹉笼子旁边、床头上方的小圆镜摘下来，把左巴的画挂上去。在厚厚的脂粉下面，她的面颊想必已变得苍白。这时，左巴钻到厨房里去。他饿了，把一盘乳猪端出来，并在他面前放一瓶酒，再给三只酒杯斟满。

“来，坐下吃吧！”他拍了一下手喊道：“让我们从最基本的肚子开始。然后，我的情人，再往下去！”

可是，气氛被老歌女的长吁短叹搅乱了。每当新年伊始，她也要有自己的小小的最后审判日，掂量一下她过去的一生。岁月蹉跎。在这个羽毛脱落的女人的脑海里，大都会、男人、丝绸衣着、香槟酒、洒过香水的胡须都会在庄严的日子里，从她记忆的坟墓中站出来叫喊。

“我一点不饿，”她忸怩作态低声说，“我不饿……一点，一点都不饿。”

她跪在火盆前，拨弄通红的煤炭，她那肌肉松弛的面颊映出火的光亮。一绺头发从她前额滑下，碰到火苗上，房间里有一股烧焦皮毛的难闻臭味。

“我不想吃……”她看见我们没有答理她，又小声说。

左巴紧紧地握起拳头，犹豫了一会儿。他可以随她去，爱怎么唉声叹气就怎么唉声叹气。我们吃我们的烤乳猪。他也可以跪在她面前，把她搂在怀里，用甜言蜜语使她的情绪平静下来。我注视着他，从他那被太阳晒黑的脸庞上的游移不定的表情中，看见波浪相互冲闯的波涛。

蓦地，他的面部表情固定下来了。他拿定了主意。他跪在地上，抓住歌女的膝盖。

“如果你，你不吃，我的心肝，”他用凄怆的声调说，“那就是世界的末日了。可怜可怜它吧，我亲爱的，吃了这小猪爪子。”

他随即把酥脆冒油的小猪爪塞进她嘴里。

他双手抱起她来，把她轻轻地放在我们两人中间的椅子上。

“吃吧，”他说，“吃吧，我的宝贝。为了让圣巴兹尔到我们村里来，要不的话，你知道吗，他就不进来了。他回他老家凯撒里去，把墨水瓶和纸、主显节饼、新年礼物、儿童玩具，甚至这乳猪统统拿回去！喏，我的心肝，张开你的小嘴吃吧！”

他伸出两个手指头去挠她胳肢窝。老歌女咯咯地笑起来，擦了擦哭红的小眼睛，细细咀嚼松脆的猪爪子……

这时，两只爱恋着的猫在房顶上，在我们的头顶嚎叫。一种难以形容的嚎叫。声音忽高忽低，充满威胁。突然，我们听见它们扑杀滚打，厮斗得难解难分。

左巴边向老歌女挤眉弄眼，边作喵喵声。

她莞尔一笑，悄悄地在桌底下捏他的手。她胃口开了，快活地吃起来。

太阳西斜，阳光从小窗进来，照在妇人的脚上。酒瓶空了。左巴捋着他那翘起来的山猫胡子，凑近霍顿斯太太。老歌女缩成一团，头收到脖子里，在一股温暖的酒气中颤抖。

“这又是怎么回事儿，老板？”左巴转过头来问道。“我什么都拧着。我小的时候，像个小老头：我笨头笨脑，不爱说话，粗嗓门。人家说我像爷爷。可我越老越莽撞。我二十岁开始干荒唐事，可不多，就像凡是到了这个年龄的人都会干的那样。我到四十岁才觉得自己充满青春活力，荒唐事就干多了。而现在六十岁，——六十五了，老板，不瞒你说——现在过了六十，说真的，世界对我来说变得太小了。你说这是怎么回事儿，老板？”

他举起酒杯，朝妇人转过身去：

“我的布布利娜，祝你健康！”他一本正经地说，“我祝你在新的一年里长出牙齿，长出美丽的细长眉毛，长出像桃子般鲜嫩的皮肤。那么，你就把这些脏丝带摘下来扔掉！我为你祝愿在克里特再来一次叛乱，让四强舰队再回来，我亲爱的布布利娜。每支舰队都有一位上将。每位上将都蓄着喷香的卷胡子。你呢，我的美人鱼，你又唱着你的柔情歌曲，在波浪中出现。”

他边说边把粗糙的手放在妇人耷拉下来的松弛乳房上。

左巴又活跃起来。他的声音因起欲念而变得沙哑。我不禁发笑。有一次，我在电影里看到一个土耳其帕夏在巴黎夜总会寻欢作乐。他把一个金发女郎抱在膝上。当他兴奋时，他的土耳其帽上的穗子冉冉升起，横在水平线上停住。然后一下子，直挺挺地在空中竖立起来。

“老板，你笑什么？”左巴问我。

这时，霍顿斯太太仍沉湎于左巴的话语中。

“啊呀！”她说，“我的左巴，这可能吗？青春一去就……回不来了。”

左巴又向她靠近，两把椅子贴一起了。

“听我说，我的宝贝，”左巴边说，边伸手解开霍顿斯太太短上衣的第三个纽扣——决定性的纽扣。“你听着，我要送你一件大礼物：现在有一个能创造奇迹的大夫，他有一种药，我不知道是滴剂还是粉剂，能让人返老还童，回到二十岁，顶多不过二十五岁。你别哭，我的宝贝。我托人把药从欧罗巴给捎来……”

老歌女跳了起来。她头颅上发亮的淡红色皮肤，在稀疏的头发间闪耀。她用肥胖的胳膊搂住左巴的脖子。

“要是滴剂的话，我亲爱的，”她像只猫似的靠在左巴身上带着呼噜呼噜的声音说，“要是滴剂的话，你就给我订购一坛子；如果是粉剂的话……”

“一大口袋。”左巴边解开她第三个纽扣边说。

屋顶上的猫沉默了一会儿，又开始嚎叫。一只在哀鸣，在乞求；另一只暴跳如雷，在威胁……

妇人打了个哈欠，显露出忧郁眷恋的目光。

“你听见了吗，这些该死的猫。它们不害臊……”她坐在左巴的腿上小声说。

她把头靠在左巴的脖子上叹息。她酒喝多了，眼睛模糊。

“我的宝贝，你在想什么？”左巴的两手抱着她的乳房问道。

“亚历山大……”梦游中的歌女唉声叹气着低声说，“亚历山大……贝鲁特……君士坦丁堡……土耳其人、阿拉伯人、果汁冰糕、金凉鞋、红色土耳其帽……”

又发出一声叹息。

“当阿里·贝留下来和我过夜——啊，多么美好的小胡子，眉毛；多么壮实的胳膊——他喊着打鼓的和吹笛子的人，把钱从窗户扔给他们。他们就在我的院子里吹打一直到第二天天亮，左邻右舍嫉妒得要命，说‘阿里·贝这一夜又在这女人家过……’

“后来，在君士坦丁堡，苏莱曼·帕夏总是不许礼拜五出门。他害怕苏丹去清真寺时看见我美而着迷，派人把我抢走。早晨，苏莱曼离开我家的时候，就叫三个黑人给我守门。不许任何男人靠近……啊，我的小苏莱曼！”

她从短上衣里掏出一大块方格子手帕，边像水龟似的喘气，边咬。

左巴放开她，把她抱到旁边的椅子上，厌恶地站起来。他边喘气，在房里踱来踱去。他忽然觉得房间太窄小，拿起他的棍子，跑到院里去，靠墙支上梯子，气势汹汹地一步两级往上爬。

“左巴，你要揍谁呀？”我大声问，“苏莱曼·帕夏吗？”

“该死的猫，”他喊道，“让它们给我滚蛋！”

他一跳就上了屋顶。

老歌女酒醉了，头发蓬乱，闭上了她那红肿的眼睛。梦神将她托起，送到东方的大城市——多情帕夏的宅邸，高墙围住的花园，幽暗的后宫。他让她横渡大海，看见自己在钓鱼，抛出四根钓竿，捉住四艘大装甲巡洋舰。

老歌女海浴后心神爽快，在睡中显露出幸福的微笑。

左巴进来了，手里拿着棍子。

“她睡着啦？”他看着她说，“这婊子她睡着啦？”

“是的，”我答道，“她被能使返老还童的伏罗诺夫大夫带走了。被左巴·帕夏、被睡神带走了。现在她二十岁，在亚历山大、在贝鲁特散步哪……”

“让她见鬼去吧，老不死的！”左巴往地上啐了口唾沫嗥叫。“你给我瞧瞧她是怎么个笑法！老板，我们走吧！”

他戴上帽子，开了门。

“吃饱喝足，”我说，“然后就把她单独一个人甩下，能这样干吗？”

“她不是单独一个人，”左巴喊道，“她和苏莱曼·帕夏在一起。你没有看见吗？她上了七重天，这臭婊子！走，我们走吧！”

我们出了门，走进寒冷的空气中。月亮在明净的天空中游弋。

“唉，女人！”左巴带着厌恶的神情说，“呸！但这不是她的过错，而是我们的过错，是苏莱曼、左巴我们这些鲁莽冒失的家伙的过错。”

过了一会儿：

“可这也不能说是我们的过错，”他怒气冲冲地补充说，“这只归罪于一个人，就是那个大混蛋、大冒失鬼、大苏莱曼·帕夏……你知道是谁！”

“要是存在的话，”我答道，“不过，要是他不存在呢？”

“那么，我们就完蛋了！”

我们迈着大步往前走了很长时间，什么话都没有说。左巴肯定是反复思考一些使他愤愤不平的想法。他时而用棍子敲击路上的石子，时而往地上啐唾沫。

忽然，他向我转过身来。

“我祖父——愿他安息！”他说，“他对女人懂得一些。这个不幸的人，他很爱她们。可女人又给他吃过不少苦头。他对我说：‘我的小阿历克西，我为你祝福。我劝你一句话：不要轻信女人。当上帝想用亚当的一根肋骨创造女人的时候，魔鬼变成蛇，在恰当的时机一蹿偷走了这根肋骨。上帝赶紧追去，可是魔鬼从他的指缝溜走，只把他的角给他留下。上帝心想，没有纺纱杆，一个巧妇也能用匙柄纺纱。那好吧，我就用魔鬼的角制造女人吧！上帝这样干了。活该我们倒霉。我的小阿历克西！所以，当我们碰到一个女人，无论在哪里，都碰到魔鬼的角，我的孩子。当心女人。偷了伊甸园的苹果，然后把它们藏在短上衣里的又是女人。而现在，她走出来，大摇大摆，招摇过市。害人精！要是你吃这些苹果，你就完蛋了；要是你不吃，你也得完蛋。孩子，你说我给你什么忠告呢？你喜欢怎么干就怎么干吧！'我那过世的老祖父就是这么跟我说的。而我并没有因此变得明智。我重走了他的路，就走到这步田地。"

我们匆匆忙忙穿过村子。月色令人惶惑。请想想看，如果你喝醉酒，到室外去散步，你发现世界遽然变了样。道路变成乳白色的河流，坑洼处和车辙铺满石灰，白雪覆盖山峦。你的手、脸和脖颈像萤火虫的肚子般磷光闪闪。月亮像一枚又大又圆的外国勋章，挂在你胸前。

我们迈着轻快的步伐默默地向前走。我们被月色、被酒所陶醉。我们觉得脚没有沾地。在我们背后，村庄在沉睡。狗上了房顶，眼望月亮，发出哀怨的吠声，不知为什么，我们也想直起脖子喊叫……

我们这时在寡妇花园前走过。左巴停住脚步。美酒佳肴和月色使他忘乎所以。他伸长脖子，用驴般的粗大嗓音喊叫出一段下流小调。这是他一时兴奋起来的即兴之作：

我爱你美丽的身体，
从腰到底下！
接过这条活生生的鳗鱼，
一下子叫它动弹不得！

"又是一只魔鬼的角！"他说，"老板，我们走吧！"

我们到达木屋已经是破晓时分。我精疲力竭，倒在床上。左巴洗脸，点着炉子，煮咖啡。他蹲在门前地上，点了一枝烟，开始悠然自得地抽起来。他腰板挺直，一动不动，凝视大海。面部表情严肃、克制。

此情此景很像我喜爱的一幅日本画：一个苦行僧身披橙色袈裟，盘膝而坐，面庞像因雨水浇淋变黑的一块精雕硬木闪闪发光。他伸直脖颈，毫无恐惧，含笑注视着前面的茫茫黑夜……

我借着朦胧月色注视着左巴。我钦佩他是多么大胆而朴质地把自己与世界相配合，怎么使他的肉体与灵魂形成一个和谐的整体，并把所有的一切：女人、面包、水、肉、睡眠与他的肉体欢快地相结合而成为左巴。我从来没有看到过一个人和宇宙有过这样融洽的协调。

这时，带着淡绿色的圆月在降落。一种无法形容的柔情笼罩着大海。

左巴扔掉烟头，伸手去拿一只篮子，翻一阵，从中取出细绳、线轴、小木块，然后点着油灯，再一次开始试验他的架空索道。他弯下身去研究他的原始玩具，陷入了肯定是艰难的计算里。因为他不断地狠狠地挠头和诅咒。

突然间，他不耐烦了，一脚踢去，架空索道坍塌了。

第十二章
连石头都活了

我睡着了。当我醒来时，左巴已经走了。天气寒冷，我不想起床。我伸出胳膊从床头上方的小书架上取下一本我原来喜欢的书：《马拉美诗集》[1]。我无目的地慢慢读着，把书合上，又打开，再放下。这天，第一次读到的这些对我都显得苍白无力、淡而无味、没有了人的实质，如同悬在空中的一些褪了色的空洞阴郁的词句。高纯度的蒸馏水，没有微生物，也没有营养质，没有生命。

正如宗教失去其创造性的灵感，诸神只成了些用来点缀人生孤寂或是墙壁的诗歌主题和装饰。那诗就是这样。胸怀大地和蕴育种子的炽热向往，变成完美无缺的智力游戏，巧夺天工的空中楼阁。

我重新打开书本又读起来。为何这么多年来，这些诗篇一直扣我心弦？纯诗！生活变成一种清澈、透明的游戏，甚至连一滴血的负担都没有。人的因素充满欲念、愚昧、邪恶，包含爱情、肉体、哭号。让它上升为抽象的概念，在思想的熔炉里，经过炼金术的一个个程序，使它纯化而升华。

以前令我着迷的这些东西，这天早晨在我看起来，只不过是些江湖艺人的高超杂技！但凡一种文明处于没落时期总是这样。人的苦恼总是这样结束：以魔术师的精湛娴熟的技巧创作纯诗、纯音乐、纯思想。最后的人，他没有了任何信仰，没有了任何幻想，不再期待什么，也不再惧怕什么；他看见制造自己的泥土变成幽灵。而这幽灵又没有容他扎下

①Mallarmé，19世纪法国象征主义诗人。

根去吸取营养的土地。最后的人已是空空如也，没有种子，没有粪便，没有血。一切都成了字眼，一切字眼都成了音乐语言游戏。最后的人走得更远：他坐在极端寂静处，把音乐分解成无声的数学方程式。

我惊跳起来。“最后的人就是佛陀！”我喊道，“这就是他那可怕的奥秘含义。佛陀就是空了的‘纯’灵魂；在他身上是虚无，他就是虚无。”“洗净你们的内脏，洗净你们的思想，洗净你们的心！”他喊道。他的脚踩在哪里，那里就水不流，草不长，婴儿不出生。

我想，一定要围攻他，动员魔法用语，借助魔法的节奏，向他施展魔力，把他从我肺腑中驱逐出去！我一定要向他抛出用形象构成的一张网把他捉住，使我得到解脱！

写《佛陀》事实上已经不是一种文学游戏。这是对抗埋伏在我身上的巨大毁灭力量的一场殊死搏斗。这是与在吞噬我的心的强大‘不’字的一场决斗。而我的灵魂得救与否，更取决于这场决斗的结果。

我拿起手稿，轻快而坚决。我找到了靶子。我现在知道打击哪里！佛陀是最后的人。而我们只不过是在开始；我们还没有吃够，喝够，爱够。我们还没有生活够。这个气喘吁吁的弱不禁风的老头来得太早了。让他赶快滚蛋！

我愉快地写起来，不，我不是在写。这已经不是写了：这是一场真正的战争，一场无情的捕猎、围攻，施用魔法，把野兽赶出巢穴。事实上，艺术是一种妖术。在我们的脏腑里，潜伏着阴暗的杀机，杀人、破坏、仇恨、诋毁等致命的冲动。于是，艺术以它优美的笛声出现，而使我们得到解脱。

我整天写，探索，斗争。到了晚上，我精疲力竭。但我感到我前进了，攻占了敌人的几个前沿阵地。现在，我急着想看到左巴回来，好吃饭、睡觉，恢复气力，以便第二天又重新开始战斗。

左巴回来时天已经黑了。他显得红光满面。“他找到了。他也找到了！”我心想，同时等待着。

几天前，我对他开始感到厌烦，气着对他说：

“钱越来越亏了，左巴。该干的事儿快干！把架空索道安装上。要是煤搞不成，就抓木头。要不然，我们就完蛋了。”

左巴搔了搔脑袋：

“钱越来越亏，老板？”他问，“这，这可不妙。”

“完了。我们全吃掉了，左巴。你想想办法吧！缆车的试验进行得怎么样啦？还不行吗？”

左巴低下头，没有回答。这天晚上，他感到羞愧。“该死的缆车，”他咕哝着说，“我非得治住你不可！”这天晚上，他回来时喜气洋洋。

“找到了，老板！”他离着老远就喊，“我找到了合适的角度。它从手上溜掉，不让我抓住，这婊子。可我还是抓住它了！”

“那么就赶快趁热打铁，左巴！你需要些什么？”

“明天一大清早我就得去城里买必要的材料：粗钢缆、滑车、轴承、钉子、吊钩……别担心，你还没看见我走，我就回来了！”

他升火做饭，十分利索。我们又吃又喝，胃口非常好。这天，我们两个人工作得都很满意。

第二天早上，我陪左巴一直走到村里。我们俨然像讲求实际的聪明人似的谈论褐煤的工程。在一个斜坡上，左巴碰上一块石头，石头滚了下去。他一时惊愕，停下脚步，仿佛他生平第一次见到这样的奇观。他转过脸来看我；我从他的目光中觉察到有点惊骇的神态。

“你发现了没有，老板？”他终于对我说：“在斜坡上，石头都活了。”

我没说什么，但心里十分高兴。我想：“那些伟大的幻想家、伟大的诗人就是这样对每一件事物都是第一次看见。每天早晨，他们都看见面前的一个他们自己创造的新世界。”

对于左巴，就像对于最原始的人一样，宇宙是一个沉重而凝聚的幻象。星星在他上边滑过，海水冲击他的鬓角。他切身体验大地、水、动物和上帝，而不受歪曲形象的理性所干扰。

霍顿斯太太已得到消息，站在她家门槛上等我们。她化了妆，涂上浓浓的脂粉，神情忧郁。她打扮成星期六晚赴乡村舞会的模样。骡子等在门前；左巴跳了上去，抓住缰绳。

老歌女羞怯地走过来，伸出胖胖的小手去按住那骡子的前胸，仿佛要阻止她的心上人上路。

“左巴……”她踮起脚尖，喁喁细语说，“左巴……”

左巴把头转到另一边去。他腻味在大街上听见卿卿我我的啰唆话。可怜的老婆子看到左巴的眼神吓了一跳。但她的手还按在骡子胸前，以示亲昵的恳求。

“你想干什么？”左巴愤怒地说。

“左巴，”她用哀求的声音说，“多保重……别把我忘了，左巴，保重……”

左巴抖动缰绳，没有答话。骡子走起来了。

“一路平安，左巴！”我喊道，“三天，你听见啦？不能超过三天！”

他回过身子，挥动大手。老歌女哭了，眼泪在她涂粉的脸上开出一道道的沟。

“我向你保证，老板！”左巴喊道，“再见！”

他在橄榄树中消失。霍顿斯太太边哭边望着她为使心爱的人坐得舒服铺在坐骑上的那条鲜红毛毡——它也穿过银光闪烁的树叶渐渐远去而消失。霍顿斯太太环顾左右，远近已空无一人。

我没有回海滨，而朝山上走去。我刚走到上山的小路，就听见喇叭声。乡邮递员宣告他来到了村子。

“老板！”他边喊边向我挥手。

他走过来递给我一包报纸、文学杂志和两封信。我马上将其中的一封放进口袋里，留到晚上，一天结束，心绪平静时再读。我知道信是谁写来的。我愿推迟这一欢乐，使这持续长久些。

另一封信，从那急促而带锋芒的字体和外国邮票，我就认出来了。信从非洲，靠近坦噶巴喀湖的一座荒山，我的一位名叫卡拉亚尼斯的老同学寄来的。他的一颗犬齿像野猪似的向外突出。他从来不说话。他喊叫。他不跟人商量，他争吵。他很年轻就离开了家乡——克里特，在那里，他是穿长袍的神学教员。他和他的一个女学生调情。有一天，有人发现他们在田野里接吻，于是他就被轰走了。同一天，年轻教员还俗并乘上了船。他去非洲的一个叔叔那里。他拼命干活，开了一家缆绳厂，赚了很多钱。他不时给我写信，并邀请我去他那里住上半年。每当我拆开他的信，还没有读，就能感觉到：从那用线缝起来的厚厚一沓信纸中，冒出一股狂风掀起我的头发。我总是下决心去非洲看他，但一直没有去。

我离开小路，坐在一块石头上，拆开信读了起来：

那得等到什么时候，你这黏在希腊礁石上的牡蛎，才能决心来啊？你也像所有希腊人一样，成了酒徒。你沉溺在咖啡里，你沉溺于你的那些书、那些习惯和那些宝贝意识形态里。今天，是星期日，我没有事。我在我的家，我的庄园里想到你。太阳热得像一个火炉，一滴雨都没有。这里，四、五、六月下雨，一下就是洪水泛滥。

我就一个人，我喜欢这样。这里有不少希腊人，但我不想见到他们。我厌恶他们，这些可爱的大都市人，给我见鬼去。连这里，你们都要把你们的麻风，把你们的政治热情带来。就是政治把希腊毁了。再有赌博、愚昧和人欲横行。

我讨厌欧洲人，所以我跑到这里来，到瓦桑巴的山里。我讨厌欧洲人，而最讨厌的是希腊人和希腊的一切。我决不会再到你们的希腊去。

我将死在这里。我已经请人建造了我的墓，就在我屋前的荒山上。我还立了一块碑，我自己在上面用大字母刻上字：

一个厌恶希腊人的希腊人在此安息

每当我想起希腊，我就放声大笑，啐唾沫，诅咒，哭。为了看不见希腊和希腊的一切，我永远离开了我的祖国。我来到这里。我带来我的命运——不是命运把我带来的：人做他所愿意做的——我把命运带到这里。我以前和现在都像奴隶般劳动。我流汗，继续流，汗流如雨。我战斗，与地，与风，与雨，与黑色和红色的工人斗争。

我没有任何欢乐。不，有的：劳动。体力的和脑力的，但尤其是体力的。我喜欢用力气，流汗，听到自己的骨节格格响。我有一半的钱是扔掉的，我把它浪费掉，随我高兴，爱怎么花就怎么花。我不是钱的奴隶，钱是我的奴隶。不过，我是劳动的奴隶而引以为自豪。我伐树：我与英国人订立合同；我制造缆绳。现在，我还种棉花。昨天晚上，在我手下的黑人里，两个部族：瓦亚依和旺古尼，为了一个女人，为了一个婊子打起来了。你瞧，就是为了自尊心。噢，就像在我们希腊人那里一样。辱骂，殴斗，抡起棍棒，流血。女人们半夜里跑来尖声呼喊，把我叫醒，要我去评判。我生气了，叫她们见鬼去。后来叫她们去找英国司令。但她们却在我门前喊叫了一整夜。到天亮，我出来给她们评了理。

明天是星期一。一清早我就去爬瓦桑巴山。那里森林茂密，清泉流水，四季常青。怎么样，希腊人，你什么时候才甩掉欧洲，这个现代巴比伦，这个身居江河汇流之所，世界上的王公全都与她私通的婊子！你什么时候来和我一起攀登这些荒凉而洁净的高山？

我和一个黑女人生了个孩子：一个姑娘。她的母亲被我赶跑了。正午的时候，她就在附近一棵树下当众与人私通。我真受够了，于是，把她撵出门去。可小孩，我把她留下了。她有两岁，已经会走路，开始说话了。我教她希腊语。我教她的第一句话就是："我拿唾沫啐你，讨厌的希腊！"

这小淘气儿像我，就是那宽扁鼻子随她妈。我喜欢她，但就像人们爱猫爱狗一样。你也来吧，来跟一个瓦桑巴女人生一个儿子，以后我们给他们成婚。

我把看过的信摊在膝上，远走高飞的强烈愿望又在我胸中燃起。我并不是在这里呆不下去。我在这个克里特海滩上很好，感觉舒适、幸福、自由。我什么都不缺。但有一个热烈愿望总在缠着我：在死以前看到和接触到尽可能多的陆地和海洋。

我站起身，改变了主意，不登山了，而疾步走到我的海滩上去。我感觉着在我衣服上边口袋里的另一封信，我忍不住了。我心想，想象那读信的欢乐，既甜蜜又令人焦虑的滋味拖得够久了。

我走进房子，升火煮茶。吃抹上黄油和蜂蜜的面包和橙子。我脱去衣服，躺在床上拆开信：

我的先生和学生，你好！

我在这里从事一项艰巨的工作，赞美“上帝”——我给这个危险的词加上引号（就像把猛兽关进栅栏里），好不让你一拆开信就激动起来。的确，一项艰巨的工作，赞美“上帝”！在俄国南部和高加索，五十万希腊人处于水深水热之中。他们中很多人只会讲土耳其语或俄语，但他们的心却狂热地讲着希腊语。他们和我们同祖同宗。你只要看看他们——眼睛怎么闪耀着好奇和贪婪的目光，嘴唇怎么显露出狡黠和期待声色之乐的微笑，他们怎么在这俄罗斯的辽阔土地上成了老板，众多的农奴为他们劳役——你就可以确信他们是你所热爱的奥德修斯的后代。所以我们要爱他们，不能让他们灭亡。

因为他们正遭受灭亡的危险，他们失去了所有的一切。他们在挨饿，没有衣服穿。来自四面八方的难民拥挤在格鲁吉亚和亚美尼亚的几个城市里。他们饥寒交迫，没有医药。他们聚集在码头上，焦急地瞩目天边。我们民族的一部分，也就是我们灵魂的一部分，在惊惶中经受折磨。

如果，我们听任，他们去让命运摆布，他们必将遭到毁灭。我们一定要拿出深深的爱和理解，热情和现实精神——你所热衷于看到的这两方面的品质的结合——才能够使他们获得拯救，使他们移居到我们的自由土地上来，到对我们民族最能产生实际效益的地方——马其顿边境和更远的色雷斯边境。只有这样，几十万希腊人才能被解救，而我们也和他们一同得救。因为，我一来到这里，我就按照你的教导，划了一个圆圈。我称这个圆圈为“我的责任”。我说过：“如果我拯救了这整个圆圈，我就获得拯救；如果我拯救不了它，我就完蛋。”而在这个圆圈里，有这五十万希腊人。

我跑遍各城镇村庄，把希腊人集中起来。我起草报告和电报，千方百计促使我们雅典的大官们决定派遣船只，运来食物、衣服、药品，把这些人运回希腊。如果热诚而顽强地战斗是一桩快事的话，那么我是幸福的。我不知道是否像你所说的那样，按照我身材高矮划定我的幸福；但愿如此，因为我的身材高大了。我希望拉长我的身体，直到希腊最偏远的境界，那也就是我的幸福的边界。但，不谈理论了！你，躺在克里特岛的海滩上，听着大海和桑图里的声音。你有时间，我没有。行动把我吞没了。我感到高兴。行动，只有行动才是自救救人的途径。

我现在思考的问题很简单，全都归到一件事上去。我对自己说，这些庞塔斯和高加索的居民，这些卡尔斯的农民，这些第比利斯、巴统、新罗西斯克、罗斯托夫、奥德萨、克里米亚的大大小小的商人，都是我们的人，我们的同胞。对于他们——就像对我们一样——希腊的首都，是君士坦丁堡。我们有着同一个首领。你叫他奥德修斯，另一些人叫他康斯坦丁·帕雷奥洛格[1]，不是死于拜占庭城下的那个，而是另一个。

---

①康斯坦丁·帕雷奥洛格，最后一个东罗马皇帝（1448—1453）。

神话中的那个已变成了大理石，仍站在那里等待自由天使的到来。我呢，如果你允许的话，我称我们这位民族领袖为阿克里塔斯[①]。我更喜欢这个名字。它更严厉，更赋有尚武精神。我一听到它，永恒的希腊人的形象就出现在我眼前。他全副武装行进，在边境上不停息地战斗。在所有的边境：国家的、文化的、精神的。如果加上迪热尼斯，就可以更深刻地描绘出我们的民族，这个东方与西方的奇妙结合。

我现在在卡尔斯。我来这里是为了把附近村庄的希腊人集合起来，就在我来的当天，库尔德人在卡尔斯郊区抓了一个希腊神父和一个希腊教师，给他们的脚像骡子似的钉上马蹄铁。那些头面人物吓坏了，跑到我住的房子里面来避难。我们听见库尔德人的炮声越来越近。所有的人眼睛都盯着我，仿佛只有我有力量救他们。

我本来打算明天出发去第比利斯，可现在，在危险面前，我不能走。所以我就留下来。我不能说我不害怕；我害怕，我感到羞愧。伦勃朗“戴金盔的人”，我的“戴金盔的人”会不会也曾经是这样呢？他会留下来。我于是也留下来了。如果库尔德人进城，理所当然，我将是第一个被他们钉上马蹄跌的人。我的先生，你一定不会想到，你的学生竟落到像骡子的下场。

经过希腊式的无休止的争论，我们决定所有的人今晚集合，连同他们的骡子、马、牛、羊、女人和孩子，等到黎明，我们一起向北进发。我走在前面，像只引领羊群的公羊。

一大群人穿过闻名遐迩的山峦和平原，进行家族式的迁徙！而我，将当一个摩西——假摩西——带领上帝的选民，奔向这些天真的人们称之为乐土的希腊。为了使自己与我的摩西使命相称和不给你丢脸，我应该拿掉你取笑我的时髦绑腿，用羊皮裹上双腿。我还应该蓄上一撮油腻的波浪形的长胡子，而尤其是长上两只角。不过对不起，这我不能让你

---

①阿克里塔斯，10世纪拜占庭英雄。

满意。叫我换个灵魂比改变装束容易些。我还是打着绑腿，下巴刮得像白菜根，而且我没有结婚。

亲爱的老师，我希望你收到这封也许是最后的一封信。谁也说不准。我不相信人们所说的保护人类的神秘力量。我相信有盲动力量：它左冲右闯，没有恶意，也没有目标。它能到达哪里就杀到哪里。如果我离开人世（我用“离开”这个词，免得使你我受惊），就请你多保重，祝你幸福，亲爱的老师！我难以说出口。但请你原谅，我必须说，我也曾深深爱你。

下面是用铅笔急促写的附言：

又及：临走那天，我们在船上达成的协议，我没有忘记。

如果我要离开人间，我会通知你。不论你将在哪里，别害怕。

第十三章
活着进天堂

三天、四天、五天过去了，左巴没有回来。

第六天，我接到他从坎迪亚寄来的一封信。好几页的一篇真正是冗长杂乱的文章。信写在喷香的粉红纸上。纸角上画着被一枝箭穿过的一颗心。

我仔细保存着这封信，把它誊清。其中这里那里见到的矫饰的句子都保留下来。我只是改正他的一些可爱的拼写错误。左巴拿笔就像拿镐一样，使劲戳，所以有好几处纸被戳穿或溅上墨水。

亲爱的老板，资本家先生！

我拿起笔来首先祝你健康状况良好，其次告诉你我也很好，赞美上帝！

我呢，我早就认识到，我来到世间不是当牛做马的。只有牲畜为了吃才活着。为了避免这样的指责，我日日夜夜都给自己找事干。我为了一个想法不惜冒丢掉面包的危险。我要把谚语颠倒过来说“宁做能游泳的黑水鸡，不做笼中的麻雀”。

很多人是爱国主义者，他们为此并不需要付出任何代价。我呢，我不是爱国者，即使这会造成对我不利的后果。很多人相信有天堂，可以把他们的驴带进绿草繁茂的牧场。我呢，我没有驴，无所顾忌。我不怕地狱，我有驴的话它就得在那里饿死。我也不希望进入可以让驴吃饱苜蓿的天堂。我没有受过教育，不会说话，可你，老板，你理解我。

很多人患得患失，可我不去想这些。碰到好事我不兴高采烈，碰到坏事我也不垂头丧气。要是我听说希腊占领了君士坦丁堡，这对我来说，同土耳其占领雅典没有什么两样。

要是你看到这些，觉得我变得年老糊涂，那就给我来信。我要到坎迪亚的商店里去买架空索道的缆绳。我笑起来。

你为什么笑，朋友？人家问我。可是我怎么给他们解释呢？我笑，因为我伸手拿起铁丝查看质量好坏的时候，我突然想到，什么是人，他为什么来到世上，他有什么用……在我看来，毫无用处。什么东西全都一样：我有老婆还是没有老婆，我诚实还是不诚实，我是个帕夏还是个脚夫。只有我是活的还是死的这点才不一样。要是魔鬼或者上帝叫我去——你说有什么办法呢，这对我来说是一样的——我死了，变成一具发臭的尸体，熏得人难受。他们不得不把我埋到至少四尺深的土里，以免继续呛人。

对啦，我有件事儿得问你，老板，就这一件事儿叫我害怕，叫我白天黑夜都不得安生。我怕老，上天保佑！死，这没有什么，噗一下子！蜡烛吹灭了。可是老，那是丢人的事儿。

我把承认自己老看成是莫大的耻辱，所以我千方百计不让人家觉得我老了，我跳起来，舞蹈，腰酸背疼了，可我还跳。我喝酒，感到头晕，天旋地转，但我屹然不动，若无其事。我满身是汗，跳到海里，着凉了，想咳嗽，咳两声轻松一下，但我觉得丢人，把咳嗽硬憋回去。你什么时候听见我咳嗽过，老板？没有吧！一回也没有。不要说当着别人的面我这样，即使只有我一个人的时候我也这样。我对左巴感到丢脸，老板。我在他面前感到丢脸。

有一天，我在阿托斯山上——因为我到那里去了，而我实在不该去——认识了一个修士，拉佛伦蒂奥神父，是吉奥人。这个可怜的家伙，他认为有一个魔鬼附在他身上，而且给魔鬼取了一个名字叫“霍扎”。耶稣受难日，霍扎想吃肉。可怜的拉佛伦蒂奥边吼叫，边用头撞教堂的门。“霍扎想跟女人睡觉，霍扎想杀修道院长。是霍扎，是霍扎，不是我！”他用额头撞石头。

我也是这样，老板，也有一个魔鬼附在我身上，我管他叫左巴。这个内在的左巴不愿意老，可不，他没有老，他永远不会老。这是个吃人巨妖。他的头发乌黑，有三十二颗牙齿，耳朵上夹着一朵石竹花。但是外表的那个左巴已经上了年纪，可怜的家伙长出了白发，满脸皱纹，成了干瘪老头。他牙齿脱落，大耳朵里长满白毛，长驴毛。

怎么办呢，老板？到什么时候这两个左巴才不打架呢？到底谁赢？要是我很快完蛋，那就万事大吉，我不担心了。可是，要是我还活很长，那就糟糕了。糟糕了，老板。我就失去了自由。我的儿媳妇和女儿就要我去看孩子，去看她们那调皮捣蛋的后代，别让他烫着，别让他弄脏了。要是，脏了，她们就叫我去给他洗干净。呸！

你也一样，老板。你也得蒙受同样的耻辱。尽管你还年轻，你也得小心。听我说，你走的也是我这条路。没有别的办法。让我们进山里去，采煤、铜、铁、炉甘石，好好挣钱，叫亲戚们敬重，朋友们巴结，阔人向我们脱帽。要是我们失败，老板，那就只好去死，让狼、熊，让我们被不管碰上的什么猛兽吃掉。上帝把猛兽送到世上来就是为了把我们这样的一些人吃掉，免得他们堕落到不成样子。

这里，左巴用彩色铅笔画了一个又高又瘦的人，在几棵绿树下奔跑。七只红色的狼在后面追赶。画的上面是一行粗体字：

“左巴和十恶不赦的罪”

他接着写道：

从我的信里，你可以懂得，我是个多么不幸的人。只有跟你聊聊，我心上的压抑才有希望减轻一点。因为你也像我一样，只不过你不知道罢了。你身上也有魔鬼附着，可你不知道他叫什么。不知道，你感到憋闷。给他取个名字，老板，你也轻松轻松！

我说我是多么不幸。我清楚地看到，我的全部智能都是荒谬愚蠢，没有别的。不过，我有时整天整天地沉浸在伟大人物的思考里。而要是内在的我所指令的一切能够实现的话，那就会震动世界!

鉴于我没有和生命订立规定时限的契约，我在最危险的斜坡上放松刹车的闸。人生就是一条起伏不平的道路。但凡明白事理的人行车都带闸。可我呢，老板，这正是我可贵之处，我老早就把闸扔掉了。因为我不怕撞车。我们工人管出轨叫撞车。我才不管什么撞车不撞车呢。日日夜夜我飞速前进。我做我所喜爱的事。要是死了就活该。我有什么可丢掉的呢?什么也没有。不管怎样，如果我悠着来，我还是完蛋。这是没跑儿的。那么，我们就兼程前进吧!

这时，你一定会因为我而发笑，老板。可是我还是跟你说我的荒唐事。要是你喜欢的话，可以说我的思考或是我的弱点——三者之间有什么分别，我实在看不出来——我写我的，你笑你的。我想到你笑我也笑。世界就是这样，笑个没完没了。每个人都会干蠢事，可在我看来，最蠢的莫过于从不干蠢事。

所以，我在坎迪亚这里回顾我的蠢事，把详细情况都告诉你。因为你知道，我要征求你的意见。你还年轻，老板，这是事实。可你读过古代圣贤的书，恕我直言，你已经有点变老了。所以我想听听你的意见。

我想，每个人都有他自己的一股气味。我们分辨不出来，因为气味都混合在一起了，不知道哪股是你的，哪股是我的……只知道有臭味，这就叫做“人类”。我的意思是说“人的臭味”。有的人闻人的臭味就像闻香精似的，可我就觉得恶心。得，不谈这个事了，另谈别的事儿吧。

我尤其想跟你说的是我还是放开车闸。这些婊子女人，像母狗似的，鼻子都是湿的。她们能马上闻出哪个男人想要她们，哪个男人不想要她们。所以无论我走到哪个城市，甚至现在，我又老又丑，像只猴子，穿得又坏，总是有两三个女人跟在我后面。她们用鼻子的嗅觉跟踪，这些母狗。上帝保佑她们！

我第一天平安到达坎迪亚时，已是傍晚时分。我立刻朝商店跑去，可全都关了门了。我走进一爿客栈。我喂骡子，吃了饭，梳洗，点上一枝烟，就出去转悠。在这市里，我连个鬼都不认识，也没有人认识我。我自由自在，可以在马路上吹口哨，笑，自言自语。我买了包炒南瓜子，边嗑边蹓跶。这时华灯初放，男人喝开胃酒，女人往家走。空气中弥漫着脂粉、香皂、烤肉串、茴香酒的气味，我对自己说："喂，老左巴。你带着颤动的鼻孔要活到什么时候哇？你用鼻子吸气的时候剩下不多了，可怜的老家伙，使劲往深里吸吧！"

我边对自己这样说着，边在你熟悉的那个大广场上前后左右走来走去。忽然间，我听到叫喊、跳舞、铃鼓和唱歌的声音。我竖起耳朵，朝传出声音的方向跑去。这是一家有唱歌表演的酒吧间。我正求之不得，便走了进去。我走到最前面的一张小桌旁坐下。有什么可缩手缩脚的？我已说过，没有人认得我。我完全自由。

一个傻大个儿女人在台上跳舞。她把裙子撩起来又放下。可我对她不感兴趣。我要了一瓶啤酒，这时，一个挺可爱的身材矮小的女人坐到我旁边来。她涂抹着厚厚的脂粉。

"可以坐在这里吗，爷爷？"她笑着问我。

我一听这称呼就怒火中烧。恨不得把她脖子拧下来，这个饶舌女人！可我克制住了自己，怜悯她，叫来侍者。

"香槟酒！"

（请原谅，老板，我花了你的钱。可是这侮辱够大的，一定得保全我们的名誉——你的也是我的，一定得叫这黄毛丫头在我们面前跪下来！一定得这么干。我知道你不会看着我在这尴尬的时候束手无策。于是我叫侍者拿来两瓶香槟）

香槟酒拿来了，我又要了小点心，再来香槟酒。过来一个卖茉莉花的，我把整篮子花买下，把花倒在敢于侮辱我们的这个小女人的膝盖上。

我们喝了又喝，不过我向你保证，老板，我连碰都没碰她。我知道我要干什么。我年轻的时候，我做的第一件事就是动手动脚（现在我老了，首先要做的就是花钱，献殷勤，大把大把地花钱。女人就喜欢这样，会被这迷住，这些婊子们。不管你是驼背，是糟老头子、丑八怪，她们可以忘得一干二净）。她们除了那只花钱如流水般的手外，什么都看不见。所以我说我花了很多钱，愿上帝保佑你，他将百倍偿还你，老板。女人贴上我了。她慢慢地向我靠近，用小膝盖顶着我的大腿。可我表面上冷漠无情，但内里肚肠翻滚。这样才使女人迷惑。当你遇到这种机会的时候，你得懂得这点：内心在燃烧，可是你连碰都不碰她们一下。

好，夜里十二点到了，过了。灯光渐渐熄灭，酒吧间关门了。我拿出一沓一千一张的钞票结账，侍者的小费我也结得很大方。小女人偎依着我。

"你叫什么名字？"她有气无力地问我。

"爷爷！"我回答她说。

小婊子使劲掐了我一下。

"来……"她低声对我说，"来吧……"

我抓住了她的小手，捏了捏以表示同意，回答说：

"走吧，我的小宝贝……"我嗓音沙哑了。

后来嘛，你可以猜到了。后来我们都睡觉了。一觉醒来，已是中午。我环顾四周，我看见了什么呢？干干净净的一个挺可爱的小房间，里面有沙发椅、洗脸盆、肥皂、大大小小的瓶子和大大小小的镜子。墙上挂着五颜六色的衣裙和大量的照片：水手、军官、船长、宪兵、舞女、除一双拖鞋外，身上一丝不挂的女人。在我床边躺着一个温暖、馨香扑鼻、头发蓬乱的女人。

"啊，左巴，"我闭上眼睛轻声对自己说，"你活着进了天堂。这个地方多好啊，别离开这里啦！"

我以前跟你说过，老板。每个人都有他自己的天堂，对于你来说，天堂堆满了书和大墨水瓶子。对于另一个人来说，那里放满了酒桶，葡萄酒、朗姆酒、白兰地。再另一个人是堆满英镑。而我的天堂就是一个香气飘溢的小房间，里面有花花绿绿的衣裙、香皂、一张宽大的弹簧床，旁边躺着一个女人。

认了罪便是被宽恕了一半。我整天没出门一步。到哪里去呢？去干什么呢？我才不出去哪！我在这里多好。我给一家最好的小饭店送去订单。他们给我们送来一托盘食物，都是健体强身的补品：黑鱼子酱、排骨、鱼、柠檬汁、卡代福[①]，我们又一次房事，接着再睡。醒来时天快黑了。我们穿上衣服，手挽手地朝她工作的酒吧走去。

长话短说，免得叨唠得叫你厌烦。这个节目还要演下去。你别担心，我一直也想着我们的事情。我随时都到商店里看一看。我会把铁缆和一切必需品买到的，放心吧。早一天晚一天，晚一个礼拜甚至晚一个月又会怎样呢？正像人们说的那样，母猫太匆忙，生小猫难产。那么你就不要太着急。为了你的利益，我竖起耳朵，听准消息，保持心明眼亮，免得受人坑骗。铁缆一定得是头等货，不然我们就完蛋了。所以你得耐心点，老板，相信我吧。

特别是你别为我的身体担心。奇遇对我有好处。几天工夫，我变成了一个二十岁的年轻人。我跟你说，我的精力旺盛到能长出新牙来。过去我的腰有点疼，但观在我身体非常健康。每天早晨，我照镜子，对我的头发还没有变得乌黑铿亮感到奇怪。

你会纳闷，我为什么要把这些事统统写信告诉你。因为我把你看作我的知己。我向你说出我所有的罪过不感到难为情。你知道这是为什

---

①卡代福（Cadaif），一种内有果仁的土耳其甜点心。

么吗？我觉得，不管我做好事还是做坏事，你都毫不在意。你像上帝一样，手里拿着一块湿海绵，啪一下，好坏统统抹掉，这样我就什么都敢跟你说了。那你就听我说！

我神魂颠倒，不知所措。请你一收到信，就提笔给我复信。收不到你的回信，我心里一直七上八下，焦急不安。我想，多年来上帝的登记本上就没有我，魔鬼的本子上也没有我。只有你把我放在心里。所以除老爷你外，我有话就无处诉说了。那就请你听我说吧。事情是这样：

昨天在坎迪亚附近的一个村子开庆祝会。鬼晓得是哪个圣人的节日。劳拉——对啦，我忘了给你介绍，她叫劳拉——对我说：

“爷爷（她又叫我爷爷，但现在用亲昵的口吻），我想去玩。”

“去吧，奶奶，”我对她说，“去吧。”

“可是我想跟你一起去。”

“我，我不去。我有活儿要干。你自己去好了。”

“那么我也不去啦。”

我睁大眼睛。

“你不去，为什么？”

“要是你陪我，我就去。要是你不去，我也不去。”

“那又是为什么？你不是一个自由的人吗？”

“不，我不是。”

“你不愿意自由吗？”

“不愿意！”

我真觉得自己产生了错觉。

“你不要自由？”我大声说。

“不，我不要！我不要！我不要！”

老板，我在劳拉的房间里用劳拉的纸给你写信。看在上帝的面上，请你注意听我说，我认为只有要求自由的人才是人。女人不要自由，那么女人是人吗？

我恳求你立刻给我回信。我热烈拥抱你，我的好老板。

阿历克西·左巴

看完左巴的信，我犹豫了很久。我不知道我该生气、笑，还是赞美这个原始人。他打破逻辑、道德、贞操这些生活的外壳，直接进入生活的本质。世俗、美德，他全都没有。他只有一种难以满足的、不合时宜且危险的操行。这就使他走向极端，把他推向深渊。

这个无学识的工人，写信时犯急性子把笔折断。他就像给猴子剥皮的第一个人或是大哲学家似的，全神贯注在基本问题上。他把这些问题看作当务之急。他像一个孩子，看到什么事情都很新奇，不停地感到惊奇而查问。什么都像奇迹般出现在他眼前。每天早晨，他一睁开眼看见树木、大海、石头、一只鸟，他都张口结舌。

“这是什么奇迹？”他喊道，“这些人家叫做树、海、石头和鸟的都有些什么奥秘？”

我记得有一天，我们在朝村子的路上走，碰见一个骑骡子的小老头。左巴双眼圆睁，盯着牲口看。他的目光是如此强烈，弄得农民惊叫起来：

“看在上帝的面上，别给它使毒眼[①]！”

他画了个十字。

我朝左巴转过头去。

“你对老头怎么啦，让他这么嚷嚷？”我问他。

“我？我对他没怎样哇！我看骡子嘛！你不觉得奇怪吗，老板？”

“什么？”

“瞧，世界上有骡子。”

又有一天，我躺在海滩上看书。左巴跑过来坐在我的对面，把桑

①毒眼，迷信中认为被这种眼睛看过就会倒霉

图里放在膝盖上弹了起来。我抬起头看他。他的脸部表情渐渐改变。他变得欣喜若狂，摇晃着满是皱纹的长脖子，唱起歌来。

马其顿曲，克来夫歌，狂吼，人的喉咙又回到了喊叫——所有我们今天称做音乐、诗和思想的高度概括——的史前时代。“啊嗨！啊嗨！”左巴从肺腑深处发出来的叫声冲破我们称作文明的这薄薄外壳，让不朽的猛兽、有茸毛的神、吓人的大猩猩走出来。

褐煤、亏损、利润、霍顿斯太太、未来的计划，全都消失了。叫喊带走了一切，我们什么都不需要了。我们两人静止在克里特这。个荒僻海滩上，胸中充满生活的一切辛酸和欢乐。辛酸和欢乐不存在了。太阳西落，夜幕降临。大熊星座围绕银河中心线转动；月亮升起，受惊似的看着两只小动物在沙滩上肆无忌惮地唱歌。

“哈，老伙计，人就是一头野兽，”左巴由于唱歌而过分激动，突然说，“把你的书扔掉。你不觉得难为情吗？人就是野兽，可野兽不念书。”

他沉默了一会儿，大笑起来。

“你知道，”他说，“上帝是怎么造人的吗？你知道人这动物对上帝说的第一句话是什么吗？”

“不知道。我怎么会知道呢？我当时不在场。”

“我在场！”左巴目光闪烁，喊道。

“说说看。”

心醉神迷与嘲笑兼半，他编造出上帝造人的故事。

“那好吧，老板，你听着。一天早上，上帝醒来神情沮丧。我是个什么样的上帝？我连给我烧香或是——以我的名义起誓——给我消遣的人都没有。我像只老猫头鹰，单独一个人活够了。他朝两手心各啐一口唾沫，卷起袖子，戴上眼镜，拿起一块土，往上吐唾沫，弄成湿泥，把它揉匀，再捏成成一个小人，放在太阳底下晾晒。

七天过后，小人烤干了。他把它拿回来，上帝看着它，笑起来。

"见鬼，"他说，"这不是一头用后腿立起来的猪吗？一点不像我想要做出来的模样。我弄糟了。"

他抓住了小人的脖子上的皮朝它屁股一脚踢去：

"走，赶快滚蛋！我现在需要你干的是制造猪崽。世界是你的了，快走！一、二，齐步走！"

可你看，这一点也不像头猪。他带一顶便帽，上衣随便往肩膀上一披，裤子带褶，土耳其拖鞋带红穗子。还有，腰带里——这准是魔鬼给他的——插着一把锋利的匕首，上面刻着"我要你的命"字样。

这就是人。上帝伸出手，让他去吻。可对方拈弄小胡子跟上帝说：

"走开，老头子，闪一边去，让我过去！"

左巴停了下来，看着我大笑。一会儿他又皱起眉头：

"别笑嘛，"他对我说，"事情就是这样的！"

"那你是怎么知道的？"

"我感觉到的就是这样。我要是亚当，我也这么干。我拿脑袋担保，亚当不会不这么干。你别相信那些书本里说的，你得相信我！"

他没有等我回答，就伸出他的长手弹起桑图里来。

我仍然拿着上面有被一支箭穿过心的那封左巴的喷香的信，并回忆和他一起度过的富有人类实质意味的日日夜夜。和他一起，时间有了新的滋味。它已不再是事件相继发生的数学积累，对我再也不是一个难以解决的哲学问题，而是细细筛过的热沙。我感觉到它从我手指缝里缓缓流去。

"原上帝保佑左巴，"我小声说，"他赋予在我心中打寒颤的抽象概念以一具温暖、可爱的躯体。当他不在时，我又开始打寒颤。"

我拿起一张信纸，叫来一名工人替我发出二道急电：

"速回。"

第十四章
欢蹦乱跳的心

三月一日，星期六下午，我面对大海靠在一块岩石上写作。这天，我看到第一只燕子，十分高兴。笔走龙蛇，驳斥佛陀，文章跃然纸上。我的抗争趋于缓和，不那么急迫，因意在解脱，稳操胜券。

忽然听到石子路上有脚步声。我抬头一看，老歌女打扮得像一艘三桅战舰，冒着热气，气喘吁吁，沿着海滩走来。她神情显得惶惑不安。

“是有一封信吗？”她焦急地喊道。

“有。”我笑着回答，站起来迎她。“他要我跟你说很多事儿，他白天黑夜都想着你。他睡不着，吃不下，离开你就受不了。”

“这些都是他说的吗？”这可怜的女人气都喘不上来，问道。

我替她难过。我从口袋里掏出信来，假装给她念。老歌女张着掉了牙的嘴，眨巴着小眼睛，边喘气边听。

念着念着，我思想接不上茬儿。我就装作看不清信里的字迹：“昨天，老板，我上一家小饭馆去吃午饭。我饿了。我看见走进来一个年轻姑娘，真像个仙女。我的天！她活像我的布布利娜！我眼睛立刻像喷泉似的流起泪来，嗓子哽塞，没法下咽！我站起来，结了账，就走了出去。我这个从来不会想到神圣的人，老板，被感动得这么厉害，我跑到圣·米纳斯教堂点上一支蜡烛。‘圣·米纳斯，’我在祷告里说，‘让我接到我心爱的天使的好消息。让我们的翅膀赶快结合！’”

“嘻！嘻！嘻！”霍顿斯太太心花怒放，喜形于色，不禁笑了出来。

“你笑什么，我的好太太？”我停下来喘了口气，问她，并继续编造。“你笑什么？要是我的话，听了想哭呢。”

“要是你知道……要是你知道……”她噗哧一声笑了出来。

“什么事？”

“翅膀……他说的是脚，这个无赖。我们单独在一块的工夫，他就管脚叫翅膀。让我们的翅膀结合，他说……嘻，嘻，嘻！”

“可你听下去，我的太太。你更得愣着了……”

我翻过一页信纸，又假装念：

“今天，我在理发店门前走过。这时，理发匠把一盆肥皂水泼到街上，整条马路全都香了。我又想起了我的布布利娜，就哭了起来。我再也离不开她了，老板。我要发疯了。你瞧，我还写了首诗呢。前天，我睡不着，为她作了一首小诗，请你读给她听，让她知道我心里多么难过：

‘啊！如果你和我，我俩能在一条小路相逢，
而这条小路又足够宽阔，容得下我们的悲伤。
即使我被碾得粉碎，剁成肉泥，
我的残骸碎骨也要向你奔来。’”

霍顿斯太太两眼朦胧，飘飘然，悉心静听。她甚至解开了勒在脖子上的丝带，把皱纹松开。她不言语，笑眯眯的，显露出她内心的欢快、幸福，进了遥远的梦境。

三月，绿草鲜嫩，小花红、黄、紫各色相间，河水清澈。黑白天鹅引吭交欢。雄黑雌白，半开红嘴。蓝色海鳝破水而出，银光闪烁，去缠绕黄色的大毒蛇。霍顿斯太太又回到了十四岁。她在亚历山大、贝鲁特、士麦那、君士坦丁堡的东方地毯上跳舞。后来在克里特舰只的打蜡地板上……她已记不大清楚。什么都混杂到一起了。她的胸脯隆起，海滩裂开。

蓦地，正当她跳着舞的时候，海上布满金色船头的船只，船尾上是五彩缤纷的帐篷和小旗。船上走出来的有戴着土耳其红帽子，帽上的金流苏直竖起来的帕夏，去朝圣的有钱的老贝伊——他们带着丰富的祭品和老贝伊的没长出胡须的神情忧郁的儿子们。船上还走出来头戴闪闪发光三角帽的海军上将；领子白得耀眼、裤子肥大得飘荡的水手。接着又走出一些年轻的克里特人。他们穿着淡蓝色的呢灯笼裤，黄靴子，头上裹着黑头巾。左巴，也出来了。他身材高大，因房事过度变得消瘦。手指头上戴着特大的订婚戒指。灰白色的头上戴着一个橙色花环。

在她的冒险生涯中结识的所有男人一个不缺，连有一个晚上带她去君士坦丁堡水上兜风的脱落门牙的驼子船夫都在。夜幕降临，谁也看不见他们了。他们所有的人都出去了。这时在他们后面，海鳝、蛇和天鹅在交配……

他们出来，成群走到她跟前，像春天发情的蛇似的，成堆贴在一起，嗞嗞作响。在这群人中央的是一个十四岁、二十岁、三十岁、四十岁、六十岁的霍顿斯太太。她雪白的身体一丝不挂，淌着汗，嘴唇半开，露出细小尖尖的牙齿，站在那里，如饥似渴，乳房耸起，嘴里发出嗞嗞声。

什么都没有失去，一个情人也没有死。他们个个军容整齐，在她那枯萎的胸脯中重现。……霍顿斯太太恰像一艘高耸的三桅战舰——她已服役四十五年——她所有的情人都乘坐过她，上上下下，进底舱，上船舷，弄桅索。而她，身上千疮百孔，经过无数次铆缝修补，正要驶向她热切希望到达的最后一个码头：结婚。而左巴成了一个千面人：土耳其人、西方人、亚美尼亚人、阿拉伯人、希腊人。霍顿斯拥抱他，就等于拥抱一支长得不见尾巴的神圣队伍……

老歌女突然意识到我停了下来，她的梦幻骤然中断，抬起沉重的眼皮：

“他没说别的？”她带着责怪的语气低声说，一面显得贪馋的样子，舔嘴唇。

“你还要怎样，霍顿斯太太？难道你没看见吗？信里说的全都是你。瞧，瞧啊，四张纸！喏，这里角上还有一颗心。左巴说这是他自己画的。你瞧，爱情从这边穿到那边。看，下面还有两只鸽子相拥抱，翅膀上有小得看不见的字，用红墨水写的两个缠在一起的名字：霍顿斯——左巴。”

既没有鸽子，也没有名字，可是老歌女小眼睛里已满眶泪水，看到啦她想要看的东西。

“没有别的啦？没有别的啦？”她仍不满足，接着问。

翅膀、理发匠的肥皂水、小鸽子，这些都十分美好，而只是一些词儿，空的。可她，女人的实际头脑，要求一些更实在、更可靠的东西。她在一生中听过多少这种好听的话！她从那里得到了什么好处呢？经过多少年的艰苦挣扎后，仍旧孑然一身，孤立无援。

“没有别的啦？”她还是用责怪的口吻低声问，“没有别的啦？”

她像一只走投无路的母鹿似的看我。我可怜她。

“他还说了一件非常非常重要的事儿，霍顿斯太太。”我说，“所以我把它留到最后。”

“说吧……”她叹口气说。

“他说，他一回来就流着眼泪给你下跪，求你嫁给她。他再也受不了啦。他要娶你做他心爱的妻子，霍顿斯·左巴太太。这样你们就再也不分开了。”

这回，她真的泪如泉涌。这正是她梦寐以求的极大的欢乐，也是她的终身憾事！能躺在一张坚贞的床上，得到安宁，她再也没有别的奢望。

她捂住了眼睛。

“好，”她以贵夫人屈尊的神态说，“我接受。可是，请你写信告诉他，在这个村子里，没有橙花花环。他得从坎迪亚捎来。还要捎两支系着粉红丝带的白蜡烛、上等巴旦杏仁心糖。再有，给我买一件白色的结婚礼服、丝袜、缎面浅口皮鞋。床单已经有了，告诉他，不用捎了。床也有现成的。”

她开列了采购单。她已把丈夫当作跑腿的使唤了。她站起来，顿时摆出一副俨然是已婚妇女的神态。

“我有一件事想跟你提，是件严肃的事。”她说，接着她停了下来，显得很激动。

“说吧，霍顿斯太太。我听你吩咐。”

“左巴和我都很喜欢你。你宽厚，你不会让我们丢人。你愿不愿意当我们的证婚人？”

我吓得一愣。从前我父母家里有一个老女用人，叫迪亚芒杜拉，六十多岁了。老处女的独身生活把她弄成半疯，神经质，枯萎。胸脯塌陷，长着唇髭。她爱上了一个叫米佐的本街坊杂货店的伙计，是一个邋遢不堪的年轻农民，吃得肥头大耳，没长胡子。

“你什么时候娶我？”每星期天她总是这样问他。“娶我吧！你怎么能憋得住？我可受不了啦！”

“我也受不了了，”狡黠的伙计为了讨好顾客哄骗她说，“我也受不了了，我的好迪亚芒杜拉，可得耐心点，等我长出小胡子，我也……”

就这样，一年一年过去了。老迪亚芒杜拉耐心地等待着。她的神经平静下来，头痛减轻，从未接过吻的苦涩嘴唇露出微笑。她洗衣服更加仔细，砸盘子不那么经常了，菜也不再烧糊了。

“你愿意给我们当证婚人吗，少东家？”有一天晚上她悄悄地问我。

“当然愿意，迪亚芒杜拉。”我边回答，边感到喉头哽塞。

这件事使我非常难过。所以，当我听到霍顿斯太太用同样的话问我时，我吓愣了。

"当然愿意，"我回答她说，"这使我感到荣幸，霍顿斯太太。"

她站起身，理了理露在帽外边的鬈发，舔了舔嘴唇。

"晚安，"她说，"晚安。希望他快点回来。"

我看着她离去，步履蹒跚，但仍做少女姿态，摇晃着年迈的身躯。欢快使她生出翅膀。她那双歪扭的旧浅口皮鞋在沙滩上踩出一个个深深的印痕。

她还没有绕过岬角，沿着海滩就传来凄厉的喊叫和哭号。

我起身向前奔去。在对面的海角上，妇女们发出的号叫声，就像在唱挽歌，我攀登上一块岩石眺望，男男女女从村里朝这里奔来。狗跟在他们后头吠。两三个骑马人跑在前头，掀起一片尘土飞扬。

"准出事了。"我心想，急忙朝海角跑去。

喧哗声越来越大。太阳西落。几朵玫瑰色的彩云悬挂在天空。小姐树上新叶满枝。

霍顿斯太太转过身来往回走。头发蓬乱，气喘吁吁，掉了一只鞋。她手里拎了一只鞋，边跑边哭。

"天哪，天哪！……"她朝我喊着。

她踉踉跄跄，差一点跌倒在我身上。我把她扶住：

"你哭什么呀，出什么事了？"

我帮助她穿上鞋子。

"我怕……我怕……"

"怕什么？"

"怕死。"

她嗅到死神的气味，吓得惊惶失措。我拽她那只肌肉松弛的胳膊，可她的身子不肯动，直哆嗦。

"我不愿意，我不愿意……"她喊道。

这可怜的，她害怕走近死神出现过的地方。不能让卡伦[1]看见她，想起她来……就像所有的老人一样，我们这可怜的老歌女恨不得躲到草里，变成绿色；躲进泥土里，变成深褐色。她生怕卡伦认出她来，把脑袋缩到肥胖的驼背双肩里，全身颤抖。

她拖着脚步走到一棵橄榄树下，抖开她那件满是补丁的大衣，然后倒在地上。

“把这给我盖上，好吗？”她说，“给我盖上，你到那边去看看吧。”

“你冷了？”

“我冷，给我盖上。”

我尽可能细心地给她盖上大衣，让她和土地结合在一起，然后我才离开。

我走过岬角，听到传来的挽歌。米米杜从我面前奔跑过去。

“发生什么事了？”我问道。

“他淹死了！淹死了！”他边跑着，边回答我说。

“谁呀？”

“马弗朗多尼的儿子巴弗利。”

“为什么？”

“寡妇……”

这个词悬挂在空中，变幻出一个柔媚、危险的寡妇身影。

我走到全村人都聚集在那里的岩石群。男人沉默，光着头；女人头巾披在肩上，发出绝望的尖叫。一具肿胀起来的青灰色尸体躺在卵石地上。老马弗朗多尼站在尸首前，一动不动，注视着死者。他右手拄着拐杖，左手攥着灰色的拳曲胡须。

“你该死，寡妇！”忽然爆发出一声刺耳的尖叫：“上帝饶不了

---

①卡伦（Charon），希腊神话中在斯蒂克斯河上度亡灵往冥府的神。

你！”

一个妇女霍地跳起，面向男人：

“你们这里就没有一个男人叫她跪下来像羊似的把她杀掉？呸！一群胆小鬼！”

她朝不吭声看着她的男人们啐唾沫。

咖啡店老板康杜马诺利奥出来反驳：

“不能侮辱我们，德莉卡利娜，”他喊道，“你不能瞎说。我们村子里有好样儿的，你瞧着吧。”

我按捺不住了。

“你们真可耻，朋友们！”我喊道，“那女人有什么责任啊？这是天意。你们就不怕上帝？”

可是，没有一个人答茬儿。

死者的堂兄弟曼诺拉卡斯，弯下高大的身子，双手抱起尸体，带头朝村子走去。

女人们尖声叫喊，抓自己的脸，撕扯自己的头发。当她们看见尸体被抬走，就扑上去，紧紧抓住它。可是，老马弗朗多尼挥舞拐杖，把她们赶开，自己走到队伍的前面。于是，她们跟在他后面唱挽歌。最后走的是沉默的男人们。

众人在暮色中消失，大海又传来了平静的呼吸声。我看了看周围，只有我独自一人停留在这里。

“我该回去了，”我心想，“又是一个辛酸的日子。”

我走在小路上，默默地想着。我赞赏这些人。他们如此紧密、如此热情地与人类的苦难结合在一起：霍顿斯太太、左巴、寡妇和那为解除痛苦而勇于投身大海的那个面无血色的巴弗利、叫喊把寡妇像一头羊似的杀死的德莉卡特利娜、不在人前流泪，甚至一言不发的马弗朗多尼。只有我一人无动于衷，保持理智，我的血液不沸腾，不热爱也不憎恨。我现在依然遵循懦夫的做法，把对一切事物的安排全都推托给命运。

在黄昏的微光中，我认出阿纳诺斯蒂老爹。他还在那里，坐在一块石头上。他下巴顶着长拐杖，凝视大海。

我喊他，他听不见。等我走近了，他看见我，摇了摇头：

“可怜的人类，”他低声说，“一个年轻人的生命完蛋了！可这个不幸的人，他受不了痛苦，跳海淹死了。现在，他得救了。”

“得救啦？”

“是的，孩子。他得救了。他活着又会怎么样呢？要是他娶了寡妇，很快就会发生争吵，甚至身败名裂。她就像一匹放荡的母马。一见到男人，她就嘶叫。要是他不娶她，他苦恼一生，念念不忘失去了最大的幸福！前面是深渊，后面是悬崖绝壁。”

“别这么说，阿纳诺斯蒂老爹。听了你的话，就都没指望了。”

“哪里会！别害怕。谁也不听我的。要是有人听我的，也不信。你瞧，有谁比我更走运？我有田地，有葡萄园、油橄榄园和一幢两层楼房，很富有。我娶了一个善良温顺的妻子，光给我生儿子。我从来没有见过她在我面前抬起眼皮看我。我的儿子个个都是好当家的。我没的可抱怨的。我还有孙子。我再也无所求了。我扎下了深深的根。可是，如果我得再从头开始的话，我就会像巴弗利一样，在脖子里拴一块石头去投海。生活是艰苦的；即使对于那些走运的人来说，生活也艰难，该死的！”

“你还缺什么，阿纳诺斯蒂老爹？有什么可抱怨的呢？”

“我跟你说，我什么都不缺。但你试试探索一下人的心吧。”

他沉默了一会儿。他又凝视那开始变阴暗的大海。

“嗯，巴弗利，你干得好！”他边挥舞他的拐杖边喊。“让女人们号叫去吧。女人嘛，她们没有头脑。你现在得救了，巴弗利。你的父亲很清楚，所以他一声没吭。”

他环视已经黑暗下来的天空和山峦。

“天黑了，”他说，“我们回去吧！”

他忽然停了下来，似乎后悔他无意中说出的话，仿佛泄漏了一个他现在想收回的重大秘密。

他把一只消瘦的手放在我的肩膀上：

“你年轻，”他笑着对我说，“不要听老头们的。要是世界都听老头的话，那就全完了。要是你遇上一个寡妇，你就冲上去。娶了她，生孩子。别犹豫。麻烦的事就是给年轻人预备的。”

我回到了海滩，升火准备晚茶。我又累又饿，狼吞虎咽大吃起来，享受动物的幸福。

忽然，米米杜把他那扁平的小脑袋从窗口伸进来。他看见我正蹲在火旁边吃饭，向我狡黠地微笑。

“你来干什么，米米杜？”

“老板，寡妇让我给你送点儿东西来……一筐橘子。她说这是她果园里最后剩下来的。”

“寡妇送的？”我心慌了一下问，“她为什么给我送东西？”

“她说为你今天下午向全村人替她说了好话。”

“什么好话？”

“我不知道。我只是传达她说的话就是了。”

他把一筐橘子倒在床上，满室飘香。

“你向她说，我谢谢她的礼物，叫她小心提防！她必须注意自己的行动，千万不要在村子里露面，你听见了没有？叫她在家里呆些时候，直到大家把这不幸的事忘掉。你懂了吗，米米杜？”

“就这些吗，老板？”

“就这些。走吧！”

米米杜对我使了个眼色：

“就这些吗？”

“滚吧！”

他走了。我剥了一个橘子，汁多，像蜜一样甜。我躺下，睡着了。整夜在柑橘树下徘徊。暖风吹来，我敞开的胸膛鼓起，耳朵后面夹着一枝罗勒。我成了二十岁的青年农民，在柑橘园里走来走去。我吹着口哨等待。我等谁，我不知道。可我的心欢快得快要爆裂。我捻着小胡子，在柑橘园后边，听大海像女人般叹息。

第十五章
十五年算什么

那天，从南边，从大海那边，从非洲沙漠刮来一股强劲的热风。细沙旋转成大片尘埃，钻进人们的喉咙和肺腔。牙齿吱嘎作响，眼睛发烧，必须紧闭门窗才不致吃到落在面包上的沙子。

天气沉闷。这些日子令人感到压抑。我也受到春天苦恼的侵袭，感觉疲倦，胸中急躁不安，全身刺痒，对简单而极大的欢乐发生欲望——欲望或者是想念。

我走上一条山间石子小路，忽然心血来潮，想去访问那经过三四千年后又出现在地面上，重新沐浴在可爱的克里特阳光下的小米诺斯[①]城。我心想，也许经过三四个小时的散步，疲劳会把这春天的烦躁驱散。

光秃秃的灰石头，光秃得发亮。我喜欢这粗糙荒野的山。一只被强光弄花了眼的猫头鹰，栖息在一块庄严、秀美而神秘的石头上。我走的步子很轻，但它还是受惊了，从石头间无声飞去而消失。

空气中，百里香芬芳飘溢。荆豆的嫩小黄花在荆棘丛中初放。

我来到雉堞圮毁的小城，惊愕不已。中午，烈日当空，俯射残垣断壁。在坍塌的古老城市，这是一个危险的时刻。空气中满布叫声和精灵。一根树枝发出折断声，一只蜥蜴滑动，一块浮云投下阴影，都使你惊惶。你踏上的每一寸土地都是一个坟墓，死人在呻吟。

眼睛逐渐习惯了强光。现在从这些石头中，看出了人的业绩。两条

---

①米诺斯，指公元前2800—前1100年前后，以克里特为中心发展起来的米诺斯文化所在地。

用光洁的石板铺成的宽阔马路，左右两边是狭窄的弯曲小巷。中间有一个圆形的广场，王宫则以民主式的屈尊姿态建在广场旁边。双柱，宽阔的石台阶和许多附属建筑。

在城中心，地面石头被人踩踏磨损得最厉害的地方，必定是神庙的原址。崇高的女神——两乳房硕大，分居左右，手臂缠蛇——就在这里。

小商店、作坊、油坊、铁铺、木器工场、陶瓷厂比比皆是。一个设计巧妙、位置安全的蚂蚁窝，而蚂蚁已于几千年前消失。在一个作坊里，一名工匠正在把一块花纹石雕成双耳尖底瓮，但他没有来得及完成作品，凿子就从他手中落了下来，直到千百年后，人们才重新发现他倒在未完成的作品旁边。

一些永久的徒劳而愚蠢的问题：为什么？有什么用？又一次回来折磨你的心。这个未完成的双耳尖底瓮——艺术家灌注其中的欢快和坚定的热情忽然被粉碎——使我感到辛酸。

突然，一个小羊倌在坍塌的宫殿旁的一块石头上站起来。他被太阳晒得黝黑，膝盖也是黑乎乎的，一块带穗的头巾缠着他拳曲的头发。

“喂，伙计。”他向我喊。

我想一个人待着。我装作没有听见。可是小羊倌嘲弄似的笑了。

“呃，伙计，你耳朵聋啦！你有烟卷吗？给我一支。在这荒凉的地方，我心烦。”

他把最后一个字拖长，音调悲怆，使我不由对他产生恻隐之心。

我没带烟。我想给他钱，可是小羊倌生气了：

“钱，见鬼去吧。”他喊道，“我要钱干什么？我，我心烦。我跟你说，给我一根烟！”

“我没有烟，”我感到十分抱歉地说，“我没有！”

“你没有烟？”小羊倌怒吼道，并用铲头木棒使劲砸地，“你没有！那么，你兜里装的是什么？鼓鼓囊囊的。”

“一本书、手绢、纸、铅笔和小刀。”我边回答边把一样一样东西从兜里掏出来。“你要这小刀吗？”

“我也有一把。我什么都有：面包、奶酪、油橄榄、刀锥子、补靴的皮子和一葫芦水。什么都有！可就是没有烟卷。这就像我什么都没有似的！你在这废墟上找什么？”

“我研究古物。”

“你看出什么名堂来了吗？”

“没有。”

“我也没看出什么来。这些都是死的，可我们活着。你还是走吧！”

好像这里的神灵赶我走。

“我走。”我顺从地说。

我急忙返回小路，心里有些惶惑不安。

过了一会儿，我回头看见那烦闷的小羊倌还站在石头上。鬈发露出黑色头巾，随南风飘动。他从额头到脚光芒闪烁，仿佛是在我面前的一尊青年男子铜像。这时，他把铲头牧棒横在肩上，吹起口哨来。

我走上另一条路，朝海滨走去。

热风和从附近花园飘出的芳香不时地向我袭来。大地喷香，海笑，天蓝，发出钢铁般的光辉。

冬天使我们的身体和灵魂枯萎，而这时来到的暖流使我们胸膛舒展。我向前走，忽然听见天空中一阵刺耳的呱呱叫声。我抬起头，看见从我孩提时候起就总使我震惊的奇妙景观：鹤群像一支部队，摆开整齐的阵式，它们就仿佛传说中讲的，在翅膀上和瘦削身体的坑凹处背着燕子，从热带国度飞回来。

一年四季永恒不变的节奏、世界的轮回、地球的四面轮流被太阳照亮、生命流逝——这一切又使我感到心情压抑。随着鹤群的叫声，我心中又响起一个骇人的警告：此生是人的唯一的一生，再没有别的人生。

因此，人能享受的就一定要在这里享受。在永恒中，我们再没有别的机会。

一个人听到这个无情的警告——这又是个富有怜悯之心的警告——就决心克服自身的弱点、狭隘、卑鄙，克服懒惰、好高骛远，而竭力抓紧飞速流逝的每一秒钟。

想到一些伟大楷模，你就清楚地看到自己是一个失落的人。你把生命消磨在俗人的欢乐、忧伤和无聊的言谈中。你咬嘴唇，喊叫："可耻！可耻！"

鹤群掠过天空在北方消失，但在我脑海中它们继续发出嘶哑的声音，从我的太阳穴一边飞到另一边。

我来到海边，沿着水域快步行进。独自一人在海边走是多么令人焦虑不安！每一朵波浪，空中的每只飞鸟都向你呼唤，提醒你的职责。当人们结伴而行，彼此说说笑笑就使人听不见波浪和鸟的言语。当然，也许它们什么也没有说。它们看着你们走过喋喋不休就没吭声。

我躺在卵石上，闭起眼睛。"那么灵魂是什么呢？"我感到纳闷，"灵魂和大海、云彩、芬芳之间有什么秘密联系？灵魂本身也就是大海、云彩和芬芳……"

我站起身，又开始行进。仿佛我作出了一个决定。什么决定？我不知道。

突然，我听到身后一个人的声音：

"你到哪儿去，老板？上修道院？"

我转过身去，一个没有拿拐杖、用黑头巾缠着白发的矮胖健壮老人，笑着朝我挥手。一位老妇人跟在他的后面，再后面是他们的女儿。她是一位黑发棕肤姑娘，头上披盖的一条白色方巾下露出一双怯生生的眼睛。

"上修道院去吗？"老人再一次问我。

我顿时想起我曾经决定到那里去的。几个月来，我一直想去看看这座建在海边附近的小女修道院，但始终下不了决心。这个决定是我今天下午突然作出的。

“是的，”我答道，“我上修道院去听圣母颂。”

“愿她降福于你！”

他紧走几步，赶上我。

“你就是人们说的煤炭公司？”

“就是我。”

“那好，愿圣母让你财运亨通！你为村里做好事，你让有家小的穷汉子能养家糊口。愿上帝降福于你！”

过了一会，狡黠的老人心里知道生意不好，添上几句安慰的话：

“即便不赚钱，孩子，你也别发愁。到头来你还是赚了。你的灵魂将直接进入天堂……”

“我也这么希望，老爹。”

“我没有多少文化，但有一次我在教堂里听到基督说的几句话，一直刻在我脑子里忘不了。‘卖掉，’他说，‘卖掉你所拥有的一切，去买一颗大明珠。’这颗大明珠就是灵魂得救，孩子。你，老板，你正走在得到大明珠的路上。”

大明珠！有多少次它在黑暗中像一大滴泪珠似的在我思想中闪耀？

我们开始朝前走。两个男人在前，两个女人挽着胳膊跟在后面。我们不时地说上一两句话：“油橄榄开花保得住吗？要下雨吗，把大麦催上去。”显然，我们两人都饿了，话题不离食物。而且不想改变话题。

“你喜欢吃什么菜，老爹？”

“什么菜都喜欢，孩子。说这好，那坏，挑剔饭菜是造罪。”

“为什么？难道就不能选择？”

“不能。当然不能。”

“这又是为什么？”

“因为还有人在挨饿。”

我沉默了，感到惭愧。我的心从未达到这么高尚和同情的境界。

修道院的小钟响了。欢快、打趣，仿佛女人的笑声。

老人画了个十字。

“愿殉难贞女拯救我们！”他低声说，“一把刀戳进她喉咙，血流出来，在海盗时期……”

老人描绘起贞女的苦难，仿佛在讲述一个真正的女人，一个遭受劫难的女青年逃亡者，流着泪，带着孩子从东方来，被非基督教徒刺杀。

“每年一次，她的伤口流出真正的热血，”老人接着说，“我记得有一回，她的节日那天，那时候我还没有长胡子。人们从山上各村走来参拜贞女。那天是八月十五。我们男人躺在院子里睡觉。妇女们在屋里。我睡着的时候，听见贞女在喊。我赶快起来，直奔圣像。我用手摸她的脖子。我看见什么了？我的手指上满是血……”

老人画十字，转过头去看他后边的妇女。

“快走吧，妇女们，”他喊道，“加把劲，这就到了。”

他压低嗓子说：

“我那时还没有结婚。我在圣像前趴下，决定离开这个谎言世界，出家为僧……”

他笑了。

“你笑什么，老爹？”

“真有可叫你笑的，孩子。就在过节这一天，魔鬼穿上女人衣服，站在我面前。这就是她！”

他没有转身，翻过大拇指朝后边指了指。他是指不声不响跟在我们后面的那老婆儿。

“现在别看她，她叫人看着恶心。”他说，“当年，她像条鱼似的是个活蹦乱跳的姑娘。人家管她叫‘长眉毛美人’，那丑八怪当时还真配得上这名称。可现在，唉！我的天！她的眉毛都哪去了？一根毛都没了。”

这时，我们后面的老妇人像一头被链子系着脖子的恶狗闷声嗥叫，但没吐出一个字来。

“那里就是修道院。”老人伸手指着说。

这座颜色洁白、光辉闪烁的小修道院建在海边的两块巨石中间。寺院的中央是教堂的圆屋顶——新近粉刷过，小小圆圆的，像女人的乳房。教堂周围有五六间蓝门的修女小屋。院子里有三颗参天柏树。沿墙是一些花朵盛开的霸王树。

我们加快了步伐。唱圣诗的优美声调正从祭坛间开着的窗户传出来。含盐的空气中飘荡着安息香的芬芳。半圆拱腹下的大门正对着遍地黑白卵石，香气扑鼻、打扫得干干净净的院落敞开。沿墙的左右两侧种着一排排迷迭香、荣乔栾那和罗勒盆花。多么宁静，多么优美！现在，太阳西落，在白灰粉刷的墙上撒上了一层玫瑰色。

热烘烘的小教堂里，光线昏暗，散发出蜡烛气味。善男信女在香烟缭绕中挪动。五六个身上紧裹黑袍的修女用甜美的高音唱着“全能的上帝”的圣歌。她们不断地跪下，人们可以听到她们的黑袍下摆发出像鸟翅膀似的沙沙声。

我已多年没有听到圣母赞歌了。在我少年的叛逆时期，我每经过一座教堂，胸中都充满愤怒和蔑视。随着岁月的流逝，我变得温和了。我甚至不时地参加宗教节日活动：圣诞节、斋戒前夜的祝祷仪式、复活节。我高兴地看到在我身上潜在着的童心又复活了。往日神秘的激动情绪降为美的享受。野蛮人认为，一种乐器一旦在宗教仪式中不再使用，就失去神力而只能发出一些悦耳的声音。同样，宗教在我身上降格：它变成了艺术。

我走到一个角落，靠在被信徒们的手摸得像象牙一样光滑的亮晶晶的长排坐椅上。我听，我陶醉在时代久远的拜占庭赞歌中：“万福马利亚！凡人的心灵达不到的绝顶！万福马利亚！连天使的眼睛都看不到底的深渊！万福马利亚！纯洁无瑕的新娘，啊，永不凋谢的玫瑰……”

修女们头向前，匍匐在地上。她们的长袍下摆再一次像鸟翅膀似的沙沙作响。

时间一分钟一分钟地过去，仿佛长着带安息香气味翅膀的天使，手拿合拢的百合花，歌唱着美丽的马利亚。夕阳西下，暮色苍茫。我记不清我们是怎么走到院子里来的。我单独和女修道院院长以及两个修女站在一棵最大的柏树下。一个见习修女递给我一匙果酱、清水和咖啡。我们就平静地交谈起来。

我们谈论圣母马利亚的奇迹、褐煤、春天到了母鸡开始下蛋。修女尤多西娅患癫痫，她常在教堂的石板上摔倒，像条鱼似的颤动，口吐白沫，咒骂，撕破自己的衣服。

“她今年三十五岁，”院长接着叹气说，“不吉利的年岁，日子不好过。愿殉难圣母慈悲。她一定能恢复健康。过十年十五年，她就会好的。”

“十年，十五年……”我不禁惶恐，低声说。

“十年十五年算什么，”院长严厉地说，“想一想永恒！”

我没有回答。我知道永恒就是在流逝的每一分钟。我吻了院长的手——一只又白又胖散发着供香味的手，就走了。

夜幕降临。两三只乌鸦匆忙归巢。猫头鹰从树洞里飞出来觅食。蜗牛、毛虫、蠕虫和田鼠从地里爬出来供猫头鹰果腹。

神秘的蛇咬住自己的尾巴，把我围在它的圈里：大地生产又这样吞食它的孩子，然后再生新的又同样把它们吞食掉。

我环顾四周。天黑了。最后的村民都已离去。一片寂静，没有人看见我。我脱掉鞋子，把脚浸在海水里，在沙地上打滚。我觉得需要用我赤裸的身子去接触石头、水和空气。女院长说的“永恒”那个词使我恼火，感到像一个捕捉野马的套索落在我身上。我猛地跳起来挣脱。我感到需要不穿衣服，胸贴胸地紧贴着大地和大海，去确实感受这短暂的可爱的东西存在着。

“啊，大地，唯独你确实存在着！”我从内心深处喊叫出来说。“而我，我是你最小的孩子。我吸吮你的乳房，决不放开。你只让我活一分钟。而这一分钟变成乳房让我吮吸。”

我一阵寒颤，好像我冒着被投身到“永恒”这个吃人的字眼里去的危险。我记得怎么，过去——什么时候？还是前一年！——我对它热切沉思，闭着眼睛，张开双臂，想投身进去。

当我上市镇小学一年级的时候，在识字课本的第二部分里有一篇童话：一个小孩掉到井里。他在那里发现了一个奇妙的城市，里边有花朵盛开的园子，一个蜂蜜湖，一座白米饭布丁山和许多五颜六色的玩具。

我越读下去，越感到每个音节使我更深地钻进了童话里去。于是，一天中午，学校放学后我跑着回家，急忙走到院子里葡萄架下的石井边栏，我，看着那黑咕隆咚的平静水面入了迷。不久，我仿佛就看到了奇妙城市、房子、道路、一群孩子和颗粒满枝的葡萄架。我忍不住了，我把头伸下去，张开双臂，两脚用力蹬地，准备纵身投井。可这时候，我母亲看见了。她大叫一声，跑了过来，及时抓住我的腰带……

孩提时，我差点儿掉进井里。长大了，我险些掉进“永恒”这个词里，还有不少别的词：“爱情”、“希望”、“祖国”、“上帝”。每跨过一个词，我就觉得逃脱了一次危险，并且前进了一步。其实不然。我仅仅是改换了个词，我就把这叫做解脱。看我整整两年把自己悬挂在“佛陀”这个字眼上。

不过，我深深觉得，由于左巴，“佛陀”将是最后一眼井，是最后的一个危险字眼，因此，我将永远得到解脱。永远？每次都这样说。

我猛地站起来，从头到脚都感到舒畅。我脱掉衣服，跳到海里。海浪嬉戏，我逐波戏浪。到了最后，我精疲力竭，走出水面，让夜风吹干我的身子，然后上路，迈着轻快的步伐，觉得我又避开了一次大难，比任何时候都更紧地抓住大地的乳房。

第十六章
只读过一本书

我一看到褐煤海岸，就立刻停住脚步，木屋里有灯光。

“准是左巴回来了！”我心想，一时无比高兴。

我差点儿跑起来，但又克制住了自己。“得把喜悦掩盖起来，”我思量，“得显得生气，先抓住他的把柄。我派他去是办急事，可他倒好，拿钱大把花，跟酒吧歌女鬼混，晚回来十二天。我得给他点颜色看看……”

我放慢了脚步，好让自己冒起火来。我想尽办法使自己生气，皱起眉头，握紧拳头，做出各种发怒的姿态，可是都不成功。相反，越是走近木屋，我心里越发高兴。

我踮起脚尖，从透亮的小窗往里看。左巴跪在地上，生上小炉子煮咖啡。

我心软了下来，喊了一声：

“左巴！”

门一下子开了。左巴光着脚，没穿衬衣就跑了出来。他在黑暗中伸长脖子盯着看，发现了我。他张开双臂，可马上又收回去，放下来。

“很高兴又见到你，老板！”他站在我面前一动不动，耷拉着脸，犹犹豫豫地说。

我尽量放大嗓门：

“很高兴，辛苦你回来了，”我嘲讽他说，“别靠近我，你身上有香皂味。”

“啊，可要是你知道我是怎样洗刷干净了的，老板。”他说，“我给自己梳洗，刮净该死的皱皮才来见你！你瞧，我给自己拾掇了一个钟头。可是这讨厌的味……不过又有什么关系呢？这不是第一次了，它早晚总得跑掉。”

“进去吧。”我说，差一点笑出声来。

我们进了屋。屋里散发着女人的香水、香粉、香皂的气味。

“喂，这些玩意儿是干什么的呀，嗯？”当我看见箱子上摆着的手提包、香皂、长统女袜、一把小红伞和一小瓶香水时，我大声问。

“礼物。”左巴低着头小声说。

“礼物？”我装出愤怒的样子问，“礼物？”

“是的，老板。你别生气，这是给可怜的布布利娜的。复活节快到了，那可怜的……”

我再一次忍住了笑。

“最重要的东西，你可没给她带来……”我说。

“什么东西？”

“怎么！结婚用的花环嘛！”

于是，我跟他讲述了我怎样捉弄害了热恋病的老歌女。

左巴搔着头，想了一会儿。

“你这事干得不地道，老板。”他终于说，“我不客气地说，你干得不地道。开这样的玩笑，老板……女人是很脆弱的。我还要给你说多少回？女人就像个瓷瓶，摆弄它得非常小心。”

我感到难为情。我也觉得后悔，可是已经来不及了。我改换话题：

“缆绳呢？”我问道，“还有工具？”

“我全都捎回来了，别发愁！‘粮草俱备’。架空索道、劳拉、布布利娜，全都安排妥了，老板。”

他把咖啡壶从火上拿下来，给我倒满一杯，拿给我带来的小芝麻饼干和我爱吃的土耳其果仁糖。

“我带来一大盒土耳其果仁糖送给你。”他跟我亲切地说，“我没有忘记你。瞧，我还给鹦鹉买了一小袋花生。我谁都没有忘记。你看，老板，我脑袋还是好使唤的。”

我坐在地上，吃着小芝麻饼干和土耳其果仁糖，呷着咖啡。左巴也在喝咖啡，抽着烟，注视着我。他的一双像蛇一样的眼睛强烈地吸引着我。

“折腾你的那难题解决了吗，老家伙？”我语气缓和地问他。

“什么难题，老板？”

“女人是不是人呗。”

“哦，这问题已经解决了。”左巴挥动大手答道。“她也是人嘛，跟我们一样的人——而且更糟糕！一看见你的钱包，她就晕头转向。她黏住你，她失去自由，而且乐意这样。因为在她心里，钱包在闪闪发光。可是不久……不谈这些了吧，老板。”

他站起来，把烟蒂从窗户扔了出去。

“现在让我们谈谈男人的正经事儿吧，”他说，“圣周快到了。我们有了钢缆绳，上修道院去跟那些大胖子签订关于林区的合同不要等他们看到架空索道眼红起来，你明白了？事不宜迟，老板，这样懒洋洋地待着不是个事儿，现在就得有点儿收获，得让船开始来装运，抵偿开支……这次去坎迪亚，花了大钱了。见鬼，你看……”

他沉默了。我为他觉得难过。就像一个做了错事的孩子，不知道怎样去弥补过失，全身在颤抖。

“你不难为情？”我心里大声责备自己，“你怎能让这样一个人惊惶得发抖？起来，你哪里会再找到另一个左巴？起来，把一切都抹掉！”

“左巴，”我喊道，“让魔鬼去他的，我们用不着他！过去的事过去了，就把他们统统忘掉。去拿你的桑图里吧！”

他张开双手，仿佛又想拥抱我。但他仍在犹豫，又把手合拢。他一步走到墙根，踮起脚，取下桑图里。当他靠近油灯灯光时，我看见了他的头发乌黑锃亮。

“喂，坏蛋，”我大声说，“你的头发怎么啦？是从哪里冒出来的？”

左巴笑了起来。

“我把它染了，老板。你别大惊小怪，我把它染了。它把我给出卖了。”

“为什么？”

“出于自尊心呗，还用说！有一天，我拽着劳拉的胳膊溜达，还不是拽……你瞧，就这样，只是用手指头尖托着而已。一个该死的毛孩子，还没有我的巴掌大，在我们后面叫起来：‘喂，老家伙，’那婊子养的又喊，‘嘿！老家伙，你把你的孙女带到哪儿去啊？’”

“你知道，劳拉挂不住了，我也挂不住。为了不叫她因为我难为情，当天晚上我就去理发店把头发染黑了。”

我笑了。左巴严肃地看着我：

“你觉得这事好笑，老板？可是，你瞧，人是这样的一种动物。从那天起，我变成了另一个人。好像我自己也这么认为，我的头发真的黑了。你瞧，人很容易把和自己不相称的东西忘掉。真的，我的精力增强了。这劳拉也感觉到。你还记得我在这里常犯腰痛吗？行了，好了！你不相信吧。你看，这些事，你的书里就没有写吧……”

他不无讥讽地笑了，但立刻又感到懊悔：

“请原谅，老板，”他说，“我这一辈子就读过一本书：《航海家辛伯达》。我从中受益不浅……”

他取下桑图里，轻柔地解开包袱。

“到外面去吧，”他说，“在这屋里，它感到不舒服。这是一头野兽，它需要空旷的场地。”

我们走出屋外。星星眨着眼睛。银河横贯夜空。海在咆哮。

我们坐在卵石上。海浪舔吮我们的脚板。

“人在困难的时候，要寻找点欢乐。”左巴说，“嗯，怎么，困难以为会叫我们认输？来吧，桑图里！”

“弹个马其顿你家乡的曲子吧，左巴。”我说。

“来个克里特，你家乡的曲子！”左巴说，“我给你唱一段我在坎迪亚学的歌。从我认识你以后，我的生活改变了。”

他想了一会儿：

“不，它没有改变，”他说，“可是现在，我明白，我是对的。”

他把粗大的手指放在桑图里上，直起脖子。他那粗犷、沙哑而忧伤的声音响起来：

当你作出决定，不要害怕，勇往直前！
放开扼制你青春活力的缰绳，任意驰骋！

忧愁消散。细小的烦恼化为乌有。灵魂升华到达顶峰。劳拉、褐煤、架空索道、“永恒”、大大小小的烦恼都变成一股蓝烟在空中消散，只留下一只钢鸟——人的灵魂在歌唱。

“我把所有的东西都送给你，左巴！”这支豪迈的歌曲一完，我就喊道，“你所做的一切，我全都送给你——歌女、染黑的头发、所花的钱。一切一切！接着唱吧！”

他又直起他那瘦长的脖颈：

加油，他娘的。管他怎样，干你的！
不管是失败，还是胜利！

睡在煤矿附近的十来个工人听到了歌声。他们站起来，悄悄地走下来，蹲在我们的周围。他们听到了他们喜爱的歌曲，觉得双腿刺痒。

他们再也按捺不住，突然在黑暗中出现，半赤裸着上身，穿着灯笼裤，头发蓬乱，围着左巴和桑图里，在卵石子地上跳起舞来。

我深受感动，静静地看着他们。

“这就是我要寻找的真正矿脉，”我心想，“我别无他求了。”

翌日，天亮前，坑道里回荡着十字镐声和左巴的喊声。工人们干得热火朝天。只有左巴才能使他们如此卖力。跟他在一起，劳动变成了酒、歌和爱情。他们为之陶醉。在他手中，大地苏醒过来；石头、煤、木头和工人采取了他的节奏。在电石灯的白光照耀下，一场战争在坑道中爆发。左巴站在最前线与敌人短兵相接。他给每一条坑道，每一个矿脉都起了名字。他赋予这些没有面孔的力量以面孔，从而使它们难以逃脱他的打击。

“当我知道，”他说，“这条是卡那瓦洛（这是他给第一条坑道起的名字）时，我心就踏实了。知道它的名字，我就认识它。它就不敢跟我恶作剧。无论是‘女修道院长’、‘罗圈腿’，还是‘尿床丫头’都不会跟我捣蛋。它们我全都认得。跟你说，因为它们都有名字。”

有一天，我钻进坑道里，他没有看见我。

“加油！加油！”他情绪高涨时总是这样向工人们喊。“上啊，小伙子们，我们把山攻下来！我们都是男子汉，是猛兽！上帝看见我们也要发抖。你们，克里特人；而我，马其顿人。我们把这山干掉，不能让它把我们干掉！土耳其，我们都把它干掉了。这座算不了什么的山就能吓住我们了吗？上啊！”

有一个人朝左巴跑去。在电石灯光下，我认出米米杜的小瘦脸。

“左巴，”他嘟嘟囔囔地说，“左巴……”

左巴转过头来，一看见米米杜，立刻就明白了。他扬起大手：

“给我滚！”他吼道，“滚蛋！”

“是太太叫我来的。”傻子结结巴巴地说。

“给我滚。我告诉你，我们在干活！”

米米杜拔腿飞跑。左巴很恼火，啐了一口唾沫。

“白天是干活的。”他说，“白天是男子汉。晚上是玩乐，晚上，是女人。不能混为一谈！”

这时我向前走去。

“朋友们，”我说，“中午了，是歇工吃饭的时候了。”

左巴转身，看见我，沉下脸来说：

“对不起，老板，”他说，“这里你别管啦。你去吃饭吧。我们缺勤十二天，得给补上。你多吃点！”

我出了坑道向海边走去。我打开手里合着的书。我本来饿了，却忘掉了饿。“沉思也是一座矿山，”我心想，“来吧！”我投身到大脑的坑道里。

一本令人不安的书，描写西藏白雪覆盖的大山、神秘的寺院、身披红色袈裟的喇嘛在沉默中，集中了他们的意志，迫使苍天呈现他们所愿望的形状。

在高山顶上，空中布满神灵。人世虚浮的喧嚣达不到那里。伟大的苦行者带着他的弟子——十六到十八岁的少年，半夜里来到山上的冰湖。他们脱掉衣服，凿开冰层，把他们的衣服浸在冰水里，再披在身上晾干。然后再次浸到水里，再次披到身上。这样反复七次之后，他们回到寺院做早晨的佛事。

他们登上海拔五六千米的顶峰。安然坐下，均匀地深呼吸，赤裸着上身而不觉寒冷。他们双手捧着一碗冰水，注视着它，全神贯注，把力量注入冰水，于是水开了，然后冲茶。

伟大的苦行者把弟子们叫到周围，对他们说：

“在其自身找不到幸福泉源的人该当遭殃！”

“存心向人讨好的该当遭殃！”，

“感觉不到今生与来世合为一体的人该当遭殃！”

夜幕降临。我无法再读下去。我合上书本，凝视大海。“一定要，”我想，“我一定要从所有我的这些幽灵中解脱出来。”我喊道，“谁不能从佛陀、诸神、祖国等意念中摆脱出来，就该当遭殃！”

大海突然变成一片黑暗。新月落山。远处，守家院的狗哀声号叫，吠声响彻山沟。

左巴来了，囚首垢面、泥泞满身、衬衫破烂。

他在我身旁蹲下：

“今天挺顺利，”他满意地说，“活儿干得不错。”

我听到了左巴的讲话，可是没有明白他的意思，因为我的心思还在遥远而神秘的悬崖峭壁上。

“你在想什么，老板？你心不在焉。”

我收回遐想，转过头去，打量我的伙伴，摇了摇头：

“左巴，”我答道，“你想象自己是一个了不起的航海家辛伯达。你吹牛吹得天花乱坠，因为你多次航海对世界有点认识。可是没有看见什么，什么都没有看见，傻瓜！当然我也没有看见。世界比我想象的大得多。我们旅行，穿过一些国度和海洋，但我们还没有把鼻子伸出我们的房门槛。”

左巴缩拢嘴唇，一言不发。他只是嘟囔，像一条忠实的狗挨了打。

“有些山，”我接着说，“高大雄伟，满布寺院。在这些寺院里生活着身穿红袍的僧人。他们盘腿静坐，一个月，两个月，半年。他们心无二用，只想着唯一的一件事。唯一的一件事，你听见没有？不是两件，是一件事。他们不像我们似的，想女人和想褐煤，或想书本又想褐煤。他们的精神集中在一件事上而创造出奇迹。只有这样，才能出现奇迹。你看见过没，左巴？当你把一个放大镜搁在太阳下边，把所有的光聚集到一个点上，这一点很快就燃烧起来。为什么？因为太阳的力量没有分散，全集中到一个点上。人的精神也一样。当人集中精神在唯一的一件事上时，奇迹就会出现。你明白吗，左巴？”

左巴喘了一口气。过了一会儿，他晃了晃身子，仿佛想溜掉。可是他又克制住了。

“接着说吧。”他用哽住的声音说。

可是他一下子忽地站起来，站得直挺挺的：

“别说了！别说了！”他吼道，“你干吗跟我说这些，老板？你干吗要毒害我的心？我本来在这里挺好，你为什么要搅乱我的心？是上帝是魔鬼（我才分不出他们有什么不一样呢），扔给我一根骨头，我就去舔。我摇头摆尾喊，‘谢谢！谢谢！’现在可好……”

他跺脚，转身朝我做出一个要回木屋的动作，可是他还在恼火，停下脚步。

“呸！好根骨头……”他咆哮，“一个该死的老歌女！一条该死的老破船！”

他抓起一把小卵石子，扔进海里。

“可这是谁啊？”他喊道，“是谁给我们扔骨头？”

他等了一会儿，听不到任何回答，恼火了。

“你怎么不吭声，老板？”他喊，“要是你知道，就告诉我，好让我也知道他的名字。你别担心，我会把他给你照顾好！可万一这样的话，该走哪条路呢？我就自杀。”

“我饿了，”我说，“你去做饭，我们先吃饭。”

“人不吃饭一个晚上都顶不住，老板？我过去有一个叔叔是僧人，一个星期里除水和盐外什么都不吃。礼拜天和盛大节日，他才加上一点麸子。可是，他活了一百二十岁。”

“他活了一百二十岁，左巴，因为他有信仰。他找到了上帝，没有任何忧愁。可是我们，左巴，上帝不会来喂养我们。那么就快升火吧。我们有几条鲷鱼，做一锅稠糊的热汤，里面多放葱头和胡椒，照我们平时喜欢的那样做，完了再瞧。”

“再瞧什么？”左巴气着说，“填饱肚子，什么都忘了。”

“我正想这样！这就是吃食的好处，左巴。去吧，我们做一锅鱼汤，老伙计，不，我们的脑袋就要爆炸了。”

然而，左巴没有动弹。他站在那里一动不动，看着我。

“听我说，老板，”他说，“我明白你想做什么。听了你刚才一说，我豁然开朗，电光一闪全看见了。”

“那我想做什么，左巴？”我惊讶地问。

“你想盖一座寺院。不就是这个吗？在这个寺院里，你要安置进去的不是僧人，而是像你老爷这样的吃笔墨饭的人，让他们日日夜夜成天在那里涂涂抹抹。然后，就像我们看到画上的圣徒似的，从你们嘴里吐出印上字的带子。嗯，我猜着了吧？”

我低下头，感到悲伤。青年时期的旧梦，羽毛脱落的大翅膀，天真、豪迈、崇高的热望……设立一个精神集体。十几个志同道合的好友——音乐家、画家、诗人……关起门来，白天工作，晚上聚会，吃饭，唱歌，阅读，讨论人类的大问题，推翻传统的答案。我已经为集体起草了章程，甚至在希梅特山口猎人圣·约翰那里找到了一幢房子……

“我猜得不错吧。”左巴见我沉默不语，他高兴地说道。

“那好，我就要求你一件事儿，神圣的住持：在这座寺院里，你雇我当看门的，那我就可以走私，可以不时地放过一些奇特的商品：女人、曼陀林、大肚瓶拉吉酒、烤乳猪……所有这些都是为了不让你把一生全都浪费在毫无意义的日子里！”

他边笑，边快步朝木屋走去。我急忙在后面追赶。他不吭声洗鱼。我去抱柴禾，生上火。汤煮好了。我们拿汤匙，就着锅喝起来。

我们谁都没有说话。一整天我们什么都没吃，这时两人狼吞虎咽。我们喝了酒，又愉快起来。左巴开口了：

“要是现在看见布布利娜太太来这儿倒很有趣，老板。就缺她了。可是，你想我跟你说心里话，老板，我真想她，见鬼！”

“你现在不问谁扔给你这根骨头了吗？”

“这跟你有什么关系，老板？这是干草堆里的一只跳蚤。拿起骨头来，用不着管是谁扔的。骨头有没有滋味，上面还有没有一点肉？问题在这儿。至于其他……”

“吃食创造奇迹。”我拍着左巴的肩膀说，“饥饿的身体平静下来了吧？那么，提问的灵魂也该平静下来了。把桑图里拿来！”

当左巴站起来时，听到石子路上急促而沉重的脚步声。左巴用露出毛的鼻孔嗅了嗅。

“说狼狼就到。”他边小声说，边拍自己的大腿。“她来了。母狗在空气中闻到左巴的气味，就来了。”

“我走了。”我边说边起身，“我心烦，出去兜一圈。这里我就不管了！”

“晚安，老板！”

“别忘了，左巴，你答应跟她结婚的，别叫我失信！”

左巴叹了一口气：

“还要结婚，老板？我腻味。”

香皂味越来越近了。

“振作起来，左巴！”

我赶忙走出来，已经听到外面老歌女的喘息声。

第十七章
我能拯救她

第二天拂晓，我被左巴的声音惊醒。

“这么早你就发疯，你喊什么？”

“我们得办事去，老板。”他一面说，一面往帆布包里装食物。

“我牵来了两头骡子，起来吧，我们上寺院去签约，把架空索道的事办了。狮子只怕一样东西：虱子。虱子能把我们吃掉，老板！”

“你为什么把可怜的布布利娜比作虱子？”我笑着说。

左巴装作没有听见。

“走吧，”他说，“趁太阳还没有升起来。”

我正恨不得登山一游，呼吸松树的味道。我们骑上牲口起程，在矿前，停了一会儿。左巴吩咐工人：“从‘女修道院长’开挖，在‘尿床丫头’掘渠放水，清理‘卡那瓦洛’。”

太阳光芒四射，犹如一颗晶莹皎洁的钻石。我们越往上攀登，精神也随之净化而升华。我又一次地感到清新的空气、轻松的呼吸和广阔的视野对精神的作用。好像精神也是有胸腔和鼻孔的动物，它需要大量的氧气。它会在灰尘和过去污浊的气息中窒息。

当我们进入松林时，太阳已升高。空气中蜜香飘溢。风从我们头上吹过，像海浪般飒飒作响。

一路上，左巴观察山的坡度。在他思想里，每隔几米他就竖立一根标杆。举目眺望，仿佛缆绳在阳光下闪亮，直接延伸到海滩。砍下来的树干吊在缆绳上，像箭一般呼啸而下。

他搓着双手。

“好生意！”他说，“一座金矿！将来钱得使簸箕撮。我们说的事儿就可以干起来了。”

我惊奇地看着他。

“哎，你好像全都忘了！我们盖寺院之前，先上大山。你管那大山叫什么来着？”

“西藏，左巴。西藏……可只许我们两个人去，那地方容不得女人。”

“谁跟你说女人啦？不过她们还是挺有用的。这些可怜的，别说她们的不是。什么时候男人没有男人的活儿可干：挖煤、打仗攻城、跟上帝唠叨，没这些活儿干的时候，女人就很有用处。这时候你想不给憋死的话，能干什么别的呢？喝酒、掷骰子、搂女人，等……等候末日来临——要是它来的话。”

他沉默了一会儿：

“要是它来的话！”他气愤地重复说，“也许它永远不会来。”

又过了一会儿：

“不能这样拖下去，老板。”他说，“要么地球变小，要么我变大，不然的话我就完蛋。”

松林里出现一个修士。红头发，黄脸，衣袖撩起，头戴棕色粗呢圆帽。他手里拿着一根铁棍，边大踏步走边敲地。当他见到我们时，就停下来，举起他手里的棍子：

“你们上哪儿去？”他问道。

“修道院，”左巴答道，“祷告去。”

“掉头回去，基督徒们！”修士喊道，他的淡蓝色眼睛发出愤怒的火花。“掉头回去，要是你们听我劝的话！

“修道院不是圣母的果园，是撒旦的园子。贫穷、谦卑、贞洁，他们说这是僧人的荣誉。嘻！嘻！嘻！回去吧，我跟你们说。金钱、傲慢、童男！这就是他们神圣的三位一体！”

“这家伙真有趣，老板。”左巴高兴地悄悄对我说。

他朝他弯下身子说：

“你叫什么名字，修士？”他问道，“你从哪儿来的？”

“我叫扎哈里亚。我收拾行李开路了。我走，马上就走，我再也呆不下去了！请告诉我你尊姓大名，老乡。”

“卡那瓦洛。”

“再也呆不下去了，卡那瓦洛兄弟。基督整夜哼哼，哼哼得我没法睡觉。那我也跟他一块哼。于是院长——他该下地狱挨火烧——今天一早就把我叫了去：

“怎么，扎哈里亚，”他对我说，“你不让兄弟们睡觉？我要把你赶走。”

“是我不让他们睡觉？”我问他，“是我还是基督？是他哼哼！”

“于是他拿起他的权杖，这个反基督，得，你瞧！”

他脱下帽子，露出他头发上的一块血痂。

“这样，我掸了掸鞋上的灰尘就走了。”

“跟我们一起回修道院去吧，”左巴说，“我替你跟院长说和说和。来吧，你也陪陪我们，给我们带路。你真是老天爷差遣来的。”

修士想了一会儿，目光一亮：

“你给我什么酬劳？”他终于说出。

“你想要什么？”

“一公斤咸鳕鱼和一瓶白兰地。”

左巴弯下身去瞧他。

“会不会有个魔鬼附在你身上，扎哈里亚？”他说。

修士惊了一下。

“你怎么猜出来的？”他目瞪口呆地问道。

“我从阿托斯山来，”左巴答道，“我对这种事知道一些。”

修士低下头，发出的声音几乎听不见。

“是的，”他答道，“是有一个。”

“他要鳕鱼和白兰地，嗯？”

“不错。这个该死的！”

“好吧，同意了。他抽烟吗？”

左巴扔给他一支烟，他急忙接了过去。

“他抽，他抽，呛死他！”他说。

他从衣兜里掏出火石和火绳，点着烟，使足了劲地抽。

“以基督的名义！”他说。

他举起铁棍，转身带头走。

“你那魔鬼他叫什么名字？”左巴给我使了个眼色问他。

“约瑟夫。”修士没有回头就说。

让这个半疯修士陪同，我不太高兴。一个智力欠缺的头脑，就像一个残缺的躯体既令我怜悯又起反感。但我什么也没有说。我让左巴去做他认为该做的事。

清新的空气引起我们的食欲。我们坐在一棵巨大的松树下，打开了背包。修士以贪馋的目光探身察看背包里装的东西。

“喂，喂，”左巴喊道，“别没吃就先舔嘴唇，扎哈里亚！今天是圣周一，我们是共济会会员，能吃一点肉，一只鸡，上帝会原谅！可是对你这位圣徒，还有土耳其果仁糖和油橄榄呢。喏，你瞧！”

修士捋了捋他的肮脏胡子。

“我嘛，”他懊悔地说，“我，扎哈里亚，我守斋。我吃油橄榄和面包，喝凉水……可是约瑟夫，既然是魔鬼，他吃一点肉，我的兄弟。他非常爱吃鸡，喝你壶里的酒，这个该死的家伙！”

他画了个十字，把面包、油橄榄、土耳其果仁糖，狼吞虎咽般吞下。他用手背擦嘴，喝水，然后又画了个十字，仿佛表示他用餐完毕。

“现在，”他说，“该轮到这个十恶不赦的魔鬼约瑟夫了……”于是他朝鸡扑去。

“吃吧，该死的！”他抓住大块鸡肉狠狠地嘟哝说，“吃吧！”

“好，修士！”左巴兴高采烈地说，“我看出你还留一手哪。”

他向我转过头来。

“你觉得他怎样，老板？”

“他像你。”我笑着回答。

左巴把酒葫芦递给修士。

“约瑟夫，喝一口吧！”

“喝，该死的！”修士说道，抓起葫芦，把嘴贴上去。

烈日炎炎。我们走进阴凉处。修士散发出汗臭和供香味。他在太阳底下晒得冒油。左巴把他拽到树阴下，好让他臭得不那么厉害。

“你是怎么当了修士的？”左巴吃饱喝足，谈兴上来，就问他。修士咧着嘴笑：

“你也许以为我怎么圣洁，那才怪呢！因为受穷，兄弟，受穷。我没有吃的，我就这样想：‘你只有进修道院才不至于饿死！’”

“那你满意吗？”

“谢天谢地！我常常叹息。可这你不用管了。我叹息的不是想得到人间乐趣；我不把这些放在眼里……对不起，天天我都叫它们给我滚蛋。但我渴望的是天国。我爱说笑话，爱跳起来玩，逗修士们乐。他们都说我着了魔，辱骂我。我心里说：‘这不可能，上帝肯定喜欢逗趣。进来，小丑；进来吧，小家伙！’总有一天他会对我这么说，‘来逗我笑吧！’这样，你瞧，我就作为小丑进天堂了。”

“老伙计，我看你的脑袋挺好使唤嘛！”左巴说着就站了起来。“走吧，别到天黑了还不知道！”

修士还是走在前面带路。我一面爬山，一面觉得我在精神世界攀登。由低级的平凡琐事到崇高的向往，从平原上的简单真理到险峰上的深奥理论。

突然，修士停住脚步。

“复仇圣母！”他边说，边指给我们看一座上面有个雅致圆屋顶的小教堂。他跪下来画了个十字。

我从牲口上下来，走进凉爽的小礼拜堂。在一个墙角上供着一尊被烟熏黑了的老圣像。前面挂满了还愿物：一些薄银片，上面粗糙地雕刻了脚、手、眼睛、心；圣像前点着一盏不熄灭的银质长明灯。

我默默地向前走去。那里是一位目光严峻而心神不安、凶残尚武的粗脖子圣母。她手中没有抱圣婴，而是拿着一杆笔直的长矛。

“谁触犯修道院谁就遭殃！”修士战战兢兢地说，“她向他扑去，用她的长矛把他戳死。古时候，阿尔及利亚人来到这里，烧了修道院。不过，等一下你看异教徒们付出的代价：当他们经过这个小教堂，圣母忽地从圣像座下来，冲到外面。她拿起长矛刺杀左右前后的敌人，把他们全都杀死。我的祖父还记得森林里遍布尸骨。从那时起，人们就称她为‘复仇圣母’。以前人们称她为‘慈悲圣母’。”

“为什么在他们烧修道院前她不显灵呢，扎哈里亚？”左巴问道。

“这是上帝的旨意！”修士回答，并用手画了三遍十字。

“见鬼，上帝！”左巴骑在牲口上嘟哝着。“开路！”

过不多久，在一块平地上，就出现了岩石和柏树环绕的圣母修道院。它建在高高的绿色峡谷的洼地上，崇山峻岭和柔美的平原交相辉映，风景恬静、明媚，与世隔绝。这座修道院真是静心沉思的理想幽寂去处。

“这里，”我思忖，“可以使一个朴实而温和的心灵产生与人的高度相称的宗教热情。既非超人的巍峨陡峭山峰，又非淫逸散漫的平原，恰好能使心灵升华而又不失去人间的柔情。”“这个地方，”我心里说，“既出不了英雄，也产生不出猪猡。它培育出人来。”

这里是衬托一座优雅的古希腊庙宇或一座华丽的穆斯林清真寺最美妙不过的环境。上帝必定曾微服经过这里，准是赤着脚在春天的草地上走过，安详地与人们交谈。

“多么美妙！多么幽静！多么幸福！”我低声说。

我们从牲口背上下来，经过半圆拱形大门，走进接待室。有人把一个放上拉吉酒、果酱和咖啡的传统托盘送到我们面前，知客神父来了。修士们把我们围在中间，大家开始谈话。狡黠的眼睛、贪馋的嘴唇、大胡子、小胡子，散发公山羊气味的胳肢窝。

“你们带报纸来了吗？”一个修士急切地问。

“报纸？”我惊讶地问道，“你们在这里要报纸干什么？”

“是的，报纸，兄弟。为了了解世界上的变化！”两三个修士愤愤地说道。

他们靠在阳台的栏杆上，像乌鸦似的呱呱叫。兴奋地谈论英国、俄国、威尼兹洛斯[①]、国王。世界抛弃了他们，但他们却没有抛弃世界。在他们心目中充满大城市、商店、女人、报纸……

一个毛发浓密的胖修士使劲用鼻子吸着气站起来。

“我要给你看一样东西，”他对我说，“你跟我说“说你的看法。我这就去拿来。”

说完他走了。毛茸茸的胖手捂着肚子，趿拉着一双布拖鞋，走出门去。

修士们恶意地咧着嘴笑。

“杜梅蒂奥斯神父，”知客神父说，“又去拿他的泥修女去了。魔鬼专门为他把她埋在地里。有一天，杜梅蒂奥斯在院子里刨地，发现了。他把她拿回屋。从此，这可怜的家伙就睡不着觉了，都快要疯了。”

左巴感到厌烦，站了起来。

“我们来是为了找院长跟他签约的。”他说。

“院长不在，”知客神父答道，“他今天早晨上村里去了，等着

①威尼兹洛斯（Venigelos），希腊政治家（1864—1936）。

吧。”

杜梅蒂奥斯回来了。他仿佛捧着一只圣餐杯似的合拢双手。

“喏！”他小心翼翼地把双手略微张开。

我走过去，修士手里捧着的是一尊塔纳格拉[1]小塑像。塑像在修士的肥厚手心上露出半个裸体，一手托头，嫣然微笑。

“她这样托着头，”杜梅蒂奥斯说，“就意味着她里面藏着一块宝石，或一颗钻石，或是一颗珍珠。你说对不？”

“我嘛，我想，”一个尖刻的修士插话说，“她头疼。”

然而，大块头杜梅蒂奥斯耷拉着公山羊嘴唇，急切地看着我，盼望我开口。

“我想打碎她看看，”他说，“我再也合不上眼睛了……要是里面有一颗钻石？”

我端详这个妙龄少女和她一对坚实的小乳房。她被放逐到这里的香火氛围中，与诅咒肉体、嬉笑和交欢的受难诸神为伍。

啊！要是我能拯救她！

左巴拿起小泥塑像，触摸女人瘦小的躯体，手指停在坚实的乳房上颤抖。

“不过你没有看见，修士，”他说，“这是魔鬼吗？这就是魔鬼本身，不会弄错。你别担心，我了解魔鬼。你看，杜梅蒂奥斯，乳房圆圆的，结实，冰凉，就是魔鬼的胸脯。我知道其中的奥妙。”

一个年轻的修士出现在门槛上。太阳照在他的金黄色头发和毛茸茸的圆脸上。

说话尖刻的修士向知客神父递了一个眼色。两人狡黠地笑了笑。

“杜梅蒂奥斯，”他们说，“你的徒弟加百列。”

修士立即抓起泥塑小女人，像个滚筒似的朝门口走去。俊俏的徒弟

---

①塔纳格拉（Tanagra），希腊的一个乡镇，以生产小泥塑像著称，主要是公元前4世纪的作品。

不作声，迈着轻盈的步子走在前面，两个人一起消失在破烂不堪的狭长通道里。

我招呼了左巴一下，就出来了。天气温暖喜人。在院子中央，一棵花朵盛开的橘树芬芳扑鼻。树旁，泉水从一个古老的大理石雕公山羊头处潺潺流出。我把头扎进水里，感到十分凉爽。

“喂，这些家伙是些什么东西？”左巴厌恶地说，“不男不女，是骡子。呸！让他们都上吊去吧！”

他也把脑袋浸到凉水里，笑起来。

“呸！让他们都上吊去！”他重复说，“他们身上都有魔鬼。一个想女人，一个想吃鳕鱼，一个要钱，另一个要看报纸……一群蠢货！为什么他们不下到尘世，去满足这一切和洗洗脑袋？”

他点燃了一支烟，在花朵满枝的橘树下的长凳上坐下。

“我嘛，”他说，“我想什么东西的时候，你知道我怎么干吗？’我拼命给自己塞，直到恶心为止。这样就可以把它完全摆脱掉，不再想它。要不就专往它恶心的地方想。当我还是个小毛孩子的时候，我想吃樱桃想疯了。可是我没有多少钱。”一次买不了多少，吃完以后还想吃。白天黑夜光是想樱桃。我馋得直流口水，实在难受。可有一天，我恼火了。或者是恼羞成怒。我说不清楚。我觉得樱桃在捉弄我，使我显得滑稽可笑。那么我怎么办呢？夜里偷偷起来去摸我父亲的口袋，发现一个银币就拿了。第二天一大早，我就从果菜市场买了一筐子樱桃。我躲到一条沟里吃起来。我吃呀吃，吃到肚子肿胀。不一会儿，我的胃开始疼，我吐了。我吐呀吐，老板，从那天起，我就跟樱桃绝缘了。连画上的樱桃也不愿意看。我解脱了。我看见樱桃就对自己说，‘不需要你们了’。后来对酒和烟，我也这样干。我还喝酒，抽烟。可是，只要我愿意，说断就断！我不能让情感支配我。关于祖国也是这样。我想它想得太多了，把它塞到了嗓子眼，吐出来就不为它受折磨了。”

“那么跟女人呢？”我问。

“到时候就轮到她们了。这些婊子！快了。但得等到我七十岁。”

他想了想，还觉得太早：

“八十岁，”他纠正说，“你觉得可笑，老板，那你就笑吧！人就是这样自己解放自己的。你听我说，就是这样解放自己：拼命给自己填，塞。塞到过头，不能当苦行者。老伙计，要是你自己不变成一个半魔鬼，你怎么能摆脱魔鬼呢？”

杜梅蒂奥斯气喘吁吁地出现在院子里。金黄色头发的徒弟跟在他后面。

“像个愤怒的天使，”左巴小声说，“他很欣赏青年人的羞涩和俊俏。”

他们走近通往楼上房间的石台阶。杜梅蒂奥斯转过身，对年轻修士说些什么。青年摇摇头，好像表示拒绝。可是又立刻点头同意了。他一只手搂着老修士的腰，慢慢走上台阶。

“你明白啦？”左巴问我，“你看见啦？所多玛和蛾摩拉[①]！”两个修士探了探头，互相递眼色，叽咕了些什么就笑起来。

“恶毒的家伙！”左巴怨恨地说，“狼不互相厮杀，可这些修士却这么干！”

“互相咬。”我笑着说。

“老伙计，天下老鸹一般黑，不必为这伤脑筋！这些杂种！我跟你说，老板。你可以随你高兴叫他们加百列还是加百列娅，杜梅蒂奥斯还是杜梅蒂娅。我们走吧，老板。快点签约，完了就走。在这里，我敢说，要是待下去不管男人还是女人都会腻味的。”

他压低声音说：

“我还有一个计划……”

“还有什么荒唐的想法，左巴。难道你觉得荒唐事儿还没做够吗？

---

①所多玛（Sodome），是靠近死海的一个古代城市，与蛾摩拉（Gomorrah）同为《旧约》中罪大恶极的城市的代表，上帝降火把它毁灭（见《圣经》）。

说吧，你的计划。”

左巴耸耸肩膀：

“你怎么能这么说，老板。不客气说，你是个好人，你心眼儿实在好，不管对谁。冬天你发现你被子旁边有一只跳蚤，你怕它冻着就把它放到被子里。你怎么能理解像我这样的一个老无赖呢？我嘛，要是我发现一只跳蚤，就把它掐死。我要是碰到一只羊，喀嚓一刀，割了它脖子，烤香了，跟伙伴们美餐一顿。你会跟我说，这羊不是你的！我承认。可这你先别管，老伙计，先吃了再说，过后再平心静气讨论什么‘你的’‘我的’。你可以说个够，我使火柴棍剔我的牙。”

他的笑声在院子里回荡。扎哈里亚走来，惊惶失措。他把一个指头放在嘴唇上，踮着脚走。

他嘘了一声说，“别笑！瞧，上面，敞开的小窗子后面，主教在工作。这是图书馆。他在写东西。他整天写，这圣人。别喊！”

“瞧，我正要找你，约瑟夫神父。”左巴说着就挽起修士的胳膊，“走，到你房间里去聊聊。”

他转过头来对我说：

“你，这工夫去参观教堂，看看古老的圣像。我等院长，他不会太晚回来的。特别是你什么也别管，你会坏了事儿的。让我来干，我自有安排。”

他凑在我的耳边：

“我想法儿只出半价，就把森林买下来……你什么也别说！”

他匆匆走了，挽着修士的手。

第十八章
我有第四条理论

我走进教堂，沉浸在凉爽、芬芳的昏暗中。

教堂里空无一人。青铜枝形烛台发出微光。最里头是制作精良的圣像屏，上面画着一个硕果累累的金葡萄架。周围的墙上从上到下都是被半涂抹掉的壁画：吓人的骨瘦如柴的苦行僧，教堂的神父，耶稣在十字架上受难，用褪了色的蓝粉两色宽丝带扎着头发，身体强壮而面貌凶狠的天使。

在顶端拱穹上，圣母张开双臂哀求。一盏笨重的银质长明灯在她面前点燃，把摇曳的柔光洒在她那张忧伤的长脸上。我永远忘记不了她的一双痛苦的眼睛、起皱纹的圆嘴和显示出意志坚强的下巴。我心想，这里就是一位，即使在受到极大折磨的痛苦中，也是最幸福，得到最大满足的母亲。因为她感觉到，从她凡人腰身里生产出了一个永恒的事物。

当我走出教堂时，太阳已西落。我坐在橘子树下，怡然自得。教堂的圆屋顶犹如在黎明时被染成玫瑰色。修士们已回到他们的小房间里休息。夜里，他们不能睡，得集中力量。耶稣今晚开始爬上各各他[①]。他们应该和他一起攀登。两只粉红色奶头的黑母猪躺在角豆树旁酣睡。鸽子在屋顶上交配。

我心想，在这美妙的大地、空气、沉寂和这橘树花朵盛开的芬芳中，我能生活和享受到何时？在教堂里我凝视良久的一尊酒神像使我满心喜悦。使我感动最深的一切：协调一致、坚贞不屈、贯彻始终，又展

---

①各各他，耶稣被钉死的地方。

示在我面前。愿这个头上鬈发像一串串葡萄垂到前额的俊美少年基督徒雕像得福。美貌的酒与狂欢之神狄奥尼索斯和罗马酒神，在我心中合而为一，有着同样面貌。在葡萄叶下和在修士们的袍下，颤动着被太阳烧灼的同一个躯体——希腊。

左巴回来，急忙告诉我说：

“院长来了，我们谈了一会儿，他不肯轻易答应。他说他不愿意拿森林换取一块面包。他要价比我们给的高得多，这个无赖。不过我有法儿制服他。”

“为什么又变卦？我们不是说妥了吗？”

“你别干预这件事，老板，我求求你，”左巴恳求说，“你会把事情弄糟。看你又提过去的合同，那已经吹了。你别皱眉头，那已经吹了。我跟你说！我们要用半价弄到这片森林。”

“可你又想出什么馊主意了，左巴？”

“你别管，这是我的事。我给滑车上点儿油，它就转啦，你明白吗？”

“那为什么？我不明白。”

“因为我在坎迪亚花钱花过头了，就是为的这个。因为劳拉花掉我的，也就是花了你的不少的钱。你以为我忘啦？人有自尊心，你不以为怎的？我的名誉不能有污点。我花的钱由我付。我算了一笔账：劳拉花了七千德拉克马。我要从森林上赚回来。这就是说院长、修道院、圣母马利亚他们给劳拉出这笔钱。这就是我的计划，你喜欢吗？”

“一点儿也不喜欢。凭什么要圣母为你挥霍负责？”

“她当然要负责，而且不光是负责哪。她生了她的儿子：神。神制造了我，左巴。他给了我那些你所知道的器官。这些该死的器官让我一碰上女人就发疯，就解开钱口袋。你明白了吗？所以她要负责。还不光负责，她得付钱。”

“我不喜欢这样做，左巴。”

“那是另一回事，老板。我们首先把七张小票子捞回来，然后再说。”

知客神父出现了。

“请吧，”他用教士绵软的声音说，“晚饭准备好了。”

我们走进食堂，那里是摆满凳子和窄长条饭桌的一个大厅。空气中弥漫着一股蛤蜊油和酸醋味。大厅尽头是一幅“耶稣最后的晚餐”壁画。十一个忠实门徒像一群羊似的围绕着耶稣。对面，背朝观众，独自一人，棕色头发、凹凸不平的前额和鹰钩鼻，就是败类犹大。耶稣的眼睛直盯着他。

知客神父入座。我坐在他右边，左巴坐在他左边。

“正碰上封斋期，”他说，“请原谅，尽管你们是旅客，我们没有油也没有酒招待。可我们欢迎你们光临！”

我们画了十字，不声不响地用餐，吃油橄榄、青葱头、新鲜蚕豆和土耳其果仁糖。我们三人像兔子似的细细咀嚼。

“这就是这里的生活，”知客神父说，“耶稣受难、封斋期。不过要耐心，弟兄们，耐心。复活节和羔羊就要来到，天上的王国就要来到。”

我咳嗽了一下，左巴踩我的脚，向我示意“别作声！”

“我见到了扎哈里亚……”左巴为了改变话题说。

神父惊了一下：

“他跟你说了些什么吗？他是个疯子。”他焦急不安地问道，“他被七个魔鬼附身，别听他胡说！他的灵魂肮脏，他看见到处都肮脏。”

凄凉的钟声响了。知客神父画十字，站起来：

“我走啦，”他说，“耶稣受难开始，我跟他一起去背十字架。今天晚上，你们可以好好休息，一路上辛苦了。明天晨祷时见……”

“猪猡！”修士刚离开，左巴就咬牙切齿地嘟哝，“猪猡！骗子！

母骡！公骡！”

“你怎么啦，左巴？扎哈里亚跟你说什么啦？”

“没什么，老板。你别担心。要是他们不肯签字，我让他们知道我的厉害！”

我们来到给我们准备的房间。角落里挂着一幅圣母像。圣母把脸紧贴着她儿子的脸，大眼睛里泪水盈眶。

左巴摇了摇头：

“你知道她为什么哭，老板？”

“不知道。”

“因为她看见了。要是让我画圣像的话，我就画一个没有眼睛、没有耳朵、没有鼻子的圣母。因为我可怜她。”

我们躺在硬板床上。屋梁散发出柏树味；春天柔和的气息带着花香，从敞开的窗户进来。悲哀的曲调像狂风般不时从院子传来。窗子附近一只夜莺啁啾，立时在较远处的夜莺一只接一只地随声和唱。夜晚充满着爱。

我不能入睡。夜莺的鸣叫混和在耶稣的哀叹中。我竭力在开满花的橘树丛中，也沿着大滴的血迹，攀登各各他。在春天的蓝色夜晚，我看见基督苍白虚弱的身体淌着冷汗，他伸出颤抖着的手，仿佛在哀求，在乞讨。加利利的穷苦人们急忙尾随着他，高喊：“和散那[①]！和散那！”他们手里拿着棕榈叶，摊开他们的外衣给他铺地垫脚。他看着他所喜爱的人们，但他们中间没有一个能看出他的绝望。只有他自己知道他去就义。他在星光下暗暗流泪。他抚慰他那颗可怜的充满恐惧的人心。

“我的心，你像颗麦粒，也应该降落到地下而死去。不要害怕。不然的话，你又怎么能变成麦穗？你又怎么能养育那些饥饿得要死的人

---

①和散那，赞美上帝的用语。

们？”

然而，在他内心，他这颗人的心在颤抖，不想去死……

很快，修道院周围的树林里充满了夜莺的歌声。这由爱和热情形成的歌声从潮湿的枝叶中升起。而与此同时，可怜的人心在颤抖、哭泣、膨胀。

慢慢地，不知不觉地，随着耶稣受难和夜莺的歌声，我仿佛进入天堂般坠入梦乡。

睡了还不到一个小时，我就猛然惊醒：

“左巴，”我喊道，“你听见了没有？一声枪响！”

然而，左巴已经坐在床上吸烟：

“别惊慌，老板。”他边说边竭力控制着自己的狂怒，“让他们自己算他们的账去吧。”

楼道里响起喊叫声、拖鞋声、开门关门声、远处一受伤者发出的呻吟声。

我翻身下床，打开房门。一个消瘦的老人出现在我面前。他伸开双臂仿佛要拦住我的去路。他戴着一顶尖顶白帽子，身穿一件齐膝的白睡衣。

“你是谁？”

“主教……”他答道，声音颤抖。

我差点儿笑了出来。主教？他的穿戴哪里去了？金色祭披、主教冠、权杖、多色的假宝石？穿着睡衣的主教我还是第一次见到。

“枪声是怎么回事，大人？”

“我不知道，我不知道……”他边结结巴巴地说，边把我轻轻地推进房间。

左巴坐在他的床上哈哈大笑：

“你害怕了，小老头？”他说，“进来，进来，老头。我们不是修士，别怕。”

“左巴，”我轻声对他说，“说话要尊敬些，这是主教。”

“哼！穿着睡衣，就不是主教。进来，我跟你说。”

他起床，拽着老人的胳膊把他带到房间里，再关上门。他从布包里拿出一瓶朗姆酒，给他斟了一杯：

“喝吧，老头，”他对他说，“给你壮壮胆。”

小老头喝干了杯子，恢复了平静。他坐在我床上，背靠着墙。

“尊敬的神父，”我说，“刚才那枪声是怎么回事？”

“我不知道，孩子……我工作到半夜就去睡觉了。当我听到的时候，声音是从隔壁杜梅蒂奥斯神父的房间里……”

“啊，啊！”左巴说着，放声大笑，“你说对了，扎哈里亚！”

主教低下了头。

“大概是个小偷。”他嗫嚅着。

楼道里的混乱嘈杂声停止了。修道院又静了下来。主教惊魂未定，用恳求的眼光看着我。

“你困吗，孩子？”他问我。

我意识到他不想走。不想一个人回到他的房间。他害怕。

“不，”我答道，“我不困，你呆着吧。”

我们开始聊天。左巴靠在枕头上，卷了一支烟。

“看来你是位很有教养的年轻人。”小老头对我说，“这里我找不到一个可以跟我谈话的人。我有三条理论使我的生活愉快，我想把它们告诉你，孩子。”

他不等我回答就说起来了。

“我的第一条理论，”他说道，“是花朵的形状影响其颜色，而颜色又影响其属性。因此，每朵花对人的身体，从而对人的心灵起着不同的作用。所以，当我们穿过正开着花的田野时，就应当特别小心。”

他停下来，仿佛在等着听我的意见。我好像看见小老头在正开着花的田野里踯躅，带着激动的心情观看地上的花，它们的外形，它们的颜色。可怜的老头看到春天的田野满是五彩缤纷的天使和魔鬼而诚惶诚恐。

“我的第二条理论是：任何有真正影响的思想，必有一个真正存在的实体。它就在那里，并不是无形地在空中飘浮。它有一个真正的躯体，有眼睛、嘴、脚、肚子。它是男人或是女人，它追求男人或女人。福音书里说：上帝的话变成血和肉①。”

他又用急切的目光看着我。

“我的第三条理论。”他受不了我的沉默，急忙说，“就是即使在我们的短暂的生命中也有永恒。但单凭我们个人很难发现。日常的烦恼使我们迷失方向。只有极少数人，人类的精英，能够做到，即使他们的生命短暂，也生活在永恒之中。正因为其他人都迷失方向，上帝可怜他们，给他们送去宗教——这样，广大群众也能生活在永恒中。”

他说完，显然因一吐衷肠而感到轻松。他抬起一双没有睫毛的小眼睛，笑着看着我，仿佛在说，“喏，我把我的一切都交给你了，收下吧！”我看到小老头把他毕生工作的果实这么热诚地赠给了我，一个刚刚认识的人，我非常感动。

他噙着眼泪：

“你认为我的理论怎么样？”他双手握着我的手，看着我问，好像他指望用我的答复去了解他的一生是否作出了有益的贡献。

我知道在真理之上，还有一项更重要、更富有人情味的义务。

“这些理论可以拯救许多灵魂。”我回答说。

主教容光焕发。这是对他一生的肯定。

“谢谢你，孩子。”他亲切地握着我的手低声说。

左巴从他的角落里跳了出来。

“我有第四条理论。”他喊道。

---

①译者在福音书中没有找到这句话的原文，但在《马太福音》和《约翰福音》中找到说明这个意思的话。

我不安地看着他。主教朝他转过身去。

“讲吧，孩子！愿你的想法是正确的！什么理论呢？”

“二加二等于四！”左巴一本正经地说。

主教看着他，瞠目结舌。

“还有第五条理论，老头儿，”左巴接着说，“二加二不等于四。选一条你认为合适的吧！”

“我不明白。”主教一面结结巴巴地说，一面看着我。

“我也不明白！”左巴说着，就哈哈大笑起来。

我向尴尬的小老头转过身去，改换话题。

“你在修道院里研究什么？”我问他。

“我抄写修道院里的古老手稿，孩子。这些天来，我在收集我们教会所有关于圣母的形容词。”

他叹了口气：“我老了，”他说，“我做不了什么别的事。我能把所有对圣母的修饰语都记录下来就感到宽慰，从而忘掉世界上的痛苦。”

他把臂肘支在枕头上，闭上眼睛，像说胡话似的喃喃自语：

“永不凋谢的玫瑰，肥沃的土地，葡萄树，泉水，神迹的泉源，升天之梯，三桅战舰，进入天堂的钥匙，黎明，永不熄灭的明灯，火柱，不可动摇的塔，固若金汤的堡垒，盲人的安慰，快乐，光明，孤儿的母亲，桌子，食粮，和平，安宁，蜂蜜和牛奶……”

“他犯神经病，这老家伙……”左巴小声说，“我给他盖上被子，免得他着凉……”

他站起来，给主教扔过去一条被子，还给他把枕头理好。

“我听人说有七十七种神经病，”他说，“这是第七十八种。”

天亮了。西芒特隆[1]声传来。我从小窗探头出去。在晨曦中，看见

---

①西芒特隆，是用来敲击的一块铁板或一个木盘，在一些希腊修道院里起钟的作用。

一个瘦瘦的修士，头上裹着黑长头巾，在院子里慢慢地兜圈子，用一个小锤敲击一块长木板，声音富有旋律，十分悦耳。乐器柔美、和谐，呼唤的响声，在清晨的空气中回荡。夜莺沉默了，其他鸟雀在林中开始啁啾。

我静听西芒特隆的柔和、引入联想的旋律而悠然神往。我心想，高昂的生命节奏，即使在衰败的时候也能保持它的庄严、高贵的外形！人去楼空，但他把为了起居舒适、世世代代苦心经营建造起来的宽大、结构复杂的房屋，像海螺般完整地留了下来。

我想，在熙熙攘攘、无神的大城市里，人们见到的建筑精美的大教堂就是这种空贝壳，是史前怪物经日晒雨淋的侵蚀剩下的骨骼。

有人敲我们房间的门，传来知客神父的沉浊的声音：

“喂，起床喽，弟兄们。晨经时间到了。”

左巴跳了起来。

“那枪声是怎么回事？”他怒吼道。

他等了一会儿，没有声音。修士准是躲在门后边，因为听见了他的喘息声。左巴跺脚：

“枪声是怎么回事？”他又气愤地问。

我们听到迅速远去的脚步声。左巴一个箭步蹿到门口，打开门：

“一帮子蠢货，”他边骂边朝跑掉的修士啐唾沫。“神父、修士、修女、教堂财产管理员、圣器管理员、呸！我啐你们！”

“我们走吧，”我说，“这里有血腥味。”

“还不光是血呢！”左巴嘟囔道，“你，老板，要是你愿意，去念晨经去。我去那里瞧瞧，可能发现点什么。”

“我们走吧！”我感到恶心，又说，“你呢，我就请你别多管闲事。”

“可这桩闲事我就要管！”左巴吼道。

他沉思了一会。儿后，狡黠地笑了笑。

“魔鬼给我们做了件好事！”他说，“我认为他把事情安排得正好。你知道，老板，为这一声枪响修道院得付出多少钱吗？七千票子！”

我们下到院子里。树上盛开的花朵飘香，晨光柔媚，真是一个极乐世界。扎哈里亚在窥伺我们。他跑过来抓住左巴的胳膊：

“卡那瓦洛兄弟，”他哆哆嗦嗦地说，“来，我们走吧。”

“那枪声是怎么一回事？杀人了吗？说，修士。不说，我就掐死你！”

修士的下巴颤抖。他环顾四周，院子里没有人。各房门都关着。从敞开的教堂传出阵阵音乐浪波。

“二位跟我来。”他轻声说，“所多玛和蛾摩拉！”

我们擦着墙根，走出院子，离修道院一百米处就是坟场。我们走了进去。

我们跨过一些坟墓，扎哈里亚推开小教堂的门，我们跟他走了进去。在中央的一块席子上，躺着一具裹着僧袍的尸体。靠近他的头处点燃着一支蜡烛。在脚跟处点燃另一支。

我俯身去看死者。

“小修士！”我哆嗦着小声说，“杜梅蒂奥斯神父的金黄头发的徒弟。”

米哈伊大天使展开翅膀，脚穿红鞋，手持利剑，闪耀在正祭台的门上。

“米哈伊大天使！”修士喊道，“放出火和火焰，把这一切统统烧掉吧！米哈伊大天使！行动起来，走出圣像！举起你的剑，砍吧！

你没有听到枪声吗？”

“谁把他杀啦？谁？杜梅蒂奥斯？说啊，大胡子！”

修士挣脱开左巴的手，趴在大天使脚下，很久一动不动，然后才抬起头，瞪大了眼睛，张开嘴，仿佛在窥伺。

突然，他高兴地站起来：

“我去把他们都烧掉！”他毅然决然地说，“大天使动了，我看见了。他给我打了招呼。”

他走近圣像，把他的厚嘴唇贴在大天使的剑上。

“赞美上帝，”他说，“我放心了。”

左巴又抓住修士的胳膊。

“到这边来，扎哈里亚，”他说，“来吧，我叫你做什么，你就做什么。”

然后他向我转过身子：

“给我钱，老板，我自己去签约。那里都是豺狼，而你是一只羊羔。他们会把你吃掉。让我来干吧。别担心，我抓住他们的把柄，这些猪猡。中午，我们就把森林装在口袋里。来吧，老扎哈里亚。”

他们偷偷地朝修道院走去。我走进松树林中散步。

太阳已经升高了。露水在树叶子上闪光。一只乌鸦在我面前飞过，栖息在一棵野梨的树枝上，摇晃尾巴，张开嘴，看着我，嘲讽似的叫了两三声。

透过松林，我看见修士们从院子列队走出来，弯着腰，肩上飘着黑巾，日课已完。他们这时去食堂吃饭。

“多么遗憾，”我心想，“这样的庄严和崇高，从此没有了灵魂！”

我疲乏，没有睡好觉，躺在草地上。野生蝴蝶花、染料木、迷迭香、鼠尾草散发着芬芳。饥饿的小虫嗡嗡作响。它们钻进花朵，吮吸花蜜。远处，山峦闪烁，宛如在太阳炽热光线中流动的水汽般透明而宁静。

我闭上眼睛，心绪平静下来。我胸中充满一种恬淡而神秘的欢乐。仿佛环绕我周围的这个绿色奇迹就是天堂；仿佛所有这些清新、轻快和微醉就是上帝。上帝每时每刻都在变换面孔，能把他认识出来的人是有福的！他时而是一杯清凉的水，时而是在你膝头上跳跃的一个儿子，或是一个柔媚的女人，或是一次简单的清晨散步。

我周围，形象没有变化。而一切逐渐都成了梦幻。我感到愉快，大地和天堂合为一体。在我心目中，人生就像田野里的一朵花，中心有一大滴蜜。而我的灵魂就是一只进行采集的野蜂。

我从这至福境界中猛然惊醒；我听到身后有脚步和低声说话的声音，同时听到了一声欢叫：

“老板，我们走吧！”

左巴站在我跟前，小眼睛里流露出恶魔般的亮光。

“走？”我感到宽慰地说，“一切都办完啦？”

“都办完了。”左巴边说边拍拍上衣口袋：“森林在我这里了。愿它给我们带来运气！这里是被劳拉花掉的七千块钱。”

他从内衣兜里掏出一沓钱。

“拿着吧，”他说，“我还债，在你面前我不觉得害臊了。这里边还有布布利娜的长统丝袜、手提包、香水和小阳伞。甚至还有鹦鹉的花生。另外我给你带的土耳其果仁糖！”

“我把这些都送给你，左巴，”我说，“你快给被你冒犯的圣母点一支像你个头那么高的大蜡烛吧！”

左巴转过身去，扎哈里亚神父穿着发绿的肮脏袍子和鞋跟穿破的靴子向前走来，他牵着两头公骡子：

左巴向他亮了亮那一沓钞票。

“我们分，约瑟夫神父。”他说，“你去买一百公斤鳕鱼，把它们吃掉，老家伙。你吃到撑破肚皮。一直吃到呕吐，你就解脱了！过来，张开手！”

修士一把抓过油腻腻的钞票，揣在怀里。

“我去买煤油。”他说。

左巴低下声音对着扎哈里亚的耳朵说：

“你得等到夜里干，等所有的人睡了，风刮起来的时候。”他叮嘱说，“你往四个墙角上洒。把破布、抹布、烂绳，反正你找到什么就往上浇煤油，然后点上火，你懂了吗？”

修士哆嗦起来。

“别怕成这样，老家伙！大天使不是给你下了旨令了吗？那么就浇煤油，多多的煤油！你保重！”

我们骑上骡子。我最后看了一眼修道院。

“你听到什么消息了，左巴？”我问道。

“关于那一枪吗？你别担心，老板，扎哈里亚说得对：所多玛和蛾摩拉！杜梅蒂奥斯杀了那个漂亮的沙弥，事情就是这样！”

“杜梅蒂奥斯？”

“你不必刨根问底，我跟你说，老板。这里只不过是垃圾和臭气。”

他转身朝修道院看去。修士们从饭堂里走出来，一个个耷拉着脑袋，两手交叉，走去把自己关在房间里。

“你们诅咒我吧，神父们！”他喊道。

第十九章
花环与爱情

我们夜晚回到海滩上遇到的第一个人就是布布利娜。她坐在木屋前，把身子缩成一团。掌上灯的时候，我看见她的脸，把我吓了一跳。

“你怎么啦，霍顿斯太太，生病啦？”

自从结婚这个美妙的希望之火在她心中点燃以来，老歌女就失去了所有她那种难以形容的含糊魅力。她试图把过去抹掉，把靠榨取她的那些帕夏、贝伊和海军上将们来装扮自己的绚丽羽毛统统拔掉。她只希望成为一个严肃而受人尊敬的普通人。一个善良贞洁的女人。她再不涂脂抹粉，不梳妆打扮，不修边幅。

左巴没有吭声。他使劲捻他那刚染了色的小胡子，弯下身子，点着炉子，烧开水煮咖啡。

“太残酷了！”老歌女用嘶哑的嗓子突然说。

左巴抬起头看她。他的目光变柔和了。他不能听到一个女人用悲伤的语调向他陈诉哀思而不神魂颠倒。女人的一滴眼泪会把他淹没。

他什么也没有说，倒咖啡，放糖，搅拌。

“你为什么在娶我之前，要这样长时间折磨我？”老歌女无精打采地说，“我不敢再到村子里去了。我的脸面丢尽了！丢尽了！我要去死！”

我累了，躺在床上。我把肘臂支在枕头上，品味这个既滑稽又令人伤心的场景。

“为什么你不要结婚花环？”

左巴感觉到布布利娜的胖手在他膝盖上颤抖。这个膝盖是那个曾经在海上一千零一次遇难的可怜女人能抓住的最后归宿。

好像左巴了解这点，心肠软了下来，可他仍然一言不发。他给三个杯子倒满了咖啡。

“亲爱的，你为什么没有买花环？”她用颤抖的声音重复问。

“坎迪亚那里没有好看的。”左巴干巴巴地回答。

他递给每人一杯咖啡，又缩回角落里。

“我给雅典去了信，请人给我们捎好看的来。”他接着说，“我还订购了白蜡烛、巧克力和杏仁夹心糖。”

他越说越沉湎于想象之中。他目光闪烁，犹如诗人在创作激情高涨的时刻，翱翔在幻想与真实相混并结为姐妹的高空。他就这样蹲坐着休息，大口呷咖啡，又点燃了一支烟。这天很美妙，森林装进他的兜子里，债还清了。他心满意足，不禁心血来潮地说道：

“我亲爱的布布利娜，我们的婚礼得办得有声有色。你将看到我给你定做的是什么样的结婚礼服！就为这个，我在坎迪亚呆了那么长时间，我的宝贝。我从雅典请来两位有名的女裁缝，我跟她们说，‘我娶的那个女人在东方是独一无二的！她是四大强国的王后，不过她现在是寡妇。四强死了，她同意我做她的丈夫。所以，我要给她做的结婚礼服也得是独一无二的：纯丝、缀满珍珠和金星。’两个女裁缝惊叫起来，‘那太美了，所有参加婚礼的客人都得看花了眼！’‘那他们活该！’我说，‘这有什么关系，只要我心爱的人高兴！’”

霍顿斯太太靠着墙听。肥厚嘴唇的微笑固定在她的一张肌肉松弛又布满皱纹的脸上。系在她脖子上的粉红丝带差点散开。

“我要跟你说一句悄悄话。”她小声说并向左巴递送秋波。

左巴朝我使了个眼色就弯下身去。

“今天晚上我给你带来了一件东西。”未来的新娘跟他低声耳语，并把她的舌尖伸进左巴毛茸茸的大耳朵里。

她从她的短上衣里掏出一块在一个角上打了结的手绢，递给左巴。

他用两个手指接过小手绢来，拿着放在右膝盖上，然后转身朝门走去，看大海。

“你怎么不把结子解开，左巴？”她说，“我看你一点儿也不着急！”

“先让我喝了咖啡，抽完烟嘛，”他答道，“我已经把它解开了。我知道里面是什么。”

“把结子解开！把结子解开！”老歌女央求。

“我说了，我要先抽烟。”

他朝我深沉地瞪了一眼，仿佛对我说，“所有这些都是你的过错！”

他慢慢地抽烟，望着大海，把烟从两鼻孔喷出来。

“明天要刮西罗科风，”他说，“换了季节。树要长起来，年轻姑娘的乳房也要膨胀。衬衣是兜不住了。捣蛋的春天，这是魔鬼的发明！”

他不吭声了。过了一会儿，他又说：

“世上最美妙的东西就是魔鬼的发明：漂亮的女人、春天、烤猪、酒，所有这些都是魔鬼制造的。上帝创造了僧侣、斋戒、泡洋甘菊和丑陋的女人，呸！”

说到这里，他朝可怜的霍顿斯太太狠狠地看了一眼。她缩在角落里听他说话。

“左巴！左巴！”她不时地恳求他。

然而，他又点上了一支烟，凝视大海。

“春天，”他说，“是撒旦的天下。裤带松开，女人上衣纽扣解开。老太婆叹息……嘿，布布利娜太太，把手拿开！”

“左巴，左巴！……”可怜的女人再次恳求。

她弯下腰，拿起小手绢，塞到左巴的手心里。

他扔掉烟蒂，抓住结子，解开，把手绢摊在手中看。

“这是什么玩意儿，布布利娜太太？”他用反感的语气说。

“戒指，小戒指，我的宝贝。结婚戒指。”老歌女哆哆嗦嗦地嗫嚅着。“证婚人在这里，这夜晚很美，上帝看着我们……让我们定亲吧，我的左巴。”

左巴看看我，看看霍顿斯太太，再看看戒指。一群魔鬼在他心中打架。这时，谁也没有战胜谁。可怜的女人惶惶不安地望着他。“左巴，左巴……”她嘟囔。

我又从床上坐起来等待。在他前面，条条道路都可以走。那么左巴选择哪一条呢？

突然，他摇了摇头。他作出了决定。他喜笑颜开，拍了拍手，猛地站了起来。

“我们走吧！”他大叫说，“跟着星光走，愿上帝看见我们！老板，拿上戒指。你会唱诗吧？”

“不会，”我开玩笑答道，“不过没有关系！”

我已经下床，去扶霍顿斯太太站起来。

“我会。我忘了跟你说我当过唱诗班男童。我在婚丧洗礼的仪式中跟在神父后边，背下了圣诗。来吧，我的布布利娜。来吧，升起你的帆，我的法国护卫舰，站到我的右边来！”

在左巴的魔鬼当中，还是心地善良的小丑占了上风。左巴怜悯老歌女。当他看到她以憔悴的目光不安地看着他时，他的心都碎了。

“见鬼去吧，”他在作出决定时低声说，“我还能给女人一些欢乐，得啦！”

他跑到海滩上，拽着霍顿斯太太的胳膊，把戒指交给我，转过身去，面向大海，高唱圣歌：“愿主与我们同在，直到最后，阿门！”

他又转身朝我说：

“注意，老板，当我喊好啊，好啊的时候，你就把戒指给我们戴上。”

他开始用破锣嗓子唱了起来：

“上帝的男仆人阿历克西和上帝的女仆人霍顿斯彼此订立婚约。恳求主拯救他们！”

“主啊，怜悯我们！”我低声唱而又几乎忍不住发笑和冒出泪水。

“还有经文哪，”左巴说，“可我怎么也想不起来了。我们把难的部分略过去吧。”

他像条鲤鱼似的跳起来，一边喊：

“好啊！好啊！”一边向我伸出他的一只大手。

“你也把小手伸出来，我的心肝。”他对她的未婚妻说。

被肥皂粉泡粗了的胖手哆哆嗦嗦地伸出来。

我把戒指给他们戴在手指上。而左巴一反常态，像个伊斯兰教托钵僧似的喊道：

“以圣父、圣子和圣灵之名，上帝的男仆人阿历克西与上帝的女仆人霍顿斯订婚，阿门！上帝的女仆人霍顿斯与上帝的男仆人阿历克西订婚。”

“行了，仪式完成了！到这里来，我的宝贝。我给你一生中第一个真诚的吻！”

可是霍顿斯太太昏倒在地。她紧抱着左巴的大腿痛哭。左巴充满怜惜地摇了摇头。

“可怜的女人！”他低声说。

霍顿斯太太站起身，抖了抖裙子，张开双臂：

“喂！喂！”左巴喊道，“今天是忏悔日，不许碰！是封斋期！”

“我的左巴……”她低声抱怨了一声，又昏倒了。

“耐心点，宝贝，等到复活节，那时就吃肉开荤，敲红鸡蛋。现在你该回去了。要是别人看见你在外边拖到这时候，会说些什么呢？”

布布利娜用恳求的目光看着他。

“不，不！”左巴说，“等到复活节！跟我们走吧！老板。”

他低下头对着我的耳朵说：

“看在上帝的面上，别把我们丢下。我情绪不好。”

我们朝村子走去。空中繁星闪烁，海的气味袭来，夜鸟发出叫声。老歌女挽着左巴的胳膊，既欢喜又悲伤。

她终于进入了她一直非常向往的港口。她一生，唱歌，过花天酒地的生活，嘲笑贞洁的女人。可是她从来没有幸福过。当她满身香气，浓妆艳抹，在亚历山大、贝鲁特、君士坦丁堡的大街上招摇过市，而又看见妇女给孩子喂奶时，她的乳房就发痒，发胀。奶头耸起，乞求一张婴儿的小嘴来吸吮。“我要结婚，我要结婚，要有一个孩子……”她一生中都在梦寐以求。但她从来没有向活着的人吐露过她的痛苦。而现在，谢天谢地，虽然晚了些，但总比终生不遇好。尽管她被风吹浪打，已残破不堪，仍进入了向往已久的港口。

她不时地抬起头来，偷偷看走在她身旁的那个身材不匀称的大高个子。她心里在说：“他不是头戴金穗土耳其帽的帕夏，也不是贝伊的俊俏儿子，但是总比没有强。他将是我的丈夫，我的真正丈夫。”

左巴拖着她走感到累赘。他想赶快进村，把她摆脱掉。而这个可怜的女人在石头路上踉踉跄跄。她的脚指甲像被拔掉似的，鸡眼疼痛，可是她一点儿没有吭声。为什么说出来？埋怨什么？毕竟一切都很好。

我们经过小姐树和寡妇的园子，看到村上头几户人家，就停住脚步。

“晚安，我的宝贝。”老歌女亲切地说，并踮起脚尖，去够她未婚夫的嘴唇。

可是左巴没有弯腰。

“那我跪下来吻你的脚，亲爱的！”妇人说完就要跪下去。

“不，不！”左巴被感动而抗议说，同时把她搂在怀里。“应该是我吻你的脚，我的心肝，应该是我，可是我懒得动弹，晚安！”

我们和她分手，深深呼吸着馨香的空气，默默地往回走。左巴突然朝我转过身来：

“该怎么办呢，老板？笑，哭，你给我出个主意。”

我没有回答。我也喉咙发紧，不知道怎么办：哭，还是笑？

“老板，”左巴忽然说，“对任何一个女人他都不肯由她去哀怨的那个古老的流氓神叫什么名字？我听到过关于他的一些事儿。好像是他也染胡子，在手臂刺上心、箭、美人鱼；他会变，变成公牛、天鹅、公羊、驴。告诉我他叫什么？”

“我想你说的是宙斯。你怎么会想起他来了？”

“愿上帝保佑他！”左巴两臂伸向天空说，“他经历了难过的日子！他忍受过什么样的痛苦哇！是一个伟大的殉道者，真的。你可以相信我，老板。我知道一些内情。你，你只知道书本里说的。可是，写书的人都是些书呆子！关于女人和追求女人的人，他们知道些什么呢？一点儿也不懂！”

“你自己为什么不给我们写一本介绍世界上所有这些奥秘的书，左巴？”我嘲笑说。

“为什么？就是因为我在你说的所有奥秘中生活。我没有时间去写。有时候是战争，有时候是女人，有时候是酒，有时候是桑图里。哪里有时间去干拿笔这啰唆事儿？这样，事情就落在这些拙劣作家的手里了。你看，所有在奥秘中生活的人都没有时间去看书，而有时间写书的人又不在奥秘中生活，你懂得了吗？”

“言归正传，宙斯怎么啦？”

“噢，可怜的家伙！”左巴叹了口气说，“只有我知道他受的痛苦。他爱女人，那是当然啰。可是不像你们这些拙劣做家所想象的！完全不是那么回事儿！他同情她们。他了解她们所有的痛苦。他为她们做出牺牲。当他看到在什么地方的一个角落里有一个老处女在欲望和哀怨中萎缩衰退，或是一个俊俏媳妇——其实，即使她不好看，是个丑八怪——因她丈夫不在，无法入睡，他就画个十字。出于好心肠，换上衣服，变成那女人的意中人模样，进入她的房间。

“他往往不愿为这种轻浮的爱情奔忙。更经常的是他精疲力竭，这也难怪：一头可怜的公羊怎能应付得了那么多母羊？他不止一次懒得动弹，身体不舒服。你不是看见过一头公羊和几头母羊交配后的样子吗？口水直流，两眼朦胧，有眼眵，咳嗽，几乎站都站不起来。哼，宙斯就常常是这么一副可怜相。天蒙蒙亮，他回到家里嘟哝：‘啊，老天爷，什么时候才能让我躺下来睡个够呢？我都站不起来了。’他不停地擦口水。

“可是突然间，他听见哀怨声：下边人间，一个女人把床单都掀开，走到阳台上，差不多光着身子，叹了口气。这时，宙斯又对她怜悯起来。‘倒霉，我又得下到人间去！’他哼哼着说，‘一个女人在哀叹。我去安慰安慰她！’

“这样周而复始，女人把他身子上的精髓吸尽。他累坏了，开始呕吐，又成了瘫痪，而后死去。这时，他的接班人耶稣来了。他看见老家伙的那副可怜相，喊道：‘当心女人。’”

我钦佩左巴的想象力，更忍俊不禁。

“你尽管笑，老板。不过，要是鬼使神差，我们的事业进展顺利的话——我觉得是不可能的，走着瞧吧——你知道我要开个什么店吗？婚姻介绍所。这样，找不到丈夫的可怜女人都可以来：老姑娘、丑八怪、罗圈腿、斗鸡眼、瘸子、驼背。我呆在小客厅里接待她们。客厅墙上挂一堆漂亮小伙子的相片。我要对她们说，美丽的客人们，挑选吧，挑你们中意的，我给她们撮合促成婚事。然后，我随便找一个模样好孬的小伙子，给他穿上照片上那样的服装，给他钱并对他说，哪条街，多少号，跑去找什么小姐，奉承她，讨好她。别厌烦，我给你钱，跟她睡觉。跟她讲她从未听过的男人对女人的甜言蜜语，并发誓要娶她。给这个不幸的人一点儿快乐。这种山羊，甚至乌龟、蜈蚣都尝到的快乐。

“要是他遇到像我们的布布利娜那样的老太婆，即使给金山银山都没有人愿意去的话，那么我就画个十字，我这个婚姻介绍所所长就亲自出马。那时你就会听到那些蠢货说：‘看哪，这个老色鬼！莫非他没长眼睛，没长鼻子吗？’我当然有眼睛，这帮蠢驴！当然长着鼻子，这堆狼心狗肺的家伙。我还有一颗心呢。我同情她们！人要是有一颗心，也可以有鼻子，有眼睛，可到时候它们就毫不在意了。

“等到我由于放荡不羁，变成残废而死去，看门的彼得会给我打开天堂的门。并说：‘进来吧，可怜的左巴。进来，伟大的殉道者左巴，去睡在你的同事宙斯旁边。休息吧，好样的，你在人间辛苦了，接受我的祝福！’”

左巴一直说下去。他的想象设下使自己掉进去的陷阱。他慢慢地相信了他自己编的故事。他感到有趣而激动。当我们经过小姐树前时，他叹息，伸出一只手，仿佛在宣誓：

“别担心，我的布布利娜——被欺侮的腐烂老船！别担心，我来安慰你！四大强国抛弃了你，青春抛弃了你，上帝抛弃了你，我，左巴，我不会抛弃你！”

当我们回到海滩时，午夜已过。起风了。从非洲吹来的热风使克里特的树木、葡萄、女人的乳房膨胀起来。躺在海上的整个岛屿，在使树汁升起的温暖气流中颤抖。宙斯、左巴和南风混合在一起。在黑夜里，我清楚地看见脸上蓄着黑胡子、黑头发油光锃亮的一个男人，伸出红色温暖的嘴唇，弯下身去吻霍顿斯太太——大地。

第二十章
在草地上打滚

我们一回去就躺下睡了。左巴满意地搓搓手。

“这一天挺不错，老板。很充实嘛。想想看：早晨我们就走老远到了修道院，把修道院长给制服了——让他诅咒去吧！然后下山，碰到布布利娜太太，订了亲。瞧这戒指，高成色金子。她说她还留了两个英镑，是上个世纪末那位海军上将送给她的。她本来留着陪葬的，但她宁可把它们交给金匠打成戒指。人真是个说不清的谜！”

“睡吧，左巴，”我说，“安静下来，今天够累的了。明天我们还要为架空索道树立第一根支柱举行隆重的仪式。我已派人请斯特凡神父了。”

“你干得好，老板。这是个好主意！叫那山羊胡子神父来，把村里父老也叫来，还给他们分小蜡烛让他们点上。这种事制造影响，对我们的生意有好处。我干什么你不要管，我有我自己的上帝和自己的魔鬼。可那些人……”

他笑起来。他不能入睡，思绪纷乱。

“啊，我的老爷爷，”过了一会儿他说，“愿他的灵魂得救！他也像我一样是个放荡鬼。不过这个老无赖，他去了圣墓，回来成了哈吉[①]。天晓得他为什么去的！当他回到村里时，他的一个专门偷羊、从来没有干过正经事的伙伴对他说：‘喂，伙计，你没有给我从圣墓的十字架上带回来一块木头？’我怎么没给你带来！’我那狡猾的老头说，‘我哪

①朝觐过圣地耶路撒冷或麦加的教徒。

能忘记你？今天晚上到我家来，带上神父，叫他先祝福，我就把它给你。还要带烤乳猪和酒，我们庆贺庆贺。'

"晚上，我爷爷回到家里。他从他那扇全被虫蛀蚀的门上削下米粒那么大的一小块木头，把它裹在棉花里，上面浇上一滴油，等着。过了一会儿，他那位伙伴带着神父、乳猪和酒来了。神父拿出他的襟带祈神赐福。珍贵木块的交接仪式举行后，大家就狼吞虎咽吃起乳猪来。好啦，信不信随你，老板。这家伙在这小块木头面前拜倒。然后把它挂在脖子上。从那以后，他变成了另一个人，彻底变了。他上山参加了希腊宪兵[①]和克列夫特行列。他焚烧土耳其村庄，在枪林弹雨中勇敢战斗。他有什么可害怕的呢？现在他身上带着圣十字架上的一块神物，能使他刀枪不入。"

他突然哈哈大笑。

"全靠一个念头。"他说，"你有信仰吗？一扇旧门上的木屑可以成为神物，你没有信仰吗？整个圣十字架也就成了一扇破门。"

我钦佩这个人。他的头脑如此坚定而大胆。他的心灵触及之处就迸发出熠熠火花。

"你打过仗吗，左巴？"

"我怎么知道？"他沉下脸说，"我记不起来了。打什么仗？"

"怎么，我意思是说，你有没有去为祖国打仗？"

"你说点儿别的好不好？蠢事过去，蠢事忘掉。"

"你把这叫蠢事，左巴？用这样的词说你的祖国，你不觉得害臊？"

左巴直起头来看着我。我躺在床上，上面亮着一盏油灯。他一手抓住上唇胡髭，用严厉的目光长时间地注视着我。

"你太天真，一身书呆子气……老板。恕我直言。"他终于说，

---

①16至19世纪希腊宪兵，在独立战争中参加各方起义。

"我跟你说的话全都白说了。"

"怎么？"我抗议说，"我很理解，左巴！"

"是啊，你用脑子理解。你说这个对那个错；是这样或不是这样。但是，这又有什么用呢？当你说话的时候，我观察你的胳膊，你的胸脯。可是它们在于什么呢？它们都保持沉默，毫无表情。好像它们连一滴血都没有。那么你怎么理解呢？用你的脑子？呸！"

"行啦，直说吧，左巴。别躲开问题。"我刺激他说，"我看你并不怎么为祖国担忧，不对吗？"

他火了，朝墙上猛击一掌，把用来做墙的铁皮桶震得哐啷啷响。

"我，你眼前看见的我，"他大声说，"我用我的头发把圣·索菲亚教堂绣在一块布上，把它带在身上，作为护身符挂在胸前。一点儿也不错，老伙计，就是用这双粗手绣的，用我当年乌黑的头发绣的。我经常和巴甫洛·梅拉斯[①]在马其顿的山上游荡——我当时穿短裙，戴红色土耳其帽，佩银饰带，护身符，弯腰刀，子弹袋和手枪。是一名比这木屋还高的彪形大汉。我披上铠甲，满身钢铁和饰钉，银光闪耀。当我走在路上，就像一支队伍在行进！啊！瞧！……"

他解开衬衣，脱下长裤。

"拿灯来。"他用命令的语气说。

我把灯拿到靠近瘦骨嶙峋的黝黑身体，只见伤痕一片，布满了弹痕和刀疤。简直像一个漏勺。

"现在你再看看另外一边。"

他转过身，让我看他的背部。

"你看，后面连一点抓痕都没有。你懂了吗？现在你把灯拿开。"

"蠢事！"他愤怒地吼道，"可耻！老伙计。什么时候人才真正变成人啊！我们穿上裤子，戴上假领、帽子，可还是一些骡子、狼、狐

---

①巴甫洛·梅拉斯是一名希腊军官，在一场反对保加利亚非正规军的战斗中建立功勋。

狸、猪。说我们是照上帝的形象制造出来的！谁？我们吗？天大的笑话！”

好像他回忆起可怕的往事。他越来越愤怒。从他松动的和空掉的牙齿中咕哝出一些令人听不清的话语。

他站起来，抓住长颈大肚玻璃瓶大口大口地喝水。喝完，凉快了，他稍许平静些。

“不管你碰我哪儿，我都要喊叫。”他说，“我身上全是伤疤和肿块。你还跟我谈女人！我觉得自己是个真正男子汉，我遇到女人连头都不回。我和她们只是路过时的一分钟交道，就像公鸡似的，然后继续往前走。我心想，这些狡猾的家伙，她们想吸光我的精髓。呸！让她们见鬼去吧！

“于是，我拿上我的枪，上路。我参加了游击队。一天黄昏，我走进一个保加利亚人的村庄，躲在一个保加利亚神父家的牲口棚里。神父本人就是一个残暴的非正规军队员，血债累累。晚上，他脱下他的法衣，换上牧人的衣裳，拿起武器进入希腊人的村庄。第二天黎明之前回来。满身淤泥和鲜血，就接着去做弥撒。在我去前几天，他杀死了在床上熟睡的一位小学教师。因此，我进入这个神父的牛棚，躺在两头母牛的后边的粪堆上等着。晚上，神父进来喂牲口。我趁机扑上去，像对付绵羊似的把他杀了，还割下他的耳朵放进我的袋子里。我专收集保加利亚人的耳朵。你知道。我拿了神父的耳朵就溜走了。

“过了几天，中午时候，我打扮成货郎又来到这个村庄。我把武器放在山上，我下山给伙伴们采购面包、盐巴和鞋子。在一户人家门前，我看见五个穿着黑色丧服的小孩，光着脚，伸出手来乞讨。三个女孩，两个男孩。最大的一个也不过十岁。最小的一个还是个小娃娃。最大的那个女孩抱着他，哄他，亲他，不让他哭。我不知为什么，大概是由于神灵的感召，我走到他们跟前。

“‘你们是谁家的孩子，乖乖？’我用保加利亚语问他们。

“孩子中最大的那个男孩抬起小脑袋，‘就是那天在牛棚里被杀害的神父的孩子，’他回答我说。

“我不禁眼泪盈眶。一时感到天旋地转。我靠在墙上，才慢慢平静下来。

“‘孩子，过来。’我说，‘到我身边来。’

“我解开裤带里边装满土耳其镑和麦吉迪埃的钱袋。我跪下来把钱全倒在地上。‘喏，拿吧！’我喊着‘拿吧！拿吧！’

“这些孩子趴在地上，拾起金镑和麦吉迪埃。‘这些是给你们的，是给你们的！’我大声说，‘统统拿去！’

“然后，我把装着零碎东西的篮子也给了他们。

“‘所有这些都给你们，拿去吧！’

“我收拾东西，溜之大吉。当我走出村口，我解开衬衣，把我绣上圣·索菲亚教堂的那件护身符揪出来，撕碎扔掉，然后拔腿就跑。

“我接着还跑……”

左巴靠在墙上，又朝我转过身来：

“就这样，我被解救出来了。”他说。

“从祖国解救出来？”

“是的，从祖国解救出来。”他用坚定而平静的语气回答。

过了一会儿，他又说：

“从祖国、从神父、从金钱中解救出来。我用筛子筛选，越筛，筛出来的东西越多。我这样减轻了我的负担。怎么对你说呢？我自我解放了，我变成了一个男子汉。”

左巴眼中闪着光芒，宽大的嘴巴显露出满意的笑容。

沉默片刻后，他又说起来。他心里有话忍不住要讲。

“有个时期，我说，那个是土耳其人，保加利亚人；这个是希腊人。我为了祖国，干了些让你毛发都竖起来的事，老板。我杀人，抢劫，焚烧村庄，强奸妇女，毁灭家庭。为了什么？就因为他们是保加利亚人、土耳其人？呸！见鬼去吧。混蛋！我常对我自己这样说。见鬼去吧，蠢货！可现在我对自己怎么说呢？这是个好人，那是个坏蛋。他可以是个保加利亚人，也可以是个希腊人。我不问是哪国人。他是好是坏，我今天只问这个。现在我老了，我凭着我吃的这块面包发誓，我似乎已开始连这个都不问了。老伙计，不管他们是好是坏，我都怜悯他们。当我见到一个人时，即使我做出不在乎的样子，我也深深感动。我这样对我自己说，这个可怜的人也吃，也喝，也爱，也害怕。他也有他的上帝和他的魔鬼；他也要死亡，僵挺挺地躺在地下让蠕血吃掉。唉，可怜的！我们都是兄弟，都是喂虫的肉！

“而如果是个女人……唉！那我就简直要哭出来！你老板老开我的玩笑，说我爱女人。我怎么能不喜欢她们呢？她们是天生的弱者，老伙计。你只要抓住她们的乳房，她们就不知道怎么是好而无抵抗地屈从。

“另外有一次，我又进入一个保加利亚人的村庄。村里的一个乡绅是希腊人。这个坏蛋看见我就去告发了。他们包围了我住的房子。我就跳上晒台，从这个屋顶滑向另一个屋顶。那晚有月光，我像猫一样从一个晒台跳到另一个晒台。但是他们认出了我的影子，爬上屋顶向我开枪。那时，我怎么办呢？我顺势掉进一家人的院子。一个保加利亚女人正在那里躺着睡觉。她一看见我就张口要喊。我伸出右臂向她轻声说：‘求求你，求求你，不要喊！’我又抓住她的胸脯，女人脸色发白，要昏倒。

“‘进去吧，’她小声对我说，‘进去吧，别让他们看见……’

“我进去了。她拉着我的手问：‘你是希腊人？’‘是的，希腊人，别告发我。’我抱住她的腰。她什么都没说。我和她睡觉，欢喜得心脏颤抖。我心想，该死的左巴，瞧，这就是女人；这就是一个人！她是什么人，这女人？保加利亚人？希腊人？巴布亚人？全都一样，老家伙！这就是人，一个有嘴，有乳房，知道爱的人。你杀人不觉得可耻吗？混蛋！

“这就是我跟她在一起，在她的温暖中我心里对自己说的。可是祖国，去它的吧。早晨，我穿着这保加利亚女人——是个寡妇，给我的衣服走了。她从箱内拿出她前夫的衣服给了我，还抱着我的双膝恳求我再来。

“是的，是的，第二天晚上，我又去了。那时我是爱国者，你知道，就是头野兽。我带去一桶煤油，给村庄放火。她这位可怜的女人准也烧死在里边了。她名叫柳德米拉。”

左巴叹息。他点燃了一支烟，吸了两三口就把它扔掉。

“祖国，你说……你信你书本里说的空话！你应该相信的是我。只要有国家，人类还得是畜牲、猛兽……但我，赞美上帝，我已得到解救，结束了。可你呢？”

我没有回答。我羡慕在我面前的这个人。他用他的血和肉战斗、屠杀、接吻——经历了我试图通过纸和墨水去认识的一切。所有我在寂静中、坐在椅子上一个一个地去探索的问题，这个人却在山上的洁净空气中，用他的利剑解决了。

我闭上眼睛，但无法平静下来。

“你睡了，老板，”左巴有点恼火地说，“可我，像个傻瓜，还在这里跟你说话呢！”

他咕哝着躺下。过了一会儿，我就听见他的鼾声。

我整夜没有闭上眼睛。那晚，第一次听到夜莺的叫声，骤然使我在孤寂中感到一种难以忍受的悲哀而流出泪来。

我气闷。拂晓我起床，站在门口远望大海和旷野。世界仿佛在一夜之间变了样。在我面前，沙土上那一簇荆棘矮树丛，昨天还是那么凄惨暗淡，现在却开满了小白花。柠檬和橘树花朵盛开，馨香四溢。向前走了几步，我永远看不够这周而复始、万象更新的奇迹。

忽然，我听到身后边一声欢叫。我回转头看去，左巴半裸着身子也起了床，他蹿到门口，为眼前的新春景象而震惊。

“这是怎么回事儿？”他惊愕地呼叫，“这奇迹，老板，那边动荡的蓝色，叫什么？海？海？这边穿着带花的绿色围裙的？是他？是哪位艺术家把它创造出来的？我向你发誓，老板，这是我第一次看见。”

他的眼睛湿润了。

“嘿，左巴，”我向他喊，“你疯啦？”

“你笑什么？你没看见吗？这里边有魔法，老板！”

他冲到外边，跳起舞来，像春天里的马驹似的又在草地上打滚。

旭日东升。我伸出手掌取暖。树枝发芽，乳房隆起。心灵也像树木似的开放。人们感觉到灵与肉都由同一材料糅和而成。

左巴站了起来，头发上沾满露水和泥土。

“快，老板！”他向我喊道，“我们穿衣服，打扮一下。今天要给我们降福，神父和父老们马上就要来了。要是他们看见我们在草地上打滚，那多么给公司丢脸！嘿，把假领和领带拿出来！摆出一副严肃的样儿！人没有头不要紧，只需要有一顶帽子。老板，这是个荒诞虚伪的世界。”

我们穿上衣服，工人们来到了，接着乡绅们来了。

“做得像个样子，老板，忍住点，别叫人家笑话。”

走在前面的是穿着件大口袋、邋遢法衣的斯特凡神父。每逢祝福、洗礼、婚丧事，人家送给他的什么葡萄干、环形小饼干、奶酪馅饼、黄瓜、肉丸子、糖衣杏仁，他把所有这些都乱七八糟地扔进大口袋里。到晚上，他妻子老巴巴蒂娅，戴上老花镜，边把东西整理分类，边咀嚼。

在斯特凡神父后面，是些头面人物：咖啡店老板康杜马诺利奥。他足迹远达坎迪亚，见过乔治亲王，所以是见过世面的；阿纳诺斯蒂老爹沉稳、微笑，穿着件白得耀眼的宽袖衬衫；小学教师严肃、庄重，手拿拐棍；马弗朗多尼，步态缓慢、沉重，走在最后。他头上扎着一块黑头巾，身穿黑色衬衫，脚穿黑靴。他远远站开，背着大海，态度冷淡、孤僻。

“以我主耶稣基督名义！”左巴用郑重的声调说。

他走在队伍的最前面，其他人虔敬地跟着他走。

对历史悠久的魔法仪式的回忆，在农民胸中苏醒。他们眼睛都注视着神父，仿佛在期待他去对抗和驱除肉眼看不见的邪恶力量。几千年前，巫师高抬手臂，向空中洒圣水，口中念念有词，道出威力无比的神秘语言，于是邪恶的魔鬼逃之夭夭，而善良的仙人从水里、地里、空中跑出来普救众生。

我们来到离海不远的一个挖好的坑，迎接架空索道的第一根支柱。工人们抬起一根粗大的松树干，笔直地树立在坑里。斯特凡神父身披襟带，拿起洒圣水器，凝视支柱，开始吟诵驱魔咒：

“愿它定在坚实的岩石上，无论是风是水都无法使它动摇……阿门！”

“阿门！”左巴画着十字高声附和。

“阿门！”元老们发出低沉的声音。

“阿门！”工人们最后说。

“上帝降福于你们的工程，赐给你们亚伯拉罕和以撒的幸福！”斯特凡神父祝贺说，于是左巴往他手里塞了一张钞票。

“我给你祝福。”神父满意地说。

我们回到木屋。左巴拿出酒和一些封斋冷盆——熏章鱼、油煎乌贼、油浸蚕豆、油橄榄待客。随后，乡绅们离去，沿着海岸信步回家。仪式就此结束。

“干得不错。”左巴搓着手说。

他脱掉衣服，换上工作服，拿了一把十字镐。

“走吧，小伙子们，”他向工人们喊，“画个十字，就干吧！”

整整一天，左巴都没有抬头。他发狂似的干。朝着山顶的方向，每五十米挖一个坑，竖一根杆子。左巴测量、计算、发号施令，整天不吃，不抽烟，也没有喘一口气，一心扑在工作上。

“就是因为人们做事只做一半，”他常对我说，“话只说一半，做半个罪人半个有德行的人，才把现在世界弄得这么糟糕。做事就要彻底，狠狠打击，只要不怕，你就会胜利。上帝厌恶半拉子魔鬼比大魔鬼更加厌恶十倍！”

晚上，他下班回来时，筋疲力尽，躺在沙滩上。

“我就睡在这里吧，”他说，“等天一亮，我们就去接着干。我还要安排一组工人干夜班。”

“可是，为什么这样着急，左巴？”

他犹豫了一会儿。

“为什么？怎么，我要去看看我找到了适当的倾斜度没有。要是没搞好，那就完蛋了，老板。我越早知道越好。”

他狼吞虎咽地快快吃完。不一会儿，他的鼾声就在海滩上响起来。而我则很长时间一直醒着，追寻夜空的星星。我看见整个天和各星座一起缓缓移动。我的脑壳犹如天文台的穹顶，它随着星星转动：“望着星体行进，就仿佛你也随着它们转动……”马可·奥勒留[①]这句名言使我心中充满和谐。

---

①马可·奥勒留（121-180），罗马帝国皇帝，有著名哲学著作《沉思录》传世。

第二十一章
女人和美酒

这天是复活节。左巴打扮得漂漂亮亮。他穿上一双茄色的厚毛线袜子，据他说这是他在马其顿的一位相好给他织的。他心绪不宁，在海滩附近的一个小山丘上踱来踱去。他把一只手当做帽舌放在他的浓眉上边，朝村子方向眺望。

“她还不来，这条海狗；她还不来，这婊子，这面破旗……”

一只幼蝶飞舞，想落在左巴的小胡子上。他觉得发痒用鼻孔吹气，幼蝶缓缓飞去，在阳光中消失。

这天，我们等待霍顿斯太太来一起庆祝复活节，我们叫人用烤肉铁扦烤了一只羔羊，在沙地上铺了一块白单子，染了鸡蛋。一半想开玩笑，一半出于真心，我们才决意这天为她举行一个隆重的宴会。在这偏僻的海滩上，这个有点儿腐烂、洒上香水、胖乎乎的歌女，对我们有一种奇怪的魅力。当她不在时，我们总觉得缺少了一些什么。花露水的香味、像鸭子走路似的摇摇摆摆的颠簸步态、沙哑的嗓音、略带酸味的淡蓝色眼睛。

我们砍下爱神木和月桂树枝，在她要经过的地方搭起一座凯旋门。在拱门上悬挂四面旗帜——英国的、法国的、意大利的、俄罗斯的——在中间更高处挂一块带蓝道的白色横幅。当然我们没有放炮，不过我们已决定站在高处，当我们的海狗摇摇摆摆出现在海岸时，我们就用借来的步枪对空连续发射。我们要使其过去的荣华在这个偏僻的海岸复苏。也使她，这个不幸的女人再享受一次短暂的幻想，想象自己重新变成穿着长统丝袜和浅口皮鞋、乳房坚挺、红唇皓齿的一位少妇。耶稣复活又有什么意义，如果它不是让我们在心中重新燃起青春与欢乐之火的一个信号？不能使一个年老娼妓觉得回到了她二十岁的妙龄？

“她还不来，这条老海狗。她还不来，这婊子。还不来，这面破旗……”左巴边把掉下来的茄色袜统往上提边咕哝。

“左巴，来，坐一会儿。在角豆树阴下抽支烟。她会来的。”

他朝通往村子的路瞥了最后一眼，就来到角豆树下坐下来。接近中午，天气炎热。欢乐轻快的复活节钟声从远处传来。和风不时给我们送来克里特里拉[1]声。整个村庄像春天的蜂群般喧闹起来。

左巴摇摇头。

“完了，每年复活节我觉得自己的灵魂和耶稣一起复活的时候过去了。”他说，“现在，只是我的肉体复活了——因为总会有人请你吃饭，一个接一个。他们会说，吃一口，再一口。于是，我给自己填满了美味佳肴。这些东西不会全变成粪便。有些留下来没有糟蹋掉而变成愉快的情绪、跳舞、唱歌、吵闹——我把这些叫做复活。”

他又站了起来，朝地平线望去，皱起眉头。

“有个孩子跑过来了。”他说着就快步迎了上去。

这个男孩踮起脚尖，凑近左巴的耳朵叽咕。左巴跳了起来。

“病啦？”他吼叫，“病啦？快滚，要不我揍你！”

然后，他转过身来对我说：

“老板，我到村里去看看这老海狗出了什么事……你等一会儿。给我两只红鸡蛋，我们俩一块儿敲开吃，我很快就回来！”

他把红鸡蛋放进袋子里，把他的茄色袜统拉上来就走了。

我从山丘上下来，躺在清凉的卵石上。微风吹拂，海水涟漪。两只海鸥随波荡漾，上下浮沉，拱起脖颈，尽情享受潮涌的韵律。我可以想象出它们腹部下的水给予它们的清凉快感。眼望海鸥，我心中思忖：

---

①里拉为一种竖琴，源于古希腊。

“这就是应该遵循的道路；找到伟大的节奏，满怀信心地跟随这个节奏。”

一小时后，左巴回来了，神态满意地抚摸着小胡子。

“她着凉了，这个可怜的。没有什么。这几天，整个圣周，她一直去做午夜祈祷，尽管她是西方人。她说她去是为了我。她着了凉，我给她拔了火罐，给她用灯油擦身，给她喝了一小杯朗姆酒，明天就好啦。哈！这老东西，真有趣儿。我给她搓身时她像只鸽子似的咕咕叫，还直说胳肢得她痒痒。”

我们开始吃饭。左巴给杯子斟上酒。

“祝她健康！愿魔鬼还让她多活几年！”他充满温情地说。

我们不声不响地吃饭喝酒。阵风把情感热烈的里拉曲调像蜂群嗡嗡般从远处吹来。耶稣又在家家户户的阳台上复活。复活节的羔羊和圣饼转化为恋歌。

左巴吃饱喝足，他伸手兜着他那毛茸茸的大耳朵：

“里拉……”他低声说，“村子里人们在跳舞！”

他突然站起来，酒使他兴奋。

“我说，我们像布谷鸟似的孤单单地呆在这里干什么？”他大声说，“我们去跳舞吧！你不可怜吃的那羔羊吗，你？就让它化没有算啦！走吧，让它化成唱歌跳舞吧，左巴复活了！”

“等一等，左巴，你疯啦？”

“老实说，这对我来说无所谓，老板。可觉得对不起羔羊，对不起吃下去的红鸡蛋、复活节圣饼和干奶酪，心里难过。我发誓，要是我光吃了面包和油橄榄，我就会说：唉！我们去睡吧，还用得着玩乐一阵吗？吃的不就是面包和油橄榄吗？那你还能指望出什么来呢？可现在，像这样好酒好饭都白糟蹋了。多可惜啊！让我们庆祝复活节去吧，老板。”

“今天我精神不好，你去吧，也替我多跳跳。”

左巴抓住我的胳膊把我拽起来说：

“耶稣复活了，小伙子！哎，要是我像你这样年轻，什么都头一个干！干活，喝酒，做爱，不怕神，不怕鬼。那才叫青年哪！”

“这是羔羊附在你身上说话，左巴！羔羊变野了，变成了狼！”

“老伙计，羔羊变成了左巴。现在是左巴跟你说话哪！听我说，你以后再骂我。我呢，我是一个航海家辛伯达。这不是因为我走遍天下，不，绝不是。我抢过东西，杀过人，说过谎，和一大堆女人睡过觉，违犯所有戒律。有多少条？十条？嗨，我倒愿意有十条，五十条，一百条，全都给犯了！可要是有上帝的话，到时候我去见他，心里一点儿也不害怕。我不知道怎么跟你说得明白。我想这都没有什么要紧。上帝不屑于关心地上的蚯蚓和它们的事儿。他不会因为人迈错了步子，踩在旁边的一条雌蚯蚓一条雌蚯蚓上，或是人们在耶稣受难日吃了肉而生气，大发雷霆，烦恼不安的，呸，去他的吧，那些喝饱了汤的教士！”

“好啊，左巴，”我对他说，“上帝不问你吃了什么，可得问你干过什么事儿。”

“他啊，我跟你说，他这也不问，左巴你这个没有学问的人怎么知道？你会对我说。我知道，我肯定知道。因为我，要是有两个儿子，一个听话虔诚，规规矩矩，勤俭节约；另一个调皮捣蛋，贪吃懒做，追女人，无法无天，我会让他们两个都到我饭桌上来。可我不知道为什么，我肯定会偏爱第二个。也许因为他像我？可是，谁跟你说，我比白日黑夜都在屈膝下跪收敛钱财的斯特凡神父不像上帝呢？”

“上帝，他吃喝玩乐，做出不公平的事，做爱，干活，喜爱离奇古怪的东西。吃他喜欢的东西，娶他喜欢的女人。你看见一个清澈如水的漂亮女人走过，就心花怒放。可突然间，地裂开，她没有了。她到哪里去了呢？谁把她带走了？要是个贞洁的女人的话，人们就会说，上帝收了她。要是个品行不端的女人，人们又会说，魔鬼把她抓走了。可是，老板，我跟你说，而且我要重复说，上帝和魔鬼是一回事！”

我不作声，紧咬双唇，仿佛要把话拦截住不让它们出口，截住我的话和一声大叫。这声叫喊要表达什么呢？诅咒、欢乐、失望或解脱？我不知道。

左巴拿起他的棍子，稍歪戴上帽子，喜气洋洋地用同情的目光看我。他的嘴唇动了动，似乎想再说点什么。然而他没有说，昂起头，快步向村里走去。

我看着他那手持木棍的高大身影在海滩的卵石上移动。左巴一走过，整个海岸都有了生气。我竖起耳朵听了很久，听见他的脚步声渐渐消失。忽然，我感觉到孤单。我猛地站了起来。为什么？到哪里去？我不知道。我在思想上没有作出任何决定，是我的身体一下子站了起来。只是身体，它没有征求我的意见就作出了决定。

“向前走！”它坚决有力地说，仿佛发出一道命令。

我迈着坚定而急迫的步伐向村庄走去。我不时停下来，呼吸春天的气息。田野里春白菊吐香。当我逐渐接近一些花园时，柠檬、橙树、月桂，花香阵阵，扑鼻而来。在天际西边，晚星闪烁，欢喜雀跃。

“大海、女人、美酒、勤奋工作！”我一面向前走，一面身不由己地咕哝着左巴的话。“大海、女人、美酒、勤奋工作！把头一个劲儿地扎进工作、酒和爱情里，不怕神，不怕鬼……这才是年轻人哪！”我念叨了一遍又一遍，仿佛是为了给自己增添勇气，我继续向前走去。

蓦地，我一下子停住脚步，似乎我已到了我要去的地方。是哪儿呢？我一看：就在寡妇家的花园前。我听见有人在芦苇篱笆和霸王树后边，哼着柔媚的女声歌曲。我走向前去，拨开叶丛。在一棵橙树下，站着一个胸部隆起的黑衣女人，她边剪花枝边唱歌。在晚霞中，我看见她那半裸的胸脯闪现亮光。

我喘不过气来。“这是一头猛兽，”我心想，“一头猛兽，这她自己知道。在她面前，男人是多么滑稽可笑、虚浮、无力抵抗的可怜的动物！就像一些昆虫——螳螂、蝗虫、蜘蛛一样，她贪食，有个难以满足的胃口，到天亮就把雄性吞食掉。”

寡妇是否觉察到我来啦？她突然中止歌声，转过身来。瞬息间，我们的目光相遇。我感到双膝发软——仿佛在芦苇丛后面看见了一头雌虎。

“是谁啊？”她用哽着的声音问。

她把头巾拉过来盖上胸脯，脸沉了下来。

我刚想要走，左巴的话语在我心中浮起。我鼓起勇气。“大海、女人、美酒……”

“是我，”我回答，“是我，给我开开门！”

话刚一出口，我就感到一阵恐慌，又想溜走。但是我还是控制着自己，觉得想法可耻。

“谁啊，是你？”

她缓慢地、谨慎地、不声不响地向前迈了一步。伸长头颈，眯起眼睛，以便于更清楚地辨认，然后再向前走了一步，侧身窥视。

她一下子喜形于色。她伸出舌尖，舔润双唇。

“老板？”她用更加温柔的声音说。

她再向前走了一步，蜷缩身子，准备跳起来。

“老板？”她用低沉的声音又问了问。

“是我。”

“来吧！”

天亮了。左巴已经回来，坐在木屋前抽烟，看海，好像在等我。

他一看见我就仰起头来注视着我。他像只猎犬似的抽动鼻孔，伸长头颈，深吸气，闻我的气味。而后他仿佛在我身上嗅出寡妇的香味，一下子笑逐颜开。

他慢慢地站起来，真心地微笑，伸出双臂。

“我为你祝福！”他说。

我躺下，闭上眼睛。我听到大海用摇篮般的节奏平静地呼吸。我觉得自己像一只海鸥，跟随着波澜起伏。在柔和的摇荡中，我坠入睡乡，并做了一梦：看见一个蹲坐在地上的巨大黑女人，我觉得是用黑色花岗岩建造的一座庞大庙宇。我焦急不安地绕着她转，想找到入口处。我刚刚够上她的小脚趾头那么高。当我绕过她后脚跟的时候，我忽然看见像岩洞般的一扇黑色大门，从里面传出一声巨大的命令声：“进来！”

于是我走进去。

将近中午，我醒了。阳光从窗户进来洒向床单，猛烈射击挂在墙上的一面小镜子，仿佛要把它砸裂成千百块碎片。

巨大黑女人的梦幻又回到心中。大海低声咆哮，我又闭上眼睛，似乎感到自己十分幸福。我的身体轻松而满足，如同一头动物在吞食猎物以后，躺在阳光下咂舔嘴唇。我的精神也像肉体一样，得到满足和休息。好像对过去折磨它的令人悲伤的问题，他已找到了一个简单而奇妙的答案。

昨夜的欢乐又从心底深处涌现出来，充分浇灌着我由之而造成的泥土。我闭上眼睛躺着，似乎听到我的身体爆裂而长大。这天夜里，我第一次清楚地体验到，精神就是肉体，也许更活动，更透明，更自由，但仍是肉体。反过来肉体又是精神，却有点迟钝，因为超载着沉重的遗产长途跋涉而疲惫不堪。

我感觉到一个影子投在我身上。我睁开眼睛，看见左巴站在门口。满心喜悦地看着我。

“睡吧，孩子！睡吧，别起来……”他以慈母般的关切轻柔地对我说。“今天是节日，睡吧。”

“我睡够了。”我坐起来说。

“我给你冲只鸡蛋，”左巴笑着说，“它滋补。”

我没有回答，跑到海滩，浸入海水里，然后在阳光下晒干。但我仍觉得在鼻孔、嘴唇上、手指头上有一股散不去的柔香——一股克里特岛上的妇女用来涂抹头发的橙花精和桂花油的香味。

昨天他剪下一大捧橙花，准备等到晚上村民都去广场的白杨树下跳舞、教堂里没有人的时候去献给耶稣。在他床上面的圣像屏前供满柠檬花。圣母在花丛中露出悲楚的大杏眼。

左巴把一杯蛋花汤、两只大橙子和一个复活节小奶油圆球蛋糕放在我旁边。他一声不响，满怀喜悦，像一位母亲照顾自己的从战场归来的儿子。他以爱抚的神情看我，尔后走开。

“我竖几根杆子去。”他说。

在阳光下，我平静地咀嚼着嘴里的东西，觉得自己好像在清凉的绿色海水上漂浮，深深感到一种身体上的欢快。我不让思想去占领这肉体的幸福，把它挤进固定的思想模式进行思考。我放浪形骸，任凭全身从头到脚欢喜一番。只是有时，我欣喜若狂。我看看周围、自己本身、世界上的奇迹，不禁自问：发生了什么事？怎么可能，世界对我们的脚、手、肚子适合得这样完美无缺？我又闭上了眼睛，沉默不语。

我忽然站起来，走进大棚，拿出《佛陀》手稿把它翻开。我把它结束掉。佛陀躺在花朵盛开的树下，举起手命令构成他的五种元素地、水、火、风、精气解体。

我已不再需要我的这个痛苦的形象。我已经超越这一步。我已经在佛面前做完了佛事。我也举起了手命令佛陀在我的身上解体。

我赶快借助于字眼这强有力的驱魔咒，毁坏他的躯体、灵魂、思想。我无情地涂写上最后的字句，发出最后一声呼叫，用粗红笔写上我的名字，完事大吉。

我拿一根粗绳把手稿牢牢扎起来。我感觉到一种奇怪的欢乐，就好像我把一个可怕的敌人手脚捆了起来，或者如同未开化的野人，捆绑死亡的亲人，免得他走出墓穴变成鬼魂的时候一样。

一个小女孩光着脚跑来。她身穿一件黄色连衣裙，手里紧紧攥着一只红鸡蛋。她停下来，用惊惶的目光望着我。

“喂，”我微笑着喊她，“你有什么事吗？”

她用鼻子吸气，气喘吁吁地小声回答说：

“太太派我来请你到她那边去。她躺在床上。你是左巴吧？”

“好，我就来。”

我把一个红鸡蛋放到她的另一只小手里。她攥住鸡蛋就走了。

我站起来沿路走去。村子里喧闹声越来越近，里拉的悦耳声、叫喊声、鸣枪声、欢快的歌声。当我来到广场时，新出嫩叶的白杨树下聚集着男女青年，准备跳舞。老人坐在周围的长凳上，下巴顶着拐杖观看。老年妇女站在靠后一点的地方。在跳舞者中间，坐着有名的里拉琴手法努里奥。他耳朵上夹着一朵四月的玫瑰花。他左手抚琴竖在膝头上，右手持带响铃的弓。

“耶稣复活了！”我经过时喊。

“是的，耶稣复活了。”欢快的喧哗声附和。

我匆匆忙忙看了一眼。小伙子们体格匀称，身材修长，穿着灯笼裤，头巾的穗子像拳曲的发绺，落在前额和鬓角上。姑娘们脖子上挂着西昆[①]项圈，头戴白色绣花头巾，垂下眼睛，心突突跳着等待。

“你不愿意跟我们呆一会儿吗，老板？”有人问我。

可我已经走过去了。

霍顿斯太太躺在她的大床上——这是忠实地伴随着的唯一家具。她两颊发烧，还咳嗽。

她一看见我，就唉声叹气地问：

“左巴呢，老朋友，左巴呢？……”

“他也不舒服了。自从你病倒那天起，他也病了。他拿着你的照片，边看边叹息。”

“再说下去，再说下去……”可怜的歌女感到幸福，闭上眼睛低声说。

“他叫我来问你需要什么东西。他今天晚上亲自来。他说尽管他身子骨不行，离开你他受不了。”

---

①西昆，是古代威尼斯金币。

“说呀，说呀，说下去……”

“他收到雅典发来的一封电报。结婚礼服准备好了。花环也准备好了，都装上了船，快到了……还有扎上粉红丝带的大白蜡烛……”

“接着说，接着……”

她困得睡着了。呼吸都变了样。她开始说胡话了。房间里既有花露水味，又有氨臭味和汗味。从敞开的窗子又吹进院子里的鸡、兔粪便的呛人臭味。

我站起来溜出房间，在门口碰到米米杜。这天，他穿着靴子和全新的灯笼裤，耳朵上夹着一根罗勒枝。

“米米杜，”我对他说，“快去卡洛村，请医生来。”

米米杜怕在路上弄坏靴子，脱了下来，夹在腋下。

“找到医生替我向他问好，叫他骑上马，一定要来。你跟他说老太太病重。这可怜的，她着了凉，发高烧，要死啦，你这样跟他说。快来吧！”

“这就走！”

他向两手心啐上唾沫，然后快活地一拍，但站着不动，用喜悦的目光看着我。

“快走啊，我不都跟你说了吗？”

他还是一动不动，向我眨眼，并做个鬼脸。

“老板，”他说，“我送你家里一件礼物，一瓶橙花香水。”

他停了一停，等待我问他是谁送的，但我没有问。

“你不问问是谁送给你的吗，老板？”他格格地笑着说，“这是让你抹头发的，她说，她让你闻着香。”

“快走，快，别废话了！”

他笑了，再次朝两手啐唾沫：

“这就走！”他又大声说，“耶稣复活了！”

说完，就一溜烟不见了。

第二十二章
儿女都是神

白杨树下的复活节舞会进入高潮。领舞的是一个二十岁左右的青年。他体格健壮，皮肤黝黑，脸上布满从未用剃刀刮过的细软短须，敞开的领口处露出他胸前一片黑色的卷曲绒毛。他的脑袋向右一仰，两脚好像翅膀似的往地上扑打；他不时地向某个姑娘看上一眼，眼白从一张被太阳晒黑的脸上发出坚定而又令人困惑的微光。

我既喜悦又惊惶。我刚从霍顿斯太太那里出来。我请了位妇女照料她，现在可以安心离开来看克里特人跳舞。我走近阿纳诺斯蒂老爹，在他的长凳上靠着他坐下。

“领舞的那小伙子是谁呀？”我在他耳旁问道。

阿纳诺斯蒂老爹笑了起来：

“他就像个夺取灵魂的大天使，这个捣蛋鬼。”他带着赞美的神情说，“他叫席发卡斯，羊倌。一年到头都在山上看羊。只有复活节他才下山来看看人，跳跳舞。”

他叹了口气。

“唉，要是我像他这么年轻，”他咕哝说，“我要是像他这么年轻，我保证，我会攻占君士坦丁堡。”

年轻人摇晃脑袋，喊了一声，像公山羊发情时咩咩地野蛮呼叫。

“弹吧，法努里奥！”他喊道，“弹起来叫死神死去！”

死神就像生活一样每时每刻都死去，每时每刻都再生。千百年来，男女青年都在春天新绿的树叶下跳舞，在白杨树、冷杉、橡树、梧桐和修长的棕榈树下，他们的面孔被欲念吞蚀而仍然跳舞，千年万年下去。

面孔变了，化为乌有，回到泥土里。而其他的面孔出来代替他们。只有一个拥有无数个面具的永生的跳舞者，他永远二十岁。

年轻人举起手来捋小胡子，可是他没有胡子。

“弹啊！”他又喊，“弹吧！法努里奥，老伙计。要不，我就爆炸啦！”

里拉琴手晃动胳膊，琴声响起，铃铛振动。年轻人一跃而起，跳到一人高，脚在空中拍了三下，还用他的靴子尖摘下旁边的乡警曼诺拉卡斯头上的白色方巾。

“好啊，席发卡斯！”有人喊叫。姑娘们战栗，低下了头。

而这个年轻人，一声不吭，也不看任何人，既粗野又规矩，左手翻过来放在结实的细腰上，两眼羞涩地看着地跳舞。

突然间，跳舞停了下来。教堂里老执事安穆鲁里奥举着双手跑过来：

“寡妇！寡妇！寡妇！”他气喘吁吁地喊叫。

乡警曼诺拉卡斯首先中断法兰多拉舞，冲了出去。人们从广场可以望见还装饰着爱神木和月桂树的教堂。跳舞的人停下来，怒火中烧。老年人从坐着的长凳上站起来，法努里奥把里拉琴平放在膝上，拿下夹在耳朵上的玫瑰花闻。

“在哪里，老安德鲁里奥？”他们愤怒地喊叫着，“她在哪里？”

“在教堂里。她刚进去，这该死的，她抱着一大捧柠檬花。”

“上啊，小伙子们！”乡警首先向前冲着喊。

这时候，寡妇披着黑头巾出现在门口。她画了十字。

“骚货！不要脸的！杀人犯！”广场上人声喊叫，“她还有胆子出来！她破坏了我们村子的名声！”

一些人跟在乡警后面往教堂跑；另一些人从商处向她护石头。有一块石头击中她的肩膀，她发出一声尖叫，双手捂住脸，弯下身子企图逃跑。可是，年轻人们已经来到教堂门口，曼诺拉卡斯的刀也出了鞘。

寡妇发出几声微弱的尖叫退了回去，弯着腰摇摇晃晃地往回跑，心想躲进教堂里去。可是老马弗朗多尼就站在门前，伸开双臂挡住进口。

寡妇向左一跳，抱住院子里的一棵大柏树。一块石头呼啸飞来，击中她的头部，掀掉她的头巾。她头发散开，落在肩上。

“看在上帝的面上！看在上帝的面上！”她紧紧抱着大树喊叫。

在广场上面，姑娘们排成一行，咬着她们的白色头巾热切地观看。老年妇女靠着墙叫喊：“杀了她！杀了她！”

两个青年朝她扑去，抓住她。她的黑衣服被撕破，雪白的胸脯裸露，闪烁微光。这时，鲜血从她头顶流到前额、面颊和脖子。

“看在上帝的面上！看在上帝的面上！”她气喘吁吁地喊叫。

流下来的血，闪亮的胸脯，刺激了年轻人。他们从腰带里拔出刀子。

“住手！”曼诺拉卡斯喊道，“她是我的！”

马弗朗多尼一直站在教堂门口，举起一只手。所有的人都停下来。

“曼诺拉卡斯，”他用沉重的声音说，“你表弟的血在喊叫，让他安息吧！”

我从爬上去的围墙跳下来，急忙向教堂跑去，我被一块石头绊倒，摔了个跟头。

这时候，席发卡斯经过。他一弯腰像捉猫似的抓住我脊梁，把我提了起来。

“你来这里干什么？”他说，“滚蛋！”

“你不可怜她吗，席发卡斯？”我对他说，“可怜可怜她吧！”

粗野的山里人笑了起来。

“我不是女人，叫我可怜她！”他说，“我是个男子汉。”

他一下子就走到教堂院子里。我跟着他走去。

这时，所有的人都站在寡妇周围。一阵压抑的沉默。人们只听到受难者喉咙哽着的喘息声。

曼诺拉卡斯画了个十字，朝前走了一步，举起他的刀。在围墙上面的老年妇女尖声欢叫。姑娘们把头巾拉下来捂住脸。

寡妇抬头看见头上的刀，像牛犊似的嚎叫。她昏倒柏柏树下，雪白的颈背闪闪发光。

“祈求上帝主持公道！”老马弗朗多尼也画着十字喊。

就在这时，我身后响起粗大的嗓音：

“把刀放下，杀人犯！”

所有的人都回过头去，一时目瞪口呆。曼·拉卡斯抬起头，左巴站在他的面前，愤怒地挥舞手臂。他喊道：

“嘿，你们不觉得丢人？这叫什么英雄好汉，全村的人合起来杀一个女人！当心，你们把整个克里特的脸都丢了！”

“去你的，左巴！我们的事儿你管不着！”马弗朗多尼吼叫。他朝他的侄子转过身：

“曼诺拉卡斯，”他说，“以基督和马利亚的名义，动手！”

曼诺拉卡斯往上一蹿，一手抓住寡妇，把她撂倒在地，膝盖压住她肚子，举起刀，刹那间，左巴抓住了曼诺拉卡斯的手，再用头巾缠住手，夺了乡警的刀。

寡妇跪着起来，察看四周，看看从什么地方可以逃跑。然而，村民们已经堵住大门，并在院子周围和长凳上站成一圈。当他们发现她想逃走，他们就逼进一步，缩小包围圈。这时，左巴敏捷、果断、沉着、冷静，进行着无声的搏斗。我站在离教堂大门不远的地方，焦虑不安地观看。曼诺卡斯气得满脸通红。席发卡斯和另一个大高个儿过来准备助他一臂之力，可曼诺拉卡斯怒眼圆睁。

“靠后站！靠后站！”他吼道，“谁也别上来！”

他再次拼命向左巴扑去，像头牛似的低下头，狠狠地往前一顶。

左巴抿着嘴唇，不吭一声。他一只手像老虎钳似的紧抓住乡警的右臂，弯下身子，左躲右闪，避开对方的顶撞。曼诺拉卡斯气急败坏，猛地一冲，咬住左巴的耳朵，狠命扯，鲜血流了出来。

“左巴。”我惊恐万分地喊他，一边冲上去护他。

“走开，老板！”他对我吼叫，“这不关你的事！”

他攥紧拳头，狠狠地给曼诺拉卡斯小腹一拳。这一下，野兽撒手了。他松开牙齿，放弃扯下一半的耳朵。他的脸由红变白。左巴一推，他就跌倒在地上，继而捡起他的刀，把它折断。

左巴用头巾止住从耳朵流出来的血，又擦了擦汗，弄得满脸是血。他直起身子，睁开红肿的眼睛，看了看周围。他对寡妇喊道：

“起来，跟我走！”

然后，他朝院门走去。

寡妇站起身，振作起来，向前冲去。可是，她已经来不及了，老马弗朗多尼像一头鹰隼似的向她扑去，先把她打翻在地，再把她的长长的黑发在手臂上挽了三圈，手起刀落，割下了她的脑袋。

“杀人罪算在我的账上！”他吼叫着，把受害者的脑袋朝教堂门前扔去。

左巴回过身来。他怒不可遏，揪掉一绺自己的小胡子。我走上前去，抓住了他的胳膊。他弯下腰，看着我。两大滴泪水挂在他眼睑上。

“我们走吧，老板！”他用哽住的声音说。

这天晚上，左巴什么都不想吃。“喉咙发紧，”他说，“什么都吃不下去。”他用凉水洗耳朵，用一块棉花蘸拉吉酒包敷伤口。他坐在床上，双手抱头，陷入沉思。

我躺在靠墙的地上，用胳膊肘儿支撑上身，觉得热泪从面颊慢慢流下，脑子停止了活动，什么都不想。我被沉重的悲哀压抑得不能自已，像个孩子似的哭起来。

蓦地，左巴抬起头，袒露自己的心思。他喊起来，大声说出他内心的激愤：

“我跟你说，老板，这个世界上发生的一切都是不公平的，不公平，不公平！可我，左巴，一条蚯蚓，一条鼻涕虫。我不同意！为什么要让年轻人死而让那些糟老头活？小孩子为什么死？我有一个男孩子，我的小迪米特利。他三岁就死了。我永远永远不会宽恕上帝。你听见了吗！我死的那一天，要是他胆敢来见我，要是他当真是上帝，那他会感到羞愧。是的，他在左巴这条鼻涕血面前会感到羞愧的！”

他做了一张感觉疼痛似的苦脸。伤口又流血了。他抿着嘴唇，不让自己喊出声来。

“等一等，左巴！”我说，“我给你重新包扎一下。”

我又用拉吉酒给他的耳朵冲洗，用从我床上拿来寡妇送的那瓶橙花香水，浸透一块棉花。

“橙花香水？”左巴使劲闻了闻说，“橙花香水？浇在我头上，这太好了！剩下的全倒在我手上，来吧！”

他身体缓过来了。我惊讶地看着他。

“我似乎走进了寡妇的园子里。”他说。

他又哀叹起来。

“要多少年，”他喃喃自语，“要多少年大地才能造成像这样的一个躯体！人们看着她就会想到，‘二十岁的年纪，跟她在世上一块过，生儿育女，繁衍生息！不，儿女生下来就不是孩子！是真正的神！’可现在……”

他站了起来，眼泪盈眶。

“我没办法，老板，”他说，“我得走上山，走下山，两三趟，累得精疲力竭，心才能稍稍平静些……该死的寡妇！我真想为你唱哀歌。”

他冲了出去，朝山的方向走去，在黑暗中消失。

我上床躺下，灭了灯。我又一次按照我那可悲的残酷习惯，把血、肉和骨头从现实中抽掉，使之变成抽象的概念，并使之与宇宙规律联系起来，直到我得出“所发生的事乃属必然”这样一个可怕的结论。而且，这对宇宙的和谐是有利的。我终于得出这个最后的极糟糕的结论：发生的一切都是理所当然的。

寡妇被残杀的情景进入我的脑海——这个若干年来惯于化毒液为蜜汁的蜂窝——使它陷入慌乱。但我的哲学体系立刻接纳了这可怕的警告，用形象和诡计把它包围起来而使之成为无害。就像蜜蜂用蜡把来偷吃它们的蜜的饥饿雄蜂封闭起来一样。

几小时后，寡妇安详地微笑着并变成符号躺在我的记忆里。她在我心中已被蜡封住了。她再也不会使我惊惶，不会扰乱我的头脑。一天发生的骇人耳目的事件扩张了，在时间和空间延伸，与过去的伟大文明合为一体，文明与大地的命运合为一体，大地与宇宙的命运合为一体，这样，又回到寡妇身上。我发现她屈从于大千规律，平静、安详地与杀她的人修好。

对我说来，时间显示出了它真正的含义：寡妇在几千年前的爱琴文化时代就已经死去，梳着鬈发的克诺索斯[①]姑娘一个早晨在这个欢快海洋的岸边死去。

我沉沉入睡。正如有一天——再也没有比这更可以肯定了的——应死神的召唤，我有气无力地坠入黑暗中。我不知道左巴什么时候回来，甚至不知道他是否回来过。早晨，我看见他在山上，向工人们喊叫，大发雷霆。

他们无论干什么，他都不满意。他开除了三名工人，自己拿起镐来，在他为树立支架划出的路线上清除荆棘和岩石。他爬上山，找到正在砍松树的伐木工人，大声谩骂。其中一个人笑着咕哝几句，左巴就朝他扑去。

晚上他下山时精疲力竭，衣服破烂，在海滩上靠近我坐下。他几乎张不开口。当他终于说话时，光谈木材、铁缆和褐煤，像个贪婪的承包

---

①克诺索斯，克里特半岛上一古代城市，其兴盛时期始于公元前2000年，没于公元前1400年。

商，急于把当地劫掠一空，尽榨取之能事，而后走掉。

我到了需要做自我安慰的时候，正想开口说说寡妇的事，左巴伸出一只大手捂我的嘴。

“住嘴！”他用低沉的声音说。

我不吭声了，感到难为情。这就是个真正的男子汉，我心想，羡慕左巴的沉痛。一个热血沸腾、铁骨铮铮的男子汉。

在痛苦时，他流下真挚的热泪；在幸福时，他不用形而上学的细筛把欢乐过筛而使之失去真味。

就这样，三四天过去了。左巴顽强地工作，气都不喘一口，不吃不喝。他变瘦了。一天晚上，我跟他说到布布利娜太太还在生病，医生没有来时，她在幻觉中喊过他的名字。他紧握拳头。

“好啦。”他说。

第二天拂晓，他到村里去，很快就回来了。

“你看见她啦？”我问他，“她怎么样啦？”

“她没有什么，”他说，“她快死啦。”

他朝山上大步走去。

这天晚上，他没有吃饭，拿了木棍就出去了。

“你去哪儿，左巴？”我问他，“上村里去吗？”

“不，我出去转一圈就回来。”

他迈着坚定的大步，朝村里走去。

我累了，躺在床上。我的脑子又开始对人世做一番回顾。往事和悲伤涌上心头。我的思绪飞到最遥远的地方，而后又终于回到左巴身上。

“万一他在路上遇到曼诺拉卡斯，”我心想，“这个狂暴的克里特巨人就会向他扑去。听说这些天来他一直憋在家里。他觉得没脸在村子上露面，还说要是他抓住左巴，要把他碎尸万断。而且昨天半夜里，一个工人还见他带着武器在木屋周围转悠。要是今晚他们碰上的话，肯定会发生一场厮拼。”

我猛地起身，穿上衣服，赶快朝村子的方向走去。夜色溶溶，空气湿润，野丁香花喷吐芳香。过了一会儿，我在黑暗中辨认出左巴的身影。他似乎很累，慢慢地朝前走。他不时停下去，抬头看星星，又侧耳静听。然后又加快脚步向前走。我听到他的木棍敲击石头的声音。

他走近寡妇的花园。空气中弥漫着柠檬和忍冬的花香。这时，从园子的橘树那里传来像清泉流水般的令人心碎的夜莺歌唱声。它在黑暗中不停地啁啾，使人屏息。左巴停下脚步，他也被这柔美的叫声所窒息。

蓦地，围篱的芦苇摇动起来。锋利的苇叶像钢片似的沙沙作响。

“喔，伙计！”一个粗野的声音说，“喔，老混蛋，我到底找着你了！”

我愣住了。我晓得这种声音。

左巴向前迈了一步，举起木棍，又停住了。在星光下，我看清他们两人的每个动作。

身材高大的家伙一个箭步跳出了芦苇。

“是谁啊？”左巴直起脖子问。

“是我，曼诺拉卡斯。”

“去你的，走开！”

“你让我丢了脸，左巴。”

“不是我让你丢了脸，曼诺拉卡斯。走开，我跟你说。你是个壮实的男子汉，可你不走运。运气是没有眼睛的，你知道不知道？”

“什么运气不运气，瞎眼睁眼，”曼诺拉卡斯咬牙切齿地说，“我得挽回脸面。就在今天晚上，你带刀了没有？”

“没有，”左巴回答，“我只有一根棍子。”

“去找一把刀来。我在这里等你，去吧！”

左巴没有动弹。

“你害怕啦？”曼诺拉卡斯用讥讽的口吻说，“你去啊，我跟你说！”

“我要刀干什么，老伙计？”左巴开始火起来，“我要刀干什么，你说？你还记得，在教堂那儿，你有刀，我没有，不是吗？可是，我也干得不错嘛。”

曼诺拉卡斯暴跳如雷。

“你还笑话我，嗯？我有武器，你没有。去找一把刀来，混蛋马其顿人，我们较量较量。”

“把你的刀扔掉，我也扔掉木棍，我们再较量。”左巴也气得声音发抖地说，“来吧，克里特混蛋！”

左巴向两手心吐了唾沫，“上啊！”他喊道，同时一个箭步走向前去。

两条汉子还未交手，我就冲到他两人中间。

“别打！”我喊道，“到这边来，曼诺拉卡斯！来吧。左巴，你也过来。你们不觉得害羞吗？”

两个对手慢慢地走过来。我抓住两人的右手。

“把手伸出来！”我说，“你们两人都是好样儿的。大家和解吧。”

“他让我丢了脸……”曼诺拉卡斯说着就要把手抽回去。

“哪里会这么容易让你丢脸，曼诺拉卡斯队长！”我说，“全村谁不知道你是个好样儿的。别惦记那天教堂发生的事了。那时候不吉利。现在，事情已经过去，了结了！而且别忘记，左巴是外地人，一个马其顿人。伸手打倒我们这里来的一位客人，我们克里特人不能这么干……来吧，曼诺拉卡斯队长，伸出手来，这才是真正好样儿的呢。我们进木屋里去，为了我们的友谊喝一盅，再烤一串香肠吃！”

我一手搂住曼诺拉卡撕的腰，把他拽到稍远处。

“他年纪大了，这可怜的人，”我靠近他耳边小声说，“像你这么一个壮实的年轻汉子跟他斗，这事儿不能干！”

曼诺拉卡斯态度软了下去。

“好吧，”他说，“看在你的分上。”

他向左巴走近一步，伸出他的大手。

“得啦，左巴老伙计，”他说，“过去的事忘掉吧。你的手！”

“你咬掉了我的耳朵，”左巴说，“便宜你了，诺，我的手！”

两人长时间地使劲握手。他们越握越紧，并互相对视着。我真担心他们再交起手来。

“你握得很紧，”左巴说，“你真壮实，曼诺拉卡斯。”

“你也够有劲的。再往紧里握，你要是行的话。”

“行了，”我说，“走吧，为我们的友谊喝一杯去！”

我在中间，左巴在我右边，曼诺拉卡斯在我左边。我们回海边去。

“今年丰收在望……”我改换话题说，“风调雨顺。”但他们谁都没有接我的话碴儿。他们胸中还觉得压抑。我把希望放到酒上。我们来到了木屋。

“欢迎你到寒舍来，曼诺拉卡斯队长！”我说，“左巴，给我们烤香肠，再弄点喝的。”

曼诺拉卡斯在木屋前的石头上坐下。左巴抓了一把小树枝升火烤香肠，又给三只杯子斟上酒。

“祝你健康！”我举起酒杯说，“祝你健康，曼诺拉卡斯队长！祝你健康，左巴。干杯！”

他们碰了杯，曼诺拉卡斯倒了几滴酒在地上：

“我的血就像这酒似的流，”他口气郑重地说，“如果我对你动手的话，我的血就像这酒这样流。”

“要是我不忘掉被你咬下的耳朵的话，曼诺拉卡斯，”左巴边往地上洒酒边说，“我的血就像这酒似的流！”

第二十三章
只当着男人哭

天蒙蒙亮，左巴就在床上坐起来，并把我叫醒："老板，你还睡啊？"

"什么事啊，左巴？"我问。

"我做了个梦，一个稀奇古怪的梦。说不定我们不久就要出一趟远门。听我说，你别笑，我梦见在我们这儿的港口，停泊着一艘城市般大的大船。船在鸣笛，准备起航。我呢，从村里跑去赶这艘船，手里提着一只鹦鹉。我一到就爬上船。船长跑过来向我喊道：'票？多少钱？'我问他，并从口袋里掏出一沓钞票。'一千德拉克马！'我说，'求求你通融一下，八百行不行？''不行，一千！''我只有八百，收下吧！''一千！少一个也不行。要不，你快走开！'我有点发火了：'船长你听着，收下我给你的这八百，有你的好处。要不，我醒过来你一个钱也捞不着！'"

左巴哈哈大笑。

"人是一台多么奇怪的机器啊！"他说，"填进去面包、酒、鱼、萝卜，制造出来的是叹息、笑和梦。一座工厂！在我们脑瓜里，准有个能说话的有声电影。"

一下子，左巴从床上跳起身。

"可鹦鹉是怎么回事？"他不安地问，"这是什么意思？一只鹦鹉跟我走。哈，我担心……"

话音未落，只见一个红头发怪模样的矮胖子气喘吁吁地跑进来："看在上帝的分上！可怜的老婆子喊着要请医生！她快要死了，是的，她说她要死了；你会在良心上过不去的。”

我感到内疚。寡妇的死使我们陷入悲痛，我们把老婆子全都忘记了。

“她病得不轻，这可怜的，”红头发小伙子接着叨叨说，“咳嗽得那么厉害，把小客栈都震了。真像头驴咳嗽，把整个村子都震摇晃了。”

“别笑，”我大声说，“你给我住嘴。”

我拿起一张纸，迅速地写了几行字。

“走吧！把这封信送给医生。你一定要亲眼看着医生骑上马才回来。听明白没有？走吧！”

他接过信，塞进口袋里，转身走掉。

左巴这时已经起身，一声不响地穿上了衣服。

“等等，我跟你一块走。”我对他说。

“我急着有事儿。”他说完就走了。

过了一会儿，我也朝村里走去。寡妇的园子花香四溢，但已空无一人。米米杜像只丧家犬，独自蜷缩在园门前。他瘦了，两眼深陷，发出愤怒的目光。他看我走来，便背过身去，从地上捡起一块石头。

“你在这里做什么？”我问他，同时怀着悲痛的伤感看了一下花园。

我回想起一双温暖而有力的胳膊围绕着我的脖颈……柠檬和月桂树油的香气在空中飘荡。在暮色中我看见寡妇那双充满欲焰的美丽的黑眼睛，她那用胡桃叶擦过，发亮的、尖尖的雪白牙齿。

“你问我来这干什么？”米米杜咆哮着说，“滚开，管你自己的事儿去！”

“抽支烟吗？”

“我不抽烟了。你们都是些混蛋！统统，统统是混蛋！”

他喘着气，沉默下来，仿佛一时想不出用什么合适的字眼。“混蛋！不要脸的！骗子！杀人犯！”他觉得终于找到了他要找的词儿似乎轻松了，拍了拍手。

“杀人犯！杀人犯！杀人犯！”他连声尖喊，接着又狂笑起来。

我心里一阵难受。

“说得对，米米杜。你说得对！”我小声说着，快步走开。

我在村口碰到阿纳诺斯蒂老爹。他弯着腰，拄着拐杖，眯着笑眼注视一对黄色蝴蝶在春天的绿草丛中互相追逐。他现在老了，已无须再为田地、妻子儿女担忧。他有时间以一副超脱的目光观看世界。他看见我地上的影子便抬起头来。

“什么风把你这么早就吹来了？”他对我说。

但他必然看出我的一副焦急不安的脸，不等我答话就接着说：

“快点去吧，孩子，不知道你还能不能赶得上……唉，这可怜的！”

霍顿斯太太那张大床，那忠心耿耿为她服务多年的伴侣，现在被抬到小屋中央，几乎占据了整个房间的面积。在老歌女头上，她的忠诚的私人顾问——鹦鹉，神情焦虑，若有所思，弯下身子。它身披绿衣，头戴黄冠，毒眼圆睁，注视着躺在下面痛苦呻吟的女主人，像人似的低着头，侧耳聆听。不，不，这不是它常听到的做爱时欢乐的叹息声，不是鸽子的柔和的咕咕声，也不是被胳肢时的笑声。它的女主人的脸上淌着冷汗珠。像乱麻似的未曾梳洗的头发贴在鬓角上；她痉挛性的抽搐，鹦鹉第一次看见女主人这样的情景，感到焦虑，想叫“卡那瓦洛！卡那瓦洛”，但叫不出来。

它的女主人在呻吟，用她肌肉松弛的枯萎的胳膊把被单撩起又放下来；她闷得难受。脸上没有涂脂粉，两颊浮肿，身上散发出一股汗酸味和肉开始腐烂时的臭味。床下露出她的一双后跟磨损、帮子变形的浅口鞋，让人看着心酸。看见这双鞋比看见鞋的主人还要难过。

左巴坐在病人床边，眼睛盯着那双鞋，目不转睛。他双唇紧闭，强忍着不让眼泪流出来。我走进屋里站在他身后，他丝毫没有觉察。

病人呼吸困难，憋得难受。左巴摘下一顶上面装饰着绢玫瑰花的帽子给她扇风。他粗大的手笨拙地快速上下摆动，仿佛是要把湿煤吹干以便于点燃。

她睁开眼睛，神色惊惶，看看周围。她看见一片昏暗，辨认不出任何人，连手里拿着帽子给她扇风的左巴也认不出来。

她感到周围阴森可怕，蓝色的蒸气从地面升起而变了形态，变成一张张冷笑的嘴，钩形的脚，一些黑色的翅膀。

她的手使劲抓紧那沾满眼泪、汗和口水的枕头。她突然一声嚷叫："我不想死！我不想！"两个哭丧婆听到风声早已跑了过来。溜进房间里，背靠墙壁坐在地上。

鹦鹉看见哭丧婆，瞪着圆眼悻悻地叫："卡那瓦……"左巴不耐烦地伸手拍打鸟笼，鹦鹉不再作声。

病人又发出绝望的叫声："我不想死！我不想！"

两个乳臭未干、皮肤黝黑的小伙子从门外探头仔细打量病人，互相交换眼色，转身走掉。

院里响起一阵受惊吓的咯咯声和翅膀的扑打声，有人在追赶鸡。

第一个哭丧婆老玛拉玛特尼娅对她的同伴说："你听见了吗，雷妮奥大婶？他们着急了，这帮饿死鬼。他们要抓鸡宰了吃呢。你瞧吧，全村的流氓无赖都要跑到院子里来，把这里一扫光。"说罢，她转过身对床上的病人说：

"老婆子，快咽气吧，好让我们也去捞点什么。"

雷妮奥大婶蠕动没牙的瘪嘴："说真格的，玛拉玛特尼娅，他们没错……'要想吃就拿，想有什么就偷！'这是我死去的母亲教给我的。我们只要把丧歌慢慢唱完，就去抓一把米，弄点儿糖，拿一只锅子，愿她安息。她没有子女，又没亲戚，那么谁去吃这些鸡和兔子啊？谁去喝她的酒？谁继承她这些轴线、梳子和糖果，嘿！玛拉玛特尼娅，上帝原谅，我想能拿多少就拿多少！”

“等一等，老伙计，别太着急！”玛拉玛特尼娅抓住她伙伴的手说，“说真的，我心里想的跟你一样，可得等她灵魂归天……”

这时候，垂危的病人把手伸进枕头下面，紧张不安地乱翻。她感到自己已到生命的尽头，把一个骨雕的白色耶稣受难十字架从箱子取出，放在床上。多少年来，她已把这十字架忘记，放在箱底的一堆破衣烂衫中间，仿佛耶稣基督是一副灵丹妙药，非到万不得已，就不去动他。只要生活愉快，有吃有喝，能做爱，就用不着他了。

她把十字架放在被汗水浸湿的心口上。

“亲爱的耶稣，我的宝贝耶稣……”她仿佛在热情地搂着她最后的情人低声说。

鹦鹉仍然在侧耳静听，感到女主人的音调有了变化，这使它想起往昔的不眠之夜而欢快起来：

“卡那瓦洛！卡那瓦洛！”它像报晓的雄鸡般用嘶哑的声音高唱。

这一回，左巴没有干预鹦鹉喊叫。他注视着床上的女人哭泣并亲吻十字架，，一种意想不到的温柔呈现在他那张憔悴的脸上。房门开了，阿纳诺斯蒂老爹手里拿着帽子，慢慢地走进来，到病人身旁鞠一躬，跪下来。

“原谅我，太太，”他说，“上帝也将宽恕你。要是过去我有时对你说话粗鲁，请不要记恨。人不是圣贤啊。”

但妇人这时安安静静地躺着，沉浸在一种难以描写的幸福中，听不见阿纳诺斯蒂老爹说话。一切痛苦的折磨，悲惨的晚年，轻蔑的讥笑，恶毒的语言，像个普通良家妇女独坐门前编织粗厚毛袜的凄苦黄昏，全都烟消云散。而这位当年的巴黎美人，众人趋之若鹜的风韵撩人女子，曾经让四大列强在她膝上跳跃，四大列强的舰队向她致敬！

大海蔚蓝，浪花飞溅。海上堡垒在港口摇荡，五彩缤纷的旗帜在桅杆上飘扬。烤山鹑和烤绯鲤飘香。侍者端上磨雕水晶盘盛的冰镇水果，香槟酒瓶塞飞撞巡洋舰的天花板。

黑胡子、棕胡子、灰白胡子、金黄胡子，花露水、紫罗兰、麝香、广藿香四种香味；船舱的铁门都关上，厚厚的幔帐放了下来，灯火都点燃。霍顿斯太太闭上眼睛。她爱情的一生，痛苦的一生，啊，上帝！这只是瞬息即逝的一刹那……

她从这个男人膝上挪到那个男人膝上，拥抱绣金线的制服，把手插进香喷喷的大胡子里。他们的名字她都记不起来了。像她的鹦鹉一样，她只记得卡那瓦洛，因为他最年轻，因为这是鹦鹉唯一能叫出来的名字。别的名字太复杂，难叫，都记不得了。

霍顿斯太太深深地叹了一口气，热情地紧抱着十字架。

“我的卡那瓦洛，我亲爱的卡那瓦洛……”她梦呓般低唤情人的名字，并把十字架紧紧贴在松弛的乳房上。

“她开始说胡话了。”雷妮奥大婶咕哝，“她准是看见守护神了，吓了一跳……我们把头巾解下来走过去。”

“你不怕上帝惩罚，她还没咽气就给她唱丧歌？”玛拉玛特尼娅大婶说。

“嗨！你不想着她的那些箱子、衣服、鸡、兔子、店里的货物，还等什么她灵魂归天。能拿就拿！”

她说着就站了起来，玛拉玛特尼娅大婶也跟着站了起来。两人解下黑头巾，散开稀疏的白发，抓住床沿。雷妮奥大婶先起了个头，一声拖长的尖叫，令人毛骨悚然。

“咿咿！”

左巴走上去，揪住两个老婆子的头发，把她们拽到后边。

“闭嘴，你们没看见她还活着吗？”他吼叫。

“老混蛋！”玛拉玛特尼娅大婶又把头巾系上咕哝着说，“从哪儿掉下来的这么个多管闲事的家伙！”

霍顿斯太太，这位饱经沧桑的老歌女听到尖叫声，美妙的幻象消失，海军上将的旗舰沉没，烤肉、香槟和喷香的大胡子不见了。她又躺在天涯海角的一张发臭的死亡床上。她做了个想起来的动作，仿佛要逃脱，但又躺了下来，发出无力的哀鸣：

“我不想死！我不想……”

左巴俯身看她，用他结满老茧的手去抚摸她滚烫的前额，把散落在她脸上的头发拨开，他泪水盈眶。

“别说话，别说话，亲爱的。我在这儿，我是左巴，别怕……”一下子，幻想如同一只海蓝色的巨大蝴蝶又回来了。垂死的人抓住左巴的大手，慢慢伸出双臂抱住左巴低下的脖子。她的嘴唇动弹：

“亲爱的卡那瓦洛，我亲爱的卡那瓦洛……”

十字架从枕头滑落在地上，摔碎了。

一个男人的声音在院子里回荡：

“嗨！伙计，来啊，把鸡放上，水开了。”

我坐在房间的一个角落，眼泪不时涌上来。这就是人生，我心想，五花八门，杂乱无章，冷漠、邪恶……无情。这些原始的克里特农民，围绕着这个来自世界尽头的老歌女；抱着一种残酷的欢乐心情，看着她死去。仿佛她并不是个人，仿佛是从天上掉下来的一只奇异的彩色大鸟，折断了翅膀落在海滩上，人们围着观看一只孔雀，一只安哥拉猫，一头生病的海狮。

左巴把搂在他脖子上的手轻轻拽开，直起身子，脸色苍白，用手背擦了擦眼睛。什么都辨认不靖，看不见。他又擦了一下眼睛，就看见病人肿胀的脚动弹，嘴咧开，抽搐了一下一下。盖身的被单滑落在地上，露出半裸的身子，满身大汗，皮肤青黄。她发出像杀鸡时不大的一声刺耳的尖叫，然后就一动不动，两眼睁大、惊惶、呆滞。

鹦鹉跳到笼子下层抓住栏杆观看，看着左巴向他的情人伸出一只大手，非常温柔地给她合上眼睛。”

快来帮忙啊！你们来啊，她死了。”哭丧婆们尖声喊叫着向床 上扑去。

她们发出一声长嚎，前后摇晃身子，攥起拳头捶胸。单调哀戚的动作慢慢使他们进入轻微的催眠状态。多年沉积胸中的忧伤像毒药般侵入肺腑，心窍顿开，哀歌突发。

“你不应当躺在地下……”

左巴来到院子里。他想哭，但在妇女面前不好意思。我记得有一天他对我说：“哭鼻子没什么难为情的，但只能当着男人哭。男人之间彼此了解，不是吗？没有什么可害臊的。可是在女人面前就总要显得坚强。因为如果我们也哭天抹泪，那么脆弱的女人该当怎样呢？那不就全都完了！”

人们用葡萄酒给死者擦身；给她装殓的老婆子从柜子里拿出干净的衣服给她换上，然后往她身上洒上一小瓶花露水。从附近的菜园飞来的苍蝇落在她的鼻孔、眼睛周围和嘴唇间下卵。

黄昏来临，西天柔美宁静。镶着金边的朵朵红云，在深紫色的晚霞中缓缓前行，时而形如船舶，时而变成天鹅，继而宛如棉絮丝缕制作的神奇怪兽。人们透过院中芦苇，可以看到远处的大海波浪滔滔，银光闪烁。

两只吃得饱饱的乌鸦从一棵无花果树上飞起，落在院中石板地上昂首踱步。左巴怒气冲冲地拾起一块石头朝它们扔去。

村中游民惯盗聚集在院子的另一角狂吃滥饮。他们把厨房的大桌子搬了出来，到处搜寻，找出杯盘刀叉，从食物贮藏室里抬出一坛子葡萄酒，鸡也煮熟了。这时，人人欢天喜地，如饥似渴，大吃大喝，杯盘狼藉。

“愿上帝拯救她的灵魂！对于她生前的所作所为，都不跟她算账！”

“愿所有的情人都变成天使，护送她灵魂归天！”

“唉！盯着点儿老左巴，”曼诺拉卡斯说，“他扔石块打乌鸦！这一下他成光棍了。我们请他来喝一杯，悼念他的老情人。喂！左巴队长，喂，请过来！”

左巴转过身来，看见桌子上摆得满满的，刚出锅的鸡在盘中冒气，红酒在杯中闪烁，被太阳晒得皮肤黝黑的壮实小伙子们，扎着头巾，带着青年的青春活力，无所顾忌地围坐在那里。

“左巴！左巴！”他小声说，“你得挺住。这才显示出你真正是个好样的！”

左巴走了过来，喝了一杯，喝第二杯，第三杯又一饮而尽。再吃了一条鸡腿。大伙儿跟他搭讪，他不搭茬儿。他狼吞虎咽，大吃，大喝，一声不吭。他的目光朝着他的老情人僵卧在那里的房间望去，同时听那从敞开的窗户传出来的哀歌。哀歌时断时续，间以叫喊、争吵、柜门开关声和仿佛拼斗时的沉重而快速移动的脚步声，然后又是嗡嗡声，单调、绝望、柔和的声音。

两个哭丧婆在死人房间到处乱蹿，边唱哀歌边疯狂地东翻西找。她们在一个小壁橱里找到五六把汤匙、一小包糖、一盒咖啡和一盒香甜糕点。雷妮奥大婶赶快拿了咖啡、香糕，玛拉玛特尼娅拿了糖和汤匙。她跳起来，也抓去了两块香糕，塞进嘴里，哀歌就用哽住的声音，通过嚼着的糕点传送出来。

“愿香花朵朵撒落在你身上，苹果落在你的围裙里……”

两个老婆子溜进卧室，扑向衣箱，伸进手去，抓出几块香绢、两三条毛巾、三双长统袜子、一个松紧袜带，把这些东西塞进短上衣里，然后回到死者那里画个十字。

玛拉玛特尼娅看见老太婆们拿箱子里的东西，火冒三丈。

“接着唱。”她对雷妮奥大婶说，她也一头扎进衣箱里。

一些破旧的绸衣服、一件老式的紫红色连衣裙、一双古老的红拖鞋、一把破扇子、一把全新的红色遮阳伞，还有在最底层的一顶海军司令三角帽。这是她的旧日情人赠送的礼物。每当她寂寞时，就把这顶帽子戴在头上；对着镜子孤芳自赏，神情既严肃又忧伤。

有人走近门口，老婆子们退出。雷妮奥大婶又一手抓住死人的床沿捶胸喊叫：

“绯红的石竹花挂在你脖子上啊……”

左巴走进来，注视着死者。她平静、安详、黄色皮肤上布满苍蝇，两手交叉躺着，脖子上系着一条丝带。

“一撮土，”他心想，“一撮土，它饥饿，欢笑，亲吻。一块泥，它哭泣。而现在呢？谁他妈的把我们带到世上来？又是谁他妈的把我们带走？”

他啐了一口唾沫，坐下来。

室外院子里，青年们已经集合起来准备跳舞。里拉琴高手法努里奥也来了。大家搬走桌子、油桶、木桶和放湿衣服的筐子，腾出了地方就开始跳起来。

村里的父老们来了。

阿纳诺斯蒂老爹身穿肥大的衬衫，拄一根弯曲的长拐杖；康杜马诺利奥老爹肥头大耳，肮脏邋遢，还有小学教师，腰带上别着一个铜墨水瓶，耳朵上夹着一支笔。老马弗朗多尼没有来，他上山参加游击队去了。阿纳诺斯蒂老爹举起手打招呼说：“很高兴见到你们，孩子们！很高兴看见你们玩得快活。吃吧！喝吧！上帝祝福你们。不过，不要大声喊叫，不能喊叫。你们知道，死者会听见的。”

康杜马诺利奥宣布：

“我们来清理死者的财产，然后分给村里的穷苦人。你们吃饱喝足就行了，可不能把什么都拿走，造孽的家伙们，要不……你们等着瞧！”他边说边挥动手中的棍子，做出一副威胁的样子。

在三位父老后面出现十几个蓬头垢面、衣衫褴褛的赤脚婆子。她们每人腋下夹着一条空袋子，背上背着一只筐篓，悄悄地一步步靠近。

阿纳诺斯蒂老爹转过身来看见她们，大喝道：

“嗨！黑脸婆子们走开！怎么？你们要哄抢吗？告诉你们，这里的东西都要一件一件登记造册，然后再有秩序地公平分配给穷人，你们走开，听见没有？”

小学教师从腰上解下铜墨水瓶，展开一张大白纸，准备走到小店开始登记。

但这时，人们听见仿佛有人在敲击铁桶、筒管滚落、杯盘碰撞砸碎的震耳欲聋的响声。厨房里又发出一片锅盘刀叉的巨大嘈杂声。

老康杜马诺利奥举起棍子冲上去。可是从何处下手呢？老婆子、男人、孩子像一阵风似的涌进门来，跳窗户、跨篱笆、翻阳台，各显其能，能抢到什么就拿走什么：平底锅、煎锅、床垫、兔子……有几个人把门板和窗户卸下来，背起就走。米米杜也不甘落后，拿走了死者的一双浅口皮鞋，用绳子拴住挂在脖子上，就好像霍顿斯太太骑在他肩膀上，而她的身体部分全然不见，只露着一双鞋……

教书先生皱起眉头，把墨水瓶揣回腰带里，重新叠好白纸，一声不吭，显出尊严被冒犯的神情，走出门去。

可怜的阿纳诺斯蒂老爹喊叫，哀求，挥舞棍子：

“不能这么干，真丢人，死者听得见！”

米米杜问他：“要不要我去把神父找来？”

“什么神父？你这蠢货！”康杜马诺利奥气愤地说，“她是西方人，你没有看见她是怎样画十字的吗？用四个手指头，这会被开除出教的！赶紧把她埋掉，别等她发臭让全村人传染上病。”

“她已开始生蛆了，瞧，我向你保证。”米米杜画着十字说。

阿纳诺斯蒂老爹摇晃着他那大乡绅的形象优美的头。

“这有什么奇怪？你这白痴。其实，人一生下来就满身是蛆，只不过看不见罢了。一旦人开始发臭，它们就从窟窿里钻出来，白白的，跟奶酪里爬出来的蛆一样。”

最初的星星出来，悬挂在天空，像小银铃般颤抖。整个夜空丁当作响。

左巴走去摘下挂在死者床头的鹦鹉笼。成了孤儿的鸟儿蜷缩在一个角落里，惊恐万状。它注视着发生的一切而困惑不解，把头埋进翅膀里缩做一团。当左巴走近，它挺起身子想说话，但左巴向它伸手：

“别出声，跟我走吧！”他用温柔的声音对它说。

左巴弯下身子注视死者。他看了她很久，喉咙哽咽。他做了个想弯下身去吻死者的动作，又止住了。

“走吧，听从上帝的安排！”他小声说。

他拿起鸟笼，走出院子，看见我就朝我走来。

“我们走吧！”他挽着我的手，低声说。

他显得平静，但他的嘴唇在颤抖。

“我们迟早都得走这条路……”我说。

“你真会安慰人，”他解嘲说，“我们走吧。”

“等一等，”我说，“他们要把她抬走啦，等一等看……你不呆到那时候吗？”我问道。

“我等。”他用哽住的声音答道。

他把鸟笼放在地上，交臂站着。

阿纳诺斯蒂和康杜马诺利奥脱了帽子，画着十字从死者的房间里走出来。接着走出四个耳朵还夹着玫瑰花的跳舞青年，醉醺醺，欢欢喜喜，每人抬着上边躺着霍顿斯太太的门板的一角。里拉琴手拿着琴跟在他们后边。再后面是十几个带着醉意、嘴里还不停嚼着东西的男人和五六个妇女。他们不是拎着一口锅就是扛着一把椅子。米米杜殿后，脖子上还挂着那双后跟磨掉的浅口皮鞋。

“杀人犯！杀人犯！杀人犯！”他笑着喊。

一阵潮湿的热风吹来，掀起大海的浪涛。里拉琴手举起琴弓，他的歌声清新、欢快、嘲讽，在夏夜中奔放：

“为什么，我的太阳，你消失得这样匆忙？……”

“走吧！”左巴说，“完结了……”

第二十四章 内心的魔鬼

我们默默地走着，穿过村庄的小巷。黑灯瞎火的房屋成了一片黑影。狗吠声、牛喘息声相闻。像清泉流水般的欢快的里拉琴声从远处随风传来。

“左巴，这是什么风？南风吗？”为了打破沉默，我问道。

然而，左巴在前面走，像提着信号灯似的提着鸟笼子，一言不发。当我们走到海滨时，他转过身来。

“你饿吗，老板？”他问。

“不，我不饿，左巴。”

“困吗？”

“不困。”

“我也不困。我们在卵石上坐一会儿吧。我有事要问你。”

我们两个都精疲力竭，可是都不想睡。我们不愿忘记今天的伤心事。睡眠在我们看来是在危难时刻的逃脱，我们愧于去睡觉。

我们坐在海滩上。左巴把鹦鹉笼放在两膝间，长时间沉默不语。令人惶惑不安的星座在山后边的上空出现，像一只长着无数眼睛和螺旋尾巴的怪兽。不时一颗星星分离开，坠落下来。

左巴望着星空出了神，张开大嘴，仿佛他初次看到这奇景。

“在那上面会发生什么呢！”他低声说。又过了一会儿，他终于又开腔了：

“你能不能跟我说说，老板，这一切究竟意味着什么？是谁干的？为什么他干这些？尤其是（他发出既愤怒又惶恐的颤抖声）为什么人要死呢？”他的声音沉重、激动，在闷热的夜空回响。

“我不知道，左巴！”我羞愧地答道，就好像别人问我一个最简单基本的问题而我却无法回答。

“你不知道！”左巴眼睛圆睁，就仿佛那天夜晚我告诉他我不会跳舞时那样的神情。

他沉默了一会儿，而后突然问道：

“你读了那么多糟糕的书有什么用？你为什么要读它们？可它们都不提这问题吗？它们说些什么啦？”

“它们讲人的困惑，不能回答你提出的问题，左巴。”

“我管他什么困惑不困惑！”他恼火地跺脚喊道。

鹦鹉突然惊叫：

“卡那瓦洛！卡那瓦洛！”

“闭嘴！”左巴向鹦鹉笼子击了一拳。

他朝我转过身来：

“我呢，我只要你告诉我，人从哪儿来，往哪儿去。多少年来你一直把时间消磨在那些天书上，啃了总有三千公斤的纸，究竟啃出了点什么名堂？”

他的声音显示出那样苦恼，使我感到一阵酸楚。我是多么希望能够回答他啊！

我深切地感觉到了人所能达到的顶点，不是认识，不是道德，不是仁慈，也不是胜利，而是更伟大、更壮烈而绝望的一种东西：神圣的敬畏。

“你不能回答？”左巴焦急地问。

我试图使我的同伴了解什么是神圣的敬畏：

“我们是些小虫子，左巴。是一棵大树上的一片小叶子上的小小的虫子。这片小叶子就是我们的地球。其他的叶子就是我们所看见在夜空中运动的星星。我们在小叶片上缓缓地走着，惶惶不安地查看。我们呼吸，闻到它发出香味或臭味。我们品尝它，它是可食用的。我们在它上面敲打，它像个有生命的动物发出声音，叫喊。

“最胆大的人走到叶子边缘。在那里，我们睁大眼睛，竖起耳朵，俯身向星际望去。我们颤抖。我们猜测到下面是可怕的深渊。我们听到远处传来树上其他叶子的飒飒声。我们感觉到液汁从树根升起，我们的心在膨胀。这样，我们整个身体和灵魂俯视深渊，害怕得发抖。从这时刻开始……”

我停住了。我本想说的是：诗就从这时候开始。但又想到左巴不会理解。我沉默了。

“什么开始？为什么不说下去？”左巴急着问。

“大难开始了，左巴。有的人晕眩，说胡话；有的人害怕，竭力想找出一个能使他们的心重新安定下来的答案。他们呼喊‘上帝’。还有的人站在叶子的边沿，平静、果敢地望着深渊，并说‘我喜欢这个。’”

左巴沉思良久。他费劲地琢磨我的话的含义。

“我呢，”他终于说，“我时时刻刻都注视死神。我看着他，我并不害怕。可是，我永远也不会说‘我喜欢他’。不，我绝不喜欢他！我不同意！”

他缄默下来。不一会儿又突然开腔。

“不，我不会像一头羊似的向死神伸直脖子，并对他说：‘割下我的头，好让我马上进入天堂！’”

我听了左巴的话，感到困惑。那么是哪一位圣贤试图教诲他的信徒要自愿按照规律行事？去顺应必然并把不可避免的事变成自愿？这也许就是人类通往解脱的唯一道路。这是可悲的，但没有其他道路。

可是反抗呢？人类为战胜必然做出的堂·吉诃德式的反应，使外在规律服从心灵的内在规律，否定存在的一切，按照内心规律，即与自然的无情的规律相反的规律，去创造一个新的世界——一个比较纯洁、比较道德、比较美好的世界？

左巴打量我一下，看见我再没有话对他说了，就轻轻地拿起笼子，生怕惊醒鹦鹉，把它放在他头旁边，躺了下来。

“晚安，老板，到此为止吧。”他说。

一阵强劲的南风从非洲那边吹来。它催促克里特的蔬菜、水果和乳房成长。我感到它掠过了我的前额、嘴唇、脖颈。我的脑子就像一颗果实似的爆裂、膨胀起来。

我睡不着，我不想睡。我什么都不想。我只是感觉到在这闷热的夜晚，有什么东西，有什么人在我内心长大成熟了。我清楚地经历着这出人意料的景象：我看见自己变了。一直发生在我肺腑的阴暗深处的东西，如今在光天化日之下展现在我眼前。我蹲在海边注视这个奇迹。

星光暗淡，天空明亮起来。在这光明的背景中出现了山峦、树木和海鸥，犹如用彩笔勾绘的一幅精美的图画。

天亮了。

几天过去了。麦穗成熟，带着沉甸甸的颗粒垂了下来。油橄榄树上，蝉声响彻空中。发亮的昆虫在炽热的阳光下嗡嗡作响。蒸气在海上升起。

左巴天蒙蒙亮就不声不响地上了山。架空索道的安装接近尾声。支柱都已竖立，缆索已拉好，滑轮已挂上。左巴天黑才回来，显得疲惫不堪。他升上火，准备饭，而后我们吃起来。我们避免唤醒我们心中可怕的魔鬼：爱情、恐惧、死亡。我们不谈寡妇，不谈霍顿斯太太，也不谈上帝。我们保持沉默，望着远方，大海。

由于左巴的沉默，一些永恒而徒劳的声音又在我心中浮起。我胸中又充满焦虑不安。这世界是什么？我自问，它的目的是什么？在我们短暂的生命中，我们怎样做才能有助于达到这个目的？左巴认为，人的目的在于通过物质制造欢乐；另外有的人说是创造精神；这是从另一角度来说的一回事。但是为什么？目的何在？当肉体分解时，我们称之为灵魂的是不是还留下点儿什么？或者什么都留不下。而我们对永恒的不可熄灭的渴望，这永恒是否并非来自我们自身的永生不灭，而是来自在我们短暂的生命中，我们为某一永恒事物做出了贡献？

有一天，我起来梳洗。仿佛大地也刚起来梳洗。她显得容光焕发，面目一新。我朝村庄走去。我左边，靛蓝色的大海风平浪静；我右边，远处是麦田，像一片金色长矛的队伍。我走过枝繁叶茂并结着小果实的“小姐”无花果树，匆匆穿过了寡妇的花园，没有回头就进了村庄。眼前是被遗弃的荒凉小旅馆。门窗都没有了，狗在院子里出出进进，房间空空荡荡。在死人的房间里，床、箱笼、椅子全都不见了。只有在房犄角的一只后跟磨破、上面还带着红绒球的拖鞋，它仍忠实地保留着女主人的脚形。这只可怜的拖鞋要比人更富有同情心，它还没有忘记一只被爱恋而受到摧残的脚。

我很迟才回来。左巴已把火升起准备做饭。他抬头一看就知道我是从什么地方来的。他皱起眉头。经过这么多天的沉默，这天晚上他敞开了心扉，说道：

“老板，每一次悲伤，”他似乎为自己解嘲说，“都把我的心碎成两半。尽管这个心伤痕累累，但很快愈合，伤口消失。我全身布满了伤痕，所以我才能顶得住。”

“你把可怜的布布利娜忘得真快啊，左巴。”我不由地用一种粗暴的语气说。

左巴生气了，提高了嗓门儿：

“新的道路，”他喊道，“新的打算！我不去回想昨天发生的事情，也不问明天将要发生什么事情。我关心的是今天此时此刻发生的事情。我说，‘你现在在干什么，左巴？’——‘我睡觉’——‘那就好好睡！”你现在在干什么，左巴？’——‘我在搂抱一个女人，’——‘那就热情地搂她，左巴，把什么别的都忘掉，世界上只有她和你，来吧！’”

过了一会儿：

“没有任何一个卡那瓦洛曾经像我这个跟你说话的衣衫褴褛的老左巴给过我们的布布利娜那么多的欢乐。你会问我，为什么？因为每一个世界上的卡那瓦洛，就是在搂抱她的时候，都想着他的舰队，想着克里特岛，想着他的官阶或是他的妻子。而我呢，我却什么都忘得一干二净。她呢，这婊子，她对这很清楚。学着点，大学问家，对女人来说，没有比这再大的欢乐了。你记住：真正的女人从她给予中比从男人身上取得的东西里享受到更大的欢乐。”

他俯下身子往火里添柴，沉默不语。

我看着他，满心喜悦。我感到，在这荒凉的海滩上的这一时刻，丰富而单纯，有着深邃的人类价值。我们每天晚上的晚餐，就像水手们登上荒滩所做的膳食——用鱼、牡蛎、葱头、胡椒烧成——要比任何佳肴更为鲜美，没有任何滋养人的食品可与其媲美。在这个世界的尽头，我们像是两个遇难的海员。

“后天是架空索道落成仪式的日子。”左巴按照他的思路说下去，“我不再在地上走，我在空中飞。我觉得滑轮就在我的肩膀上。”

“左巴，你记得在比雷埃夫斯咖啡馆里，你是用什么引我上钩的？你说你有一手做汤的好手艺，那正是我最爱吃的。你是怎么知道的？”我问。

左巴摇摇头，似乎用有些轻蔑的口吻说：

“我不知道，老板！就是这么灵机一动。我见你不声不响、沉稳地坐在咖啡馆的一个角落，专心看一本切口涂金的小书。我不知道。我心想你准爱喝汤。就是这么想出来的。我跟你说，你别刨根问底了。”

他沉默下来，竖起耳朵。

“别说话，有人来了！”他说。

急促的脚步声伴随着人奔跑时的喘息声传来。一个身穿破僧衣、光头、蓄着红色小胡子的修道士忽然出现在我们面前的火堆前。他身上散发出煤油味。

“哈，欢迎，扎哈里亚神父！你怎么成了这模样？”左巴大声说。

修道士扑倒在靠近火的地方。他的下巴直哆嗦。

左巴朝他弯下身去眯着眼睛看他。

“干了。”修道士回答。

“好样儿的，扎哈里亚！”他喊道，“现在你肯定能进天堂了，而且你手里拿着一桶煤油。”

“阿门！”修道士画着十字小声说。

“你怎么干的？什么时候？你说说。”

“我看见了圣·米哈伊大天使，卡那瓦洛兄弟。他给我下了一道命令。你听我说。我一个人在厨房里关上了门，剥豆角。神父们都做晚祷去了，很安静。我听见鸟儿啁啾，像天使似的。我心里踏实。我把一切都准备好了，我等着。我买了一桶煤油，把它藏在墓地小教堂圣台的下面，好让米哈伊大天使给它赐福。

“也就是说，昨天下午我剥豆角，脑子里想着天堂。我对自己说：‘我主耶稣，我也够格进天国。我愿意永远在天堂的厨房里剥豆角！’这就是我流着热泪心里想的。这时，我突然听见头顶上有翅膀扑打声。我立即明白了。我颤抖着低下头。于是我听见有声音说：‘扎哈里亚，抬起头来，别害怕！’但是我直哆嗦，倒在地上。这时，那声音又说，‘抬起头来，扎哈里亚！’我抬起头，只见大门敞开，大天使米哈伊站在门槛上，就像画在正祭台门上他的画像一样：黑翅膀、红便鞋和金头盔。不同的是，他手里拿着的不是剑，而是点燃的火把。他对我说：‘你好，扎哈里亚！’我回答说：‘我是上帝的仆人，请下命令吧！”接着这点燃的火把，愿上帝与你同在！’我伸过手去，感到我的掌心发烫，但是大天使不见了。我只从门缝看见天空中像流星般的一道火光。”

修道士擦着脸上的汗。他脸色苍白，牙齿咬得格格作响，好像在发烧。

“后来呢？说下去，修道士？”左巴说。

“这时候，神父们从晚祷出来，走进食堂。经过我这里时，院长把我像对待狗似的踢了一脚。神父们都笑起来，我没有出声。自从大天使经过以后，空气中仿佛有一股硫磺味道，但没有人觉察到。大家坐下来用餐。司膳员问我：‘扎哈里亚，你不来吃饭？’我没有吭声。”

“他吃天使的食粮就够了。”杜梅蒂奥斯那个鸡奸的家伙说，神父们又大笑起来。于是，我站了起来，朝墓地走去。我匍匐在大天使的脚下，很长时间，我觉得他的脚沉重地踩在我脖子上。时间像闪电似的过去。天堂里的钟点和世纪就是这样过去。午夜来临，周围静悄悄的。修道士们都去睡觉了。我站了起来，画了个十字，吻了大天使的脚。我说：‘愿你的旨意实现！’我抓住煤油桶，打开了塞子，往我的僧衣里塞满碎布，就走了出来。

“这是一个漆黑的夜晚。月亮还没有出来。修道院像地狱般一片黑暗。我走进院子，上了楼梯，来到院长的住处。我向他的门、窗和墙上浇上煤油。我跑到杜梅蒂奥斯的修士小室，从那儿开始向各小室和木质长廊泼洒煤油。一切都照你告诉的那样去做。然后我回到教堂，借耶稣的长明灯点着一根蜡烛，就去放了火。”

修道士气喘吁吁，停了下来。他的眼睛冒出火光。

“赞美上帝，”他画着十字大声说，“赞美上帝！修道院一下子就被火焰包围起来。‘地狱之火！’我大声叫喊着就拔腿飞跑。我一边拼命跑，一边听见钟声和修道士们的叫喊声……

“天亮了。我躲在森林里，直打寒战。太阳出来，我听见修道士在树丛中搜寻我。可是，上帝散发出浓雾把我遮着，他们没有看见我。接近黄昏时，我听到声音：‘到大海那里，快走！’‘大天使给我引路！’我大声说，又上了路。我不知道往哪里走，是大天使有时用闪电，有时用树上的黑鸟或下坡的小路给我引路。我充满信心地拼命跟着他跑。你看，他的仁慈是多么伟大！我找到了你，亲爱的卡那瓦洛。我得救了！”

左巴什么都没有说，但他笑逐颜开，把嘴角绽开到他那毛茸茸的驴耳朵根上，显得宽厚、沉静而肉感。

晚饭做好了，他把它从火上拿下来。

“扎哈里亚，什么是天使的食粮？”他问道。

“圣灵！”修道士画着十字回答。

“圣灵？换句话说就是风？那不能养活人，老伙计。来吃块面包，喝碗鱼汤，吃点肉，好恢复体力。你辛苦了。来，吃吧！”

“我不饿。”修道士说。

“扎哈里亚不饿，可是约瑟夫呢？他也不饿吗，约瑟夫？”

“约瑟夫，”他仿佛在泄露一件什么天机似的压低声音说，“那被诅咒的约瑟夫烧死了，赞美上帝！”

“烧死了，”左巴笑着说，“什么时候？怎么烧死的？你看见了吗？”

“卡那瓦洛兄弟，在我借着基督的长明灯点大蜡烛的时候烧死的。我亲眼看见从我嘴里冒出一条带火红字母的黑色飘带。大蜡烛的火焰落在上面。他像一条蛇似的扭动，然后就化成了灰。多么痛快！我好像已进入天堂了！”

他从在火旁边蹲着的角落站了起来。

“我要到海边去睡，这是我得到的命令。”

他朝水边走了几步就消失在黑暗里。

“你要对他负责，左巴。要是那些修道士找到他，那就完了。”我说。

“他们不会找到他的，你别担心，老板。我知道怎样把他偷运走。明天大清早，我去给他刮掉胡子，给他穿上普通人的衣服，再把他送上船。你别发愁，不值得。炖的汤味道好吗？好好吃你的饭，别的都用不着你费心。”

左巴吃喝得津津有味，然后擦净胡须。他现在想说话了。

“你看见了吗，他身上的魔鬼死了。他空了，完全空了，这可怜的。他完蛋了！现在，他变得跟别的普通人一样了。”

他思索片刻，突然说：

“你想，老板，这魔鬼就是……”

“当然，”我答道，“一个焚烧修道院的念头纠缠着他。他把它烧了，他就平静下来了。这种欲念与想吃肉、喝酒一样，成熟而后变成行动。另一个扎哈里亚既不需要肉，也不需要酒，他在禁食中成熟起来。”

左巴在头脑中反复思考这个问题。

“没错！我认为你说的有道理，老板。我身上好像有五六个魔鬼！”

“我们身上都有魔鬼，左巴，不用害怕。而且我们身上的魔鬼越多越好，只要它们为达到同一个目的而殊途同归。”

这话使左巴深受感动。他把头靠在两膝盖间沉思。

“什么目的？”他终于抬起头来问道。

“我不知道，左巴！你提的问题太难了，我怎么能跟你说得明白呢？”

“说得简单些，好让我听懂。直到现在，我总是由着我身上的魔鬼随心所欲，走它们自己所喜欢走的路。正因为如此，一些人把我看作是不正派的人，而另一些人把我看作是好人，还有的人认为我精神失常；再有的人认为我聪明得像所罗门。这些优缺点我都有，而且还不止这些，是真正的大杂烩。要是你能够开导开导我，讲讲是什么目的？”

“我认为，左巴，不过我也可能搞错，世界上有三种人：一种人给自己规定的目标是个人生活，正如他们所说的是吃、喝、爱情、发财、成名。又一种人的目的不是为了他们自身的生存，而是为了所有其他的人。他把人类看成是一个整体，竭力开导他们，尽可能爱他们，为他们造福。最后一种人的目的是体验整个宇宙的生活：人类、动物、植物、天体，所有一切不过是一个整体。我们都是从事一场了不起的战斗的同一实体。什么战斗？把物质变为精神。”

左巴挠挠头：

“我脑袋笨，不容易听懂你的话……啊，老板，要是你用舞蹈把你所说的表演出来，我就能明白！”

我咬自己嘴唇，感到惊愕。所有这些绝望的想法，我怎么能跳得出来！我不能，我的一生都糟蹋掉了。

“要不你就给我像讲故事似的讲讲，老板。就如同哈桑·阿嘎所说的。这是一个土耳其老人，我们的邻居。他年纪很大，很穷，既无妻室，又无子女，孑然一身。他的衣服已经磨破，但是洗涤得干干净净。他自己洗衣，做饭，擦地板。晚上，他来到我们家，同我的祖母以及其他年老妇女坐在院子里织袜子。”

“这位哈桑·阿嘎是个圣人。有一天，他把我抱到膝盖上，他用手抚摸着我的头，就像为我祝福一样。‘阿历克西，我委托你办一件事。你现在太小，还不能理解，可等你长大了，一定能懂得。好孩子，你听我说，仁慈的上帝不是七层天和七层地所能包容的。但是，他人的心能容得下他。所以，要注意，阿历克西，永远不要伤害人的心。’”

我静听左巴说话。我心想，要是等到抽象思维达到最高顶峰，变成一个故事的时候我才开口，那就只能有一个伟大的诗人，或者一个经过若干世纪默默成熟起来的民族方能做到。

左巴站了起来。

“我去瞧我们那个点火棒在做什么。给他一条毡子，免得他着凉。我还带上把剪刀，这东西有用。”

他拿了这些东西就沿着海岸走去。月亮刚刚升起。它给大地洒上一层惨淡的银光。

我独自坐在熄灭的火旁，掂量着左巴的话语——其含义深刻，散发着泥土的芬芳。令人感到这是发自他肺腑深处，含有人情的温暖。我的话语只是纸上谈兵，出自头脑的思维，没有溅上一滴血。

如果能有什么价值的话，也是由于从他那里吸取到的一滴血。

正当我趴在地上拨弄着热灰时，左巴突然晃着胳膊、神色慌张地走回来。

“老板，别难过——”

我一下子站了起来。

“修道士死了。”他说。

“死啦？”

“我发现他直挺挺地躺在岩石上。月光照在他身上。我跪下来给他剪胡子。我给他剪那剪，可他一动不动。我劲头儿上来了，又贴着头皮把他的头发剪了下来。我给他剪了准有一磅的毛。这时，我看见他活像一头剪过毛的绵羊，我哈哈大笑起来。‘喂，扎哈里亚，你醒醒，看看圣母马利亚的奇迹！’我摇晃着他喊，他仍一动不动。我再摇他，仍然不动！他不该走啊，这可怜的家伙，我心想。我解开他的僧衣，把手放在他的胸口上，已经没有扑通扑通的心跳声。机器不转了。”

他说着说着就高兴起来。死亡使他一时惊愕，但他很快又恢复了常态。

“那么现在我们干什么呢，老板？我呢，我的意见是把他烧掉。谁用煤油杀人，就用煤油把自己烧死，这不是福音书里所说的吗？你知道，他的衣服被污垢弄得硬邦邦的，浸透了煤油。要是点上火，他就得像封斋前星期四的‘犹大’似的了。”

“随你便，怎么干都行。”我不自在地说。

左巴陷入沉思。

他终于说：“这事儿实在讨厌，真讨厌……要是点火烧，他的衣服就像火把似的烧起来。他，这可怜的家伙，他只剩下皮包骨！瘦成那样，不知要费多长时间才能烧成灰。他连帮助燃烧的一盎司的脂肪都没有。”

他点了点头，继续说：

“要是上帝存在的话，你不认为他会预见到这一切，叫他长得胖胖的，身上有很多的脂肪，让我们好办事？你想对不对？”

“别叫我掺和到这事里去，我跟你说。你愿意怎么干就怎么干，不过得快一点。”

“最好是从这里出现一桩奇迹！得让修道士们认为是上帝自己给他剪了胡子，剃了头，然后把他杀死，以惩罚他烧毁修道院的罪行。”

他挠了挠头。

“可这是什么奇迹？什么奇迹？我在这里等着你，左巴。”

新月下山，接近地平线上，映出金光和红色，像一块烧得通红的铁。

我感到疲乏，去睡觉了。当我黎明醒来时，看见左巴正在我近旁煮咖啡。他脸色苍白，因为整夜没睡，眼睛充满血丝，肿了起来。但他那公山羊般的厚嘴唇露出狡黠的微笑。

“我整夜没有睡觉，老板，我有活儿干。”

“什么活儿，你这家伙？”

“创造奇迹。”

他笑着，把手指头放在嘴唇上。

“我不跟你说！明天，就是架空索道的落成仪式。那些大块头们将来给它祝福。那时，复仇圣母的新的奇迹就传开了。”

他端来咖啡。

“我可以当个院长，老伙计。”他说，“要是我开一座修道院，我跟你打赌，其他的修道院都得关门。我把它们所有的施主都招揽来。你想要眼泪吗？在圣像后面放上一小块浸湿的海绵，就随时可以让他掉眼泪。要雷鸣声吗？我在圣台下面安装一部能发出爆竹声的机器。要幽灵吗？我派两个信得过的修道士蒙上被单，夜里在修道院屋顶上游荡。每年祝圣节那天，我就找来一帮重见光明和又能站起来的瞎子、跛子、瘫痪者跳舞。”

“你笑什么，老板？我的一个叔叔找到一头垂死的老骡子，有人把它丢到山里等死。可我叔叔把它牵了回来。每天早晨放它去吃草，晚上牵它回家。村里的人都向他喊道：‘喂，哈拉朗布斯老爹，你要这头老骡子干什么？’——‘给我做粪肥工厂！’我叔叔回答道。好啦，老板，这修道院给我做奇迹工厂。”

第二十五章 疯狂的历史

这个“五一”前夕是我终身难忘的日子。架空索道一切就绪。立柱、缆索、滑轮在晨光中闪耀。松木的粗树干堆集在山顶上。工人们在山上等候着把树干吊在缆索上输送到海边。

一面巨大的希腊国旗，在山上起点立柱的顶端飘扬；另一面国旗悬挂在海边终点立柱的顶上。左巴把一桶葡萄酒搬到木屋前面。一名工人在旁边用铁扦烤一只肥羊。祝福和落成仪式后，来宾们得喝杯酒，祝贺我们的事业繁荣昌盛。

左巴把鹦鹉笼拿下来，放在第一根立柱旁边高起来的岩石上。

“这样我就好像看见了它的女主人。”他深情地看着它小声说。他从口袋里掏出一把花生米喂它。

他穿上节日服装，开领白衬衫、绿上衣、灰裤子和漂亮的弹力鞋。他还给开始变色的小胡子上了蜡。

他像一个大人物似的跑前跑后，迎接到来的乡亲父老。向他们讲解什么是架空索道，对当地有什么好处，圣母马利亚如何给它送来光明，使工程得以顺利完成。

“这是一项重要工程，”他说，“得找到适当的倾斜度，这是一套学问！我绞尽脑汁好几个月，可还是不成。搞大工程人的思想是不够用的，非得到神的帮助不可。圣母看见我在大伤脑筋，就可怜我：‘这个可怜的左巴是个好样儿的。他为村庄辛劳，我得帮他一把。’于是奇迹就出现了！”

左巴停了下来，在胸前画了三次十字……

“啊，奇迹。一天夜里，我睡着觉。一个身穿黑衣的女人来到我面前——就是圣母。她的手里拿着一个小型架空索道，只有这么大。‘左巴，’她对我说，‘我给你拿来这个模型。瞧，按照这个倾斜度。接受我的祝福吧！’话一说完，她就不见了。于是，我一下子醒来。我赶紧朝我做试验的地方跑去，咦，我看见了什么了？缆绳自己照着合适的倾斜度拉开了！绳子带有安息香味，证明是圣母摸过了！”

康杜马诺利奥正要张口提个问题时，石子路上突然出现五个骑着骡子的修道士。还有第六个修道士，肩上扛着一个大木十字架，跑在他们前面大叫大喊。他喊什么，我们没法听清。

修道士们唱圣诗，挥动手臂，画十字。骡子踩着的石子发出火星。

徒步的修道士走近了，满头大汗。他把十字架高高举起：

“基督教徒们，奇迹！”他喊道，“基督教徒们，奇迹！神父们请来了圣母马利亚。跪下，朝拜吧！”

村民们诚惶诚恐，跑了过来。乡绅和工人们也过来了。他们围住这修道士画十字。我站在一边。左巴目光炯炯地瞥了我一眼。

“你也往前走走，老板，”他对我说，“去听听圣母马丽亚的奇迹！”

修道士气喘吁吁，急着讲起来：

“基督教徒们，大家跪下，听我讲圣迹。基督教徒们，听着。魔鬼摄取了被诅咒的扎哈里亚的灵魂。前天，魔鬼差使他往神圣的修道院浇汽油。半夜里我们看见火光。我们赶快起来。小修道院、走廊和修士小室全都着火了。我们边敲钟边喊：‘复仇圣母，救人哪！’同时，我们提了水桶、水罐冲上去救火。到了天亮，火熄灭了。”

“我们走到小教堂，在圣像下呼喊：‘复仇圣母，挥动你的长矛，惩罚罪犯吧！’然后我们聚集在院子里，发现扎哈里亚这个犹大不在。大家喊道：‘是他放的火！’于是大家分头寻找。大家找了整整一天一夜，什么都没有找到。直到今天，太阳刚出来的时候，大家又去了一次小教堂，可看见了什么啦？哈，兄弟们，扎哈里亚躺在那里，死啦。就躺在圣像的脚下。圣母的长矛尖上还带着一大滴血！”

“上帝怜悯我们！”村民们惊恐万状，低声说。

“还有可怕的呢！”修道士咽了一口口水说，“当我们弯下身去把这该死的扎哈里亚抬起来的时候，大家都吓呆了。圣母把他的头发、小胡子、络腮胡子都剃光了！就像个天主教神父一样！”

我好不容易才忍住没有笑出来。我向左巴转过身来：

“坏蛋！”我小声对他说。

可是左巴两眼圆睁，一本正经地看着修道士，不停地画十字，显得惊愕的样子。

“伟大的主啊，伟大的主，你的作为真奇妙！”他小声说。

正在这个时候，其他几个修士来到，下了骡子。知客神父捧着圣像，爬上一块岩石。众人争先恐后地在圣像前匍匐拜倒。胖子杜梅蒂奥斯托着盘子募捐，并把圣水洒在农民的粗糙的前额上。三名修道士跟在他周围，把毛茸茸的手放在他们的大肚皮上，淌着大滴汗珠，唱着圣歌。

“我们到克里特各个村去转一遭，”胖子杜梅蒂奥斯说，“让教徒们给圣母下跪，奉献捐款。我们需要钱，很多的钱，来修复修道院……”

“这些胖子们！”左巴咕哝说，“他们还想捞一把。”他走到院长面前说：

“院长，落成仪式一切都准备好了，愿圣母给我们的工程祝福！”

这时，太阳已升高，天气炎热，没有一丝风。修道士们站在悬挂旗帜的立柱周围。他们用宽大的袖子擦额头上的汗水，开始为“创基立业”祷告。

“主啊，主啊，把这机器建在坚固的岩石上，任何飓风暴雨都不能摧毁……”

他们用圣水刷在铜碗里蘸了蘸，向人和物、立柱、缆绳、滑轮、左巴和我身上，然后又向农民、工人、大海洒圣水。

随后，他们小心翼翼，像对待一位生病的女人似的，抬起圣像，把它放在靠近鹦鹉处，再把圣像围起来。一边，站着乡绅们，左巴站在中间。我退到靠海那边，等着。

用三棵树做试验：三位一体。可是人们又加了第四棵树，向复仇圣母谢恩。

修道士、村民、工人们都画了十字。

"以圣父、圣子、圣灵和圣母的名义！"大家异口同声祈祷。

左巴向前迈了一大步，走到第一根立柱旁边。他拉绳子，把旗帜从柱顶上拽下来。这是在山上的工人等待的信号。众人全都后退，眼睛望着山顶。

"以圣父的名义！"院长喊道。

无法形容当时发生的情况。突如其来的灾祸像一声巨雷。在场的人甚至都来不及跑开，架空索道全部摇晃。工人们挂在缆绳上的一棵松树，像鬼使神差般迅猛地甩了出去。在空中迸出火花，发出巨响。当几秒钟后，树干落到下边时，已变成了一根半烧焦的木柴。

左巴用像挨了打的狗似的目光看我。修道士和村民们又小心翼翼地散开。拴着的骡子尥起蹶子来。胖子杜梅蒂奥斯气喘吁吁，倒在地上。

"主啊，怜悯我！"他吓得要死，低声说。

左巴举起一只胳膊：

"这没有什么，"他肯定说，"第一根树干总是要这样的。现在机器就好啦，你们瞧着吧！"

他又升起旗帜，再发出信号，然后赶快跑开。

"以圣子的名义！"院长用有些颤抖的声音喊道。

第二棵树放下来了。立柱摇晃，树干跳了起来，跳得像只海豚，直向我们冲来。可是，没滚多远，便在半山腰粉碎了。

“真见鬼！”左巴咬着唇上的胡髭嘟哝。“这该死的倾斜度还是不行！”

他走到立柱前，以暴怒的姿态吩咐为第三次输送降旗。修道士们躲到他们的骡子后面，并画十字。乡绅们抬起脚，准备着逃跑。

“以圣灵的名义！”院长撩起僧衣，结结巴巴地说着。

第三根树干粗大。刚从山顶一放就发出一声震天巨响。

“快趴下！”左巴边跑边喊。

修道士们趴在地上，村民们撒腿就跑。

树干飞了起来，落在缆绳上，撞击出一束火花。我们还没有来得及看清，树干就越过山坡和海滨，被吞没在涌现的海水泡沫里。

立柱左右摇晃，有几根已经倾斜。骡子也挣脱缰绳跑掉。

“没有什么！没有什么！”左巴愤怒得不能自已。“机器现在行了，继续吧！”

他又一次叫人升起旗子。大家都感到没有希望，盼着快点了事。

“以复仇圣母的名义！”院长边准备逃跑边嘟囔。

第四根树干放出去。一声吓人的“喀嚓”巨响，接着又是一声“喀嚓”，所有的立柱像纸牌搭的房子一样，一根接一根全都倒塌了。

“主啊，怜悯我们！”工人、村民和修道士们边尖声叫喊，边四面逃散。

一块木片伤了杜梅蒂奥斯的大腿。另一块木片差一点击中院长的眼睛。村民们跑得无影无踪。只有圣母手持长矛，直挺挺地站在石头上，用严厉的目光看着众人。在她旁边是竖起绿色羽毛的可怜的鹦鹉，吓得半死不活，直发抖。

修道士们捧起圣母，抱在怀里，扶起疼得直哼哼的杜梅蒂奥斯，把骡子找回来，骑上去打道回府。烤羊的工人也吓得魂不附体，扔下那头烤得半生不熟的肥羊就逃。

“羊快烧成木炭了！”左巴着急地喊，赶紧跑过去转动叉子。

我坐在他旁边。这时，海滩上的人都已走光，只有我们两个。左巴向我转过头来，用不安和忧虑的目光瞥了我一眼。他不知道我对这场灾难有何看法，也不知道这场冒险如何结束。

他拿起一把刀，弯下腰去割了一块羊肉，尝了尝，马上把烤羊从火中取下，把叉着的羊靠在一棵树上。

“火候正好，老板。你也来一块吧！”他说。

“把酒和面包也拿来。”我答道。“我饿了。”

左巴敏捷地跑去，把一小桶酒转着挪到烤羊处，又拿来了一块白面包和两只酒杯。

各人用刀割下两大长条羊肉，切了两大片面包就狼吞虎咽地吃了起来。

“你看，这羊肉多香，老板！一进口就化。这里没有什么大牧场，牲口吃干草，所以肉质特别鲜嫩。像这么鲜美的肉，我吃过一次。我还记得，就是我用自己的头发，绣圣索菲娅像做护身符的时候。我已经跟你说过，这是过去的事了。”

“说吧！说吧！”

“老故事了，我跟你说，老板。希腊人异想天开的想法。”

“得了，你就说吧，左巴，我爱听。”

“那天晚上，保加利亚人把我们包围了。我们看见他们在我们周围的山坡上点火。为了吓唬我们，他们击钹，像狼群般地嗥叫。他们大概有三百人，而我们只有二十八人，再加上我们的小队长卢瓦斯——愿上帝拯救他的灵魂，要是他死了的话——他可是个好样儿的。‘喂，左巴，’他对我说，‘把羊用铁扦叉上去烤！’‘搁坑里烤味儿更香，队长，’我跟他说，‘随你便，可得快点儿，大伙都饿了！’我们挖了个坑，把羊连皮塞在坑里，上面放上厚厚一层烧红的炭。然后大家从背包里拿出面包，围着火坐下。‘这也许是最后一顿饭了！’卢瓦斯队长说，‘这里有谁害怕吗？’大家都笑起来，谁都不屑于回答。大家举起水壶：‘祝你健康，队长！’大家喝一口，再喝一口，把羊从坑里取出来。啊，我的天，这多么香啊，老板！我一想起那只羊就流口水！一进口就化，像吃香油酥似的。大家都拼命吃起来。‘我一辈子从来没吃过这么好吃的肉！’队长说，‘上帝保佑！’他从来不喝酒，可这次他也把酒一口喝干了。‘孩子们，唱一支克来夫特歌吧！’他命令说。‘下面的人像狼群般的嗥叫；我们呢，也要像好汉似的大声唱歌。让我们唱《老迪莫斯》吧。我们赶紧吃了，又喝了一口。歌声高扬，响彻山谷。‘我老了，小伙子们，我当了四十年克来夫特……’我们扯开嗓子喊。‘嗨！嘿！这么快活！’队长说，‘但愿这能长久！喂，阿历克西，你去看看羊脊梁，看它说些什么？’我用刀子刮开羊脊梁，靠近火看个清楚。‘队长，’我喊道，‘我没有看见坟墓，也没见死人。我们这回还能除难消灾，小伙子们！’‘愿上帝听见你说的话！’刚结婚不久的头目说，‘至少让我生个儿子，往后的事我就不在乎了！’”

左巴在羊腰子周围割下一块肉。

“那回的羊真好吃，”他说，“可这只小羊也一点不差！”

“倒上酒吧，左巴，”我说，“倒满满的，让我们一起干掉！”

我们碰了杯，共同品尝这红得像野兔血似的克里特美酒。喝这酒，就是和大地的血相通。我们觉得自己变成巨妖！浑身血管充满力量，心胸充满仁爱，羊羔变成狮子。我们忘掉人生的狭窄，生活的框框粉碎了，与人、动物、上帝相结合，同宇宙合为一体。

“那也给我们看看羊脊梁上说些什么？”我说，“去吧，左巴！”

他仔细剥开羊脊，再用刀刮，然后又拿灯光照着看。

“一切顺利！”他说，“我们活到一千岁，老板，有一颗钢铁般的心。”

他弯下腰再去察看。

“我看到一次旅行，”他说，“一次长途旅行。旅途终点那里有一幢有很多门的大房子。大概是哪个王国的首都，老板。或者是一座我是那儿看门的修道院。我可以在那儿搞些像人们所说的私货。”

“倒上酒吧，左巴。先把算命的事儿搁下。我跟你说吧，那幢有很多门的大房子是什么：是一块上面有许多坟墓的地，左巴。这就是旅途的终点。祝你健康，你这坏家伙！”

“祝你健康，老板。听说命运之神是个瞎子。他不知道往哪儿走，碰上一个过路人就逮住他。这个人就成了幸运儿。活见鬼，这样的运气我们可不要，老板。”

“这样的运气当然不能要，左巴。祝你健康！”

我们喝酒，并把剩下来的羊肉都吃了。世界变得轻飘飘的，人海在笑，地像甲板似的摇晃。两只海鸥在卵石上走，像人似的啁啾饶舌。

我站起来。

“来吧，左巴，”我喊道，“教我跳舞！”

左巴一跃而起，脸上发出光彩。

“跳舞，老板？”他说，“跳舞？好，来吧！”

“来吧，左巴，我的生活改变了！”

“我先教你跳采衣姆贝基科舞。这是一种粗犷的军人舞蹈。我们马其顿战士上战场前就跳这种舞。”

他脱下鞋子和红紫色的袜子，只穿一件衬衣，可他还是觉得闷热，就干脆把衬衣也脱掉。

“看我的脚，老板，”他嘱咐我说，“注意！”

他伸出一只脚，轻轻地沾地，又伸出另一只脚。脚步猛烈而欢快地交错乱舞，像击鼓般拍打地面。

他抓住我的肩膀。

“来吧，小伙子，”他说，“我们俩一块儿跳。”

我们跳起来。左巴认真、耐心又和蔼地纠正我的动作。我也鼓起勇气，觉得我一双沉重的脚仿佛长出了翅膀。

“好样儿的，你真行！”左巴边拍手打拍子边喊：“好样儿的，小伙子，让那些笔墨纸张见鬼去！让那些财产、利润见鬼去！现在你也会跳舞了，你也学会了我的语言。我们之间有什么话说不出来啊！”

他光脚踩脚下的卵石，拍着手。

“老板，”他说，“我有很多话要对你说。我从来没有像爱你这样爱过人。我有很多话要对你说，可我的嘴说不出来。那么我就给你跳舞！你站远一点，免得我踩着你！向前！一！二！”

他纵身一跳，他的手和脚仿佛变成了翅膀。当他在大海和蓝天背景前从地上笔直地跳起来时，他就像一个年老的造反大天使。左巴跳的这个舞充满挑战、执拗和叛逆的气息。他仿佛在呼喊：“万能的上帝，你奈我何？你除了杀死我外，还能怎样。你杀了我吧，我不在乎。我发了脾气，我要说的都说了：我来得及跳舞，再也用不着你了！”

看着左巴跳舞，我才第一次了解到人克服体重的奇异功能。我赞美左巴的耐力、灵活和自豪。左巴的脚步踩在卵石上，迅猛而灵巧，在沙滩上写下人的疯狂历史。

他停下来，出神地看那倒塌的架空索道。太阳西下，影子拖长。左巴瞪大眼睛，仿佛忽然间想起了什么。他朝我转过身来，做了一个用手掌捂住自己嘴的习惯动作。

“我说，老板，”他说，“你看见这东西放出来的火花了吗？”

我们两人哈哈大笑。

左巴向我扑过来，拥抱我，亲我。

“你也笑起来了！”他亲切地说，“你也笑起来了，老板！好样儿的，小伙子！”

我们笑得不亦乐乎，在卵石滩上打闹了好一会儿。然后，我们躺在地上，搂抱在一起睡着了。

天刚亮，我就起来，沿着海边匆匆地向村里走去。我的心怦怦跳个不停。我一生中还很少这么快活过。这不是一般的高兴，而是一种崇高而荒谬又不合理的喜悦。不但不合理，而且是与任何理性相悖的。这次，我失去了所有的钱、工人、架空索道、翻斗车。我们建了一个运煤专用的小港口。而现在，我们没有东西运出去，一切全完了。

然而，恰恰在这个时候，我体验到一种出乎意料的获得解放的感觉。我好像发现在必然的严峻而阴暗的深处，自由在一个角落玩耍。我就在同自由玩耍！

当诸事都不顺当的时候，考验我们的心，看它是否有耐力和有价值，这是一件何等快事！仿佛有一个看不见的全能的敌人——有人称之为上帝，另一些人称之为魔鬼——向我们扑来，要把我们打倒。而我们仍岿然屹立。每当表面上被打得落花流水而在内心里却是胜利者时，一个真正的人会感到自豪和说不出的喜悦。外部的灾难会变成至高的严峻的欢乐。

我想起左巴一天晚上给我说的事：

"一天夜里，马其顿山上大雪纷飞，寒风呼啸，狂飙肆虐，摇晃我栖身其中的小屋，要把它推倒。我呢，事先就已把小屋加固得结结实实。我独自坐在烈火熊熊的壁炉前。我笑着向风挑战说：'你进不来，我不给你开门。你吹灭不了我的火。你没法儿叫我倒下来！'"

想起左巴的这段话，我懂得了应该怎么做人，懂得了在强大的盲目的需要面前应该采取什么方法对待。

我在海边急促地走着。我也对着那看不见的敌人讲话，大声喊道：

"你进不到我的灵魂里来，我不给你开门。你吹灭不了我的火，你没法儿叫我倒下来！"

太阳还没有照到山顶，天空和海上，蓝、绿、粉、珠各色交相辉映。橄榄树林那边，鸟儿醒来，在阳光中沐浴啁啾。

我沿着水边走，向这荒凉的海滩告别，把它铭刻在心里，把它带走。

我体验了在这个海滨上的欢乐。和左巴一起生活，开阔了我的心胸。他的一些话语使我的心绪平静下来。这个人，用他准确可靠的直觉、鹰隼般的原始目光，采取确信成功的捷径，一口气达到努力的顶峰，甚至超过这顶峰。

一群男男女女，携带着满满的篮子和大瓶子酒走过。他们到一些花园里去庆祝五月一日的节日。一个姑娘唱出清泉流水的歌声。一个乳胸过早隆起的小姑娘，气喘吁吁，在我前面走过，跑到一块高高的石头上。一个脸色苍白、怒气冲冲、蓄着黑胡子的男人在她后面追赶。

“下来，下来……”他用嘶哑的声音喊。

可是那小姑娘，两颊红晕，抬起双臂，交叉放在头后面，慢悠悠地晃动着汗淋淋的身体，继续唱她的歌：

开着玩笑跟我说，
撒着娇跟我说，
跟我说你不爱我，
我才不在乎。

“下来，下来……”那黑胡子男人再次用声嘶力竭的声音喊，既像恳求，又像恐吓。他猛地往上蹿，抓住她的一只脚，紧紧地抓着。小姑娘仿佛就等着这粗暴的一着，抽抽噎噎地哭起来。

我加快了步子，所有这些欢乐的表演激动着我的心。老歌女的形象在我脑海中涌现，肥胖、香喷喷的、饱尝热吻，长眠地下。她必然已经肿胀、发青、皮肤破裂、流脓、生蛆。

我感到厌恶地摇了摇头。一时，地变得透明了。我看到它的主宰——蛆。它们夜以继日不停地在地下工厂劳动。而我们赶快把头转开，因为人什么都受得了，就是怕看到这白色的小虫子。

进到村口，我碰上正准备吹喇叭的邮差：

“有你一封信，老板。”他说着把一个蓝色信封递给我。

我高兴得跳了起来。我认出那清秀的字体。我快速穿过村子，走进橄榄树林，迫不及待地拆开了信。信简短、急迫，我一口气读完了：

我们到达格鲁吉亚边境，我们逃脱了库尔德人的魔掌，一切顺利。我现在终于明白了什么是幸福。一句很古老的格言说：幸福就是履行义务，义务越艰巨，获得的幸福越大。我到现在才懂得这句话的含义，因为我们切身体会了。

过几天，我们这些被人追逐而垂死的人将到达巴统。我刚收到一封电报说：第一批船只在望！

这成千上万聪明勤劳的希腊人，带着他们身强体壮的女人和目光炯炯的孩子，不久要移居到马其顿和色雷斯。我们将向希腊的古老身躯输送新的血液。

我有点累了，我承认。有什么关系，我们进行了斗争，老师，我们胜利了。

我感到幸福。

我藏起信，加快了步伐。我也感到幸福。我走上山中陡峭的小路，手指搓揉着一枝开花的百里香。将近中午，阴影聚集在我脚周围。一只雄鹰在空中飞翔，快速行进，双翅仿佛静止一般。一只山鹑听到了我的脚步声，冲出树丛，翅膀扑棱声在空中回响。

我感到幸福。要是我能够的话，我会唱起来，轻松轻松。但我只能发出含糊不清的叫声。

“你怎么啦？”我嘲笑着问我自己。“你真的这么爱国而自己没有觉察到？你真的这么爱你的朋友？你不觉得难为情？要控制自己，平静下来。”

可我，欣喜若狂，继续走在小路上尖声叫喊。一阵铃声传来，黑色、褐色和灰色的山羊出现在悬岩下，沐浴在阳光中。公山羊直起脖子走在前头。空气中飘着一股它的膻味。

一个羊倌跳上一块岩石，用手指吹口哨，跟我打招呼：

“喂，朋友，你上哪儿？你在追谁呀？”

“我有事。”我边继续上山边回答。

“歇一歇，过来喝口奶凉快凉快！”羊倌一边喊，一边从这块石头跳到那块石头上。

“我有事，”我又说，“我不想因说话而打断我心中的欢快。”

“噢，你看不上我的奶吗？”羊倌生气地说，“好吧，一路平安。算我倒霉！’

他把手指放在口中，又吹起口哨。不一会儿，羊群、牧犬和羊倌全消失在岩石后面。

不久我就走到山顶。仿佛山顶就是我的目的地。我立即平静下来。我在一块阴凉的岩石上躺下，远眺平原和大海。我深深地吸着空气中弥漫着的鼠尾草和百里香的芳香。

我起来摘了一大捧鼠尾草做枕头，又躺下来。我累了，闭上了眼睛。

不一会儿，我的思绪便飞到那白雪覆盖的高原，我竭力想象那男男女女的人群和牛群朝北方走去，而我的朋友像领头羊似的走在队伍的前头。不过很快，我的脑子变得昏暗，感觉到一种无可抗拒的睡意。

我要顶着，不能沉睡，睁大眼睛。一只乌鸦落在我前面的一块悬岩上，恰好是山顶。它的黑蓝色的羽毛在阳光中闪烁。我看清了它的黄色大喙。我火了，这只乌鸦在我看来是不吉之兆。我捡起．一块石头向它扔去。乌鸦不慌不忙，慢悠悠地展翅飞去。我又闭上眼睛，再也抵抗不住，一下子，像中了雷击般睡了过去。

大概只睡了不过几秒钟，我就惊叫了一声，猛地坐了起来。乌鸦这时正从我头顶上飞过。我臂肘支撑着在岩石上发抖。一个强烈的梦幻，像把利剑穿过我的心。

我看见自己在雅典，独自一人沿着赫耳墨斯大街走，烈日炎炎，街上没有行人。商店关门，一片寂静。当我路过卡普尼卡雷亚教堂前面时，我看见我的朋友脸色苍白，气喘吁吁，从宪法广场那边向我跑来。他跟在一个迈着大步的瘦高个子后边。我的朋友穿着他的外交礼服。他看见我，老远就朝我喊：

“喂，老师，你怎么样啦？有一个世纪没见到你了。晚上来，我们聊聊。”

“哪儿？”我也大声喊，仿佛我朋友离得很远，我必须拼命喊他才能听到。

“协和广场，今晚六点。在‘天堂之泉’咖啡馆。”

“好吧，”我回答说，“我来。”

“你这么说，”他以嗔怪的口吻说，“你这么说，可你不会来。”

“我一定来，”我喊道，“把手伸过来！”

“我有急事。”

“有什么急事？把手伸过来。”

他伸过他的手，突然，那手与他胳膊分开了，穿过空间，跟我握手。

这冰凉的接触把我吓坏了。叫了一声就惊醒了。

就在这时候，我发现乌鸦在我头上盘旋。我的嘴唇渗出毒液。

我向东边转过身去，眼睛盯着地平线，仿佛我要穿过前面的距离去见……我敢肯定，我的朋友遇到危险。我一连三次呼喊他的名字：

“斯达夫里斯基！斯达夫里斯基！斯达夫里斯基！”

我好像要鼓起他的勇气。但我的声音在我前面几米处就在空气中消失了。

我走上回去的路。我冲下山去，企图用疲劳转移我的悲痛。我的大脑试图把有时能够穿过躯体、抵达心灵的神秘信息汇聚起来，然而徒劳无益。在我的内心深处，有一种比理性更深邃、完全属于动物的原始预感，令人惊骇。有些动物，如山羊、老鼠等在地震之前也有类似的预感。地球上最初人类的灵性——也就是在它没有完全同宇宙分离之前，没有受到理性的歪曲而直接感觉到真理时的灵性在我身上苏醒了。

“他遇到了危险！他遇到了危险！”我喃喃自语，“他要死去，也许他自己还不知道。我呢，我知道，我可以肯定……”

我跑着下山。我被一堆石头绊倒，摔在地上。石子跟我一起往下滚。我爬起来，手上、腿上都是血，皮肤擦伤。我的衬衣也撕破了。但我心里觉得宽慰。

“他要死了！他要死了！”我心想，喉咙哽住。

不幸的人在其可怜的渺小的生活周围筑起一个他认为是不可攻克的高高的堡垒。他躲在里边，力图建立秩序和保障安全，得到幸福。那里的一切都应遵循划定的路线、神圣的常规，遵守简单稳妥的法则。在为防御未知的猛烈攻击而筑起的城堡里，他的许多像蜈蚣爬行似的小的信念所向无敌。只有一个被怕被憎恨得要死的强敌，就是一个大的信念。而这个大的信念现在已进入我的生活的外墙并正准备向我的灵魂猛扑过来。

当我到达海滩时，我喘息了一会儿。“所有这些信息，”我心想，“全都产生于我们的不安，而在我们睡眠中又披上了象征的辉煌外衣。其实它们都是我们自己制造出来的……”我平静了一些。理性使我恢复了秩序，割掉了怪异蝙蝠的翅膀，割了再割，直到它变成一只普通的老鼠。

我回到木屋。我笑自己幼稚。我对自己那么容易心惊胆颤感到害羞。我又回到常规的现实中。我饿，我渴，我觉得精疲力竭。被石头碰破的伤口使我疼痛。但尤其使我感到莫大宽慰的是：可怕的敌人在保卫我的灵魂的第二道防线面前被遏制住了。

第二十六章
左巴永恒

事情结束。左巴把缆绳、工具、翻斗车、废铁、建筑木材收拾起来，堆在海滩上，等船来装走。

“我把这些都送给你了，左巴，”我说，“全都归你了，祝你幸运！”

左巴强忍着不让自己哭出声来。

“我们分手啦？”他低声说，“你要去哪儿，老板？”

“我出国去，左巴；我身上的这头山羊还得嚼很多废纸。”

“你还没有改过来，老板？”

“不，改了，左巴，多亏你，我和你走的是一条路。你怎么对待樱桃，我就怎么对待书本。我要拼命啃书，吃到感觉恶心、呕吐，我就解脱了。”

“没有你在跟前，老板，我会变成什么样子？”

“别发愁，左巴。我们还会见面的。谁知道呢，人的力量是了不起的！我们有一天会实现我们的大计划，建造一所我们自己的修道院，里边没有神也没有鬼，住的都是自由人。你呢，左巴，你看门，掌握一大把钥匙，就像圣彼得一样管开关……”

左巴席地而坐，背靠木屋，不停地给自己斟酒，光喝酒不言语。

天黑下来，我们吃完了饭，喝着酒作最后一次闲谈。第二天一清早我们就要分手了。

“是的，是的……”左巴边揪小胡子喝着酒边说，“是的，是的……”

星斗满天，湛蓝的夜空星光闪烁。我们的心想舒解离情又制止住了。

“向他道声永别吧，”我心想，“好好看看他，你的眼睛从此再也不会看见左巴了！”

我恨不得扑上去，紧贴着他的胸脯哭一场，可我难为情。我想用笑来掩盖我的情感，但又做不到。我的喉咙发紧。

我看着左巴伸长他那像鹰似的脖子喝闷酒。我看着看着，眼睛变得模糊了。生活是多么神秘又残酷？人们如同风吹落叶般相聚又分离。我想尽量记住这个可爱的人的脸庞、身影和一举一动而终究徒然。过几年，他的眼睛是蓝是黑将被遗忘。

“人的灵魂应该是青铜的，钢铁的，而不是一股风。”我心里喊道。

左巴喝着酒，直起他的大脑袋，一动不动。他仿佛在夜里听见脚步声走近或是从他的心里深处离去。

“你在想什么，左巴？”

“你说我想什么呢，老板？什么都不想。我跟你说，我什么都不想。”

过了一会儿，他又给自己斟上酒：

“祝你健康，老板！”

我们碰杯。我们两人都觉得这样悲凄的伤感不能再持续下去。我们要不就大哭或大醉一场，要不就狂舞一阵。

“弹琴吧，左巴。”我提议。

“桑图里，老板，我已经说过弹桑图里需要心情愉快。我过一个月，两个月，两年再弹，我说不上！那我唱一支两个人怎么永别的歌。”

“永别！”我惊惶地说。

我心里一直想着这个不可挽回的词，但我没有想到这词会由他说出来。我惶惑不安。

“永别了！”左巴费劲地咽了一口唾沫，再次说，“是的，永别了。你跟我说我们还会见面，建一所修道院，这些哄孩子的话。我不接受！我不需要这些！怎么，难道我们就这么软弱，需要人哄吗？不，永别了！”

“也许我跟你一起留在这里……”我被左巴这种斩钉截铁的语言惊呆了，说道，“也许我跟你一块走。我是自由的！”

左巴摇了摇头：

“不，你不自由，”他说，“捆住你的绳子比捆住别人的绳子都要长。就是这样。你身上带着一条长绳，你来你去，你以为你自由，可你剪不断这条绳子。只要你剪不断这条绳子……”

“我总有一天剪断它！”我反驳说，而左巴的话确实触到了我的伤口，我感到疼痛。

“难哪，老板，很难哪。要做到这一点，得有点疯狂劲。疯狂劲，你懂吗？就是不顾一切！而你，你的头脑稳重，它把你征服了。头脑是一个杂货店老板。他有一本账，支出多少，收入多少，记下利润和亏损！是个小心谨慎的小老板。他绝不会把一切都抛出去，总有所保留。他不会把绳子弄断，不会的！这家伙总要把绳子牢牢地攥在手里。要是一松手，他就完蛋，这个可怜的家伙就完蛋了。可是，要是你不剪断绳子，你说说看，生活又有什么味道呢？洋甘菊茶，淡而无味！不像朗姆酒，喝了能叫你把世界颠倒过来看！”

他不吭声了，自斟自饮，可随即又改变了主意：

“你得原谅我，老板，”他说，“我是个粗人。话贴在我牙上就像泥贴在我脚上。我不会说漂亮话，讲礼貌。我不会。可你，你了解。”

他喝干杯里的酒，看着我。

“你了解！”他好像忽然冒起火来大声说，“你了解，就是这才把你毁了！要是你不了解，你倒很幸福。你缺什么呢？你年轻、聪明、有钱、身体好，你是个好人。他妈的什么都不缺！只缺一样东西：疯狂劲。可要是缺了疯狂劲，老板……”

他晃晃大脑袋，又沉默了。

我差一点就哭起来。左巴说的都是对的。儿童时期，我充满狂热的激情、超人的愿望，世界都容不下我。

逐渐，随着岁月的推移，我变得理智了。我划出界限，把可能和不可能、人的和神圣的分开，我把风筝紧握手中，不让它跑掉。

一颗硕大的流星划破长空。左巴吃了一惊，睁大眼睛，好像他第一次看到这样的景象。

“你看见这星星了吗？”他问我。

“看见了。”

我们两人都沉默下来。

蓦地，左巴伸直他那瘦长的脖颈，挺起胸脯，发出一声绝望的狂叫。叫声随即转变为人的语言，从左巴的肺腑唱出一首悲伤、孤寂、单调的土耳其古老民歌。大地的心脏裂开，溢出一种甜蜜的东方毒液。我觉得仍把我与勇气和希望连接着的所有组织都在慢慢腐烂：

两只山鹑在小丘上唱歌；
别唱了，山鹑，我自己的悲伤已够我受，
饶命！饶命！

荒凉的细沙滩一望无际，粉、蓝、黄色的空气在颤动，太阳穴爆裂，从灵魂深处发出一声狂叫，因听不到回音而欢跃。他眼泪盈眶。

两只山鹑在小丘上唱歌；
别唱了，山鹑，我自己的悲伤已够我受，
饶命！饶命！

左巴沉默下来。他做了一个敏捷的动作，用指头拭去额头的汗水。他弯下身，眼睛看着地。

“这是首什么土耳其歌，左巴？”过了一会儿我问他。

“赶骆驼人的歌。这是赶骆驼的人在沙漠里唱的。我已把它忘掉好多年了。可今天晚上……”

他抬起头来看我，他嗓音干涩，喉咙哽咽。

“老板，”他说，“该去睡了。你明天一太早得去坎迪亚乘船。晚安！”

“我不困，”我回答说，“我要和你多待待。这是我们两个人在一起的最后一个晚上了。”

“正因为这样，才得赶快结束，”他大声说，同时把空杯子反扣过来，表示他不再喝了。“诺，这样，像个真正的男子汉，戒烟、戒赌，一刀两断。”

“我得跟你说说，我父亲是个好样儿的，没有谁能比得上他。你别看我，我只不过是个胆小鬼，我跟他比还到不了他的踝骨。他属于老一代希腊人……要是他跟你握手，他能把你骨头碾碎。我呢，我时常还能聊聊天，可我父亲只会吼叫，像马那样嘶叫，还有唱歌。从他嘴里很难冒出一个文明字眼。

“他呀，他什么嗜好都有，但在这上面他能一刀斩断。比方说，他抽烟像烟囱似的。一天早晨，他起来上田里去干活儿。他走到那里，靠在篱笆上，急忙把手伸进腰带里掏烟包，想着‘先卷支烟抽了再干活儿。他掏出烟包……可里面是空的。他忘记在家里装上烟丝了。

“他气急败坏，吼叫着往前一蹿，往村里跑去。你瞧，他的烟瘾有多么大。跑着跑着，突然间——人真是个怪物，我跟你说——他站着了，他感到难为情，就拿起烟包，用牙把它撕成碎片，扔在地上用脚踩，再往上啐唾沫：

“臭婊子！臭婊子！”他喊叫，“他妈的！”

“从那时起直到他去世，他嘴里再没有叼过一支烟。

“瞧，这才是真正的男子汉，老板，晚安！”

他站起来，迈开大步穿过沙滩，没有回头。他走到海边，在一块岩石上躺下来。

从此，我再也没有见到他了。公鸡啼鸣前，赶骡人来了。我骑上骡子出发。我猜想，可也许我猜错了，那天早上，他准躲在什么地方看着我离去。因为他已经不在岩石上，但也没有跑来话别，说些使人伤心流泪的话语，挥动手和手帕，信誓旦旦。

离别就像快刀斩乱麻。

到了坎迪亚，接到一封电报。我一只手颤抖着拿过来看了很久。我知道电报内容。一种可怕的预感使我看到它里边有多少个字，有多少个字母。

我真想不拆开就把它撕掉。既然我知道了还读它做什么呢？但我仍不相信我的灵性。理智这个杂货店女老板在嘲笑我的灵性，就像我们嘲笑巫婆算命一样。于是我拆开了电报。它是从第比利斯拍来的。顷刻间字母在我眼前跳动。我什么都辨别不出来。不过字母逐渐固定下来。我看到这样的一句话：

“斯达夫里斯基因患肺炎于昨日下午逝世。”

五年过去了，漫长可怕的五年。在这期间光阴似箭，向前狂奔。地理疆界变化无常，国土像手风琴般，时张时缩。左巴和我被风暴卷走。在头三年里，我不时接到他一张内容简短的卡片。

一次从阿托斯寄来一张卡片上画着守护门神圣母——一双表情忧伤的大眼睛和显出性格坚强果敢的下巴。在圣母像下边，左巴用他那戳破了纸的粗钢笔写道：“在这里，老板，没法做生意。这里的修道士连跳蚤都要从它身上榨取油水。我要离开了！”过了几天，又有一张卡片：“我不能像街头卖艺的那样，手里提着鹦鹉跑修道院。我把它送给了一个怪僧。他教会他的一只乌鸦唱‘主啊，怜悯我们。’教小家伙唱得像真修道士唱的一样。简直没法儿叫人相信！那么，他也要教会我们那可怜的鹦鹉唱的。唉！这小家伙可见过世面了！现在他成了鹦鹉神父了！亲切地拥抱你。隐居修士阿历克西奥斯神父。”

过了六七个月，我接到他从罗马尼亚寄来的一张卡片，上面是一个袒胸露臂、体态丰盈的女人。信息是：“我还活着。我吃马马里加[①]，喝啤酒，在石油井里干活，脏臭得像一只阴沟老鼠。可这有什么关系！这里对于爱情和肚皮的需要供应丰富。对像我这么个老无赖来说，真是天堂。你知道，老板，美好的生活，好吃好喝再加上情人，感谢上帝！我亲切地拥抱你。阴沟老鼠阿历克西·佐尔别斯科。”

再过两年，我又接到一张卡片。这回是从塞尔维亚寄来的。“我还活着。这里冷得要命，于是我不得不结婚了。你翻过来就看见她的模样，一个身材长得挺好的高个子女人。她肚子有点鼓，因为，你知道，她给我准备了一个小左巴。我站在她旁边，穿着你送给我的那身衣服，手上戴的戒指是可怜的布布利娜的——没有不可能的事！愿她安息！”

“现在这一位叫柳芭。我身上穿的狐皮领大衣是我妻子带来的嫁妆。她还带来了一匹母马和七头小猪——一个奇特的家族。加上她与前夫生的两个孩子。对了，我忘记告诉你，她是个寡妇。我在这儿附近的一座山里，找到一个白云石露天采石场。我还哄骗了一个资本家。我过着像帕夏般的安逸生活。我亲切地拥抱你。前鳏夫阿历克西·佐尔比叶奇。”

卡片的正面有左巴的照片；他容光焕发，新婚衣着，头戴皮帽，手持轻便拐杖，身穿崭新的长大衣，胳臂上挽着一个最多不过二十五岁的

①马马里加：一种罗马尼亚玉米粥。

漂亮斯拉夫女人。她像一匹臀部丰满的野马，神情调皮挑逗，脚穿高统长靴，乳胸隆起。照片下边又是左巴的一行拙劣的字：

"本人左巴和没完没了的事儿——女人；这回，她的名字叫柳芭。"

这些年来，我一直在国外旅行。我也有我的没完没了的事儿。可是我的事里没有丰盈的乳胸，也没有人送给我大衣，给我带来猪仔。

一天，我在柏林，接到一封电报："发现绝美绿宝石，速来。左巴。"

这时，德国正遇到饥馑荒年。马克暴跌，哪怕购置微不足道的一点点东西，比如一枚邮票，都得用袋子装上数以百万计的马克去买。饥饿、寒冷、破衣敝履，德国人的红脸颊变成苍白色。北风呼啸，人像落叶般倒在街头。为了不让婴儿哭啼就往他们嘴里塞块橡皮嚼。夜里，警察守卫大桥，以防止母亲抱着孩子投河自尽。

寒冬腊月，大雪纷飞。住在我隔壁房间的一位德国东方语言教授，用一枝长毛笔按中国人的悬腕方法，抄录中国古诗或孔子的名言，借此取暖。毛笔尖、抬起的肘臂和学者的心脏部位形成一个三角形。

"过了几分钟，"他满意地对我说，"我胳肢窝里全是汗。我就这样取暖。"

就在这样的艰苦日子里，我收到左巴的电报。开始，我很恼火，当千百万人连支撑他们的肉体和精神的一块面包都没有而沉沦落魄时，你邀请我到千里外去看美丽的绿石头！什么绝美，让它见鬼去！我大声喊叫，石头没有心肠，不能体谅人类的苦难。

但没过多久，我又感到震惊。我的愤怒立静下来，我惊异地觉察到我心里用另一种无情的呼唤响应左巴的无情呼唤。一只野鸟附在我身上，它扑打翅膀，想要飞走。

然而，我没有走。我没有听从心中升起的神圣的无情叫喊，没有做出不理智的高尚行为。我听从了合乎逻辑的和缓、冷静、近乎人情的声音。于是我拿起笔来给左巴写信，向他解释。

他在给我的复信中说：

“老板，恕我不敬，你是个耍笔杆的人。你这个不幸的人，本来在你一生中至少可以看到一次美丽的绿宝石，而你没有看到。说实在的，在我没有活儿干的时候，我揣摩着：地狱到底有没有呢？可昨天接到你的信，我就说，对像你这样的耍笔杆的，当然得有个地狱。”

从那以后，他再没有给我写信。可怕的事件又把我们隔离开。世界继续像个伤残者，像个醉鬼似的摇摇晃晃踉跄而行。大地裂开，把人间的友谊和关怀统统吞没。

我时常跟朋友讲起左巴这个了不起的人。我们钦佩这个没有受过教育的人所具有超出理性的豪迈而自信的气质。我们需要斗争多少年才能达到的精神世界高峰，左巴一蹴而就就达到了。我们说：“左巴是个伟大的人。”或者是因为他超越了精神世界顶峰，我们就说：“左巴疯了。”

时间就这样过去，不经意地被回忆所毒害。另一个影子，我朋友的影子也压在我心上。它从来没有离开我，因为我不愿意离开它。

不过关于这个影子，我对谁都没有说过。我偷偷地和他对话，也正是由于他，我和死神才取得谅解。它是我通往彼岸的一座秘密的桥。当我朋友的灵魂通过这桥时，我觉得他精疲力竭、脸色苍白。他连跟我握手的力气都没有了。

有时我不禁惶惑地想到，我的朋友也许在世时来不及使自己的肉体摆脱奴役而取得自由，来不及使他的灵魂升华而坚强起来，以便在最终时刻到来时不致惊惶失措而被毁灭。我还想，也许他来不及使他身上应该是永恒的东西成为永恒。

可是，他时而变得坚强有力——或许是当我突然间特别想念他的时候才是这样？——这时他就显得年轻、苛刻，而且我还似乎听见他上楼的脚步声。

这年冬天，我一个人登上恩加第纳[①]的高山瞻仰。当年我和我的朋友陪伴一位我们两人都爱慕的女人，在那里度过了美妙的时刻。

我就住在我们那次下榻的旅馆。我睡了。月光从敞开的窗户照进来。我的思想与在沉睡的大山、白雪覆盖的柏树和柔美的蓝色夜空融成一片。

我感到一种无法形容的幸福，仿佛睡眠是一个深沉、平静、透明的大海，我安然不动地躺在它的怀里。我感觉着有一艘小船在这千寻之上的水面上划过，把我身体剐破。

蓦地，一个影子掉在我身上。我知道这是谁。它用嗔怪的语气说：

“你睡啦？”

我用同样的语气回答：

“你叫我好等啊。我多少个月没有听到你的声音。你逛荡到哪里去啦？”

“我总是在靠近你的地方，是你把我忘记了。我总是没有力气呼唤你，是你想把我抛弃掉。月色溶溶，树木被白雪覆盖，这人间生活多么美好！可是，求求你，别把我忘掉！”

“我永远不会忘记你，这你是知道的。在我分离的头几天，我跑遍山野，把自己弄得精疲力竭，夜里睡不着，总是想着你。”

“为了消愁解闷我还写了一些诗，但都是些消除不了我心中痛苦的蹩脚诗。其中有一首是这样开头的：

当你和死神一起走去时，我赞美你们的雄姿，
你们走在崎岖小路上的敏捷轻快步伐，
仿佛两个伙伴黎明醒来一同上路。

①恩加第纳（Engadine），瑞士一游览胜地。

"在另一首未完成的诗里，我对你呼喊：

噢，咬紧牙关，亲爱的，但愿你的灵魂不远走高飞！"

他苦笑了，低头看我。我看见他脸色苍白不禁颤抖。

他那双凹陷的眼睛注视了我很久。眼眶里已经没有眼珠，只有两个泥球。

"你在想什么？"我低声问，"你为什么不说话？"

他的声音又像从远处传来的叹息声般响着：

"啊，一个世界对他来说过于渺小的人，能留下些什么呢？几行拾人牙慧、支离破碎的诗，连完整的四行诗都不是！我在大地上游荡，看望我过去亲爱的人，但他们把心扉关闭。从哪儿进去？怎样才能使我复活？我像一只狗围绕着一幢锁上门的房子转圈。啊！要是我能自由地生活而不像一个溺水者似的需要紧抓住你们活人的温暖身体！"

他的泪水夺眶而出，眼眶里的泥球变成了泥浆。

但过了不一会儿，他的声音增强了：

"你给我的最大快乐，"他说，"是有一回，我在苏黎世过生日那天，你记得吗？当你举杯祝我健康。你记得吗？那天还有另外一个人和我们在一起……"

"我记得，"我答道，"就是我们称她为高雅的夫人的那个人……"

我们又沉默了。从那时到现在已经过了多少个世纪！苏黎世，屋外下着雪，桌上摆着鲜花，我们三个人。

"你在想什么，老师？"影子略带嘲弄的口吻问道。

"想许多东西，什么都想……"

"我呢，我在想你最后说的话。你举起酒杯，用颤抖的声音说：

‘朋友，当你是个婴儿的时候，你的老爷爷抱着你放在一边膝盖上，他把里拉琴放在另一边的膝盖上，弹奏着民兵的歌曲。今天晚上，我要为你的健康干杯，愿命运之神永远这样坐在上帝的膝盖上！’”

我平静而不慌不忙地读信。信是从塞尔维亚靠近斯科普利支的一个村子寄来，用勉勉强强的德文写的。我把它翻译出来，译文如下：

我是乡村小学教师。我写信告诉您关于阿历克西·左巴的噩耗。他是这里的一个采石场的场主，于上星期日下午六时去世。他在临终时把我叫去：

“到这边来，老师，”他对我说，“我有一个好朋友在希腊。我死了以后，请你写信告诉他，直到我生命的最后一刻，我神智清醒并且想念他。我对我所做的一切没有遗憾。愿他身体健康，对他说来是变得理智的时候了。

“还有，要是神父来听我忏悔，给我做临终的圣事，就叫他赶快滚蛋，叫他诅咒我！我一辈子里干了很多很多的事儿，可我觉得还不够。像我这样的人应该活一千岁。晚安！”

这是他最后的话语。他话一说完就在枕头上支撑起身子，掀掉被单，要起床。他妻子柳芭和我，还有几个有力气的邻居跑过去拽住他。但他猛地把我们甩开，跳下床，走到窗前。他紧紧抓住窗框，朝远山望去，睁大眼睛，大笑起来，然后像一匹马似的嘶叫。就这样，他站在那里手指甲扣进窗框，就死去了。

他的妻子柳芭叫我向您问好，要我告诉您，死者经常对她谈到您，吩咐她在他死后把他的桑图里送给您作为纪念。

孀妇请您，当您有机会经过我们村子的时候，在那里过夜，噢，到第二天早晨您走时，把那桑图里带走。

我苦笑了。